追忆：我和普通话的那些事儿

主　编：董中锋
副主编：龙　莉　张　婷

華中師範大学出版社

新出图证（鄂）字10号
图书在版编目（CIP）数据

追忆：我和普通话的那些事儿/董中锋主编．—武汉：华中师范大学出版社，2022.6
ISBN 978-7-5622-9781-9

Ⅰ．①追…　Ⅱ．①董…　Ⅲ．①散文集－中国－当代
Ⅳ．①I267

中国版本图书馆CIP数据核字（2022）第079964号

追忆：我和普通话的那些事儿
©董中锋　主编

出版:华中师范大学出版社
社址:湖北省武汉市洪山区珞喻路152号　**邮编**:430079
策划:基础教育分社　**电话**:027-67862387
责任编辑:郑海兵　**责任校对**:肖绪旭　**封面设计**:罗明波
电话:027-67863040(市场部)　027-67861321(邮购)
传真:027-67863291
网址:http://press.ccnu.edu.cn　**电子邮箱**:press@mail.ccnu.edu.cn
印刷:武汉兴和彩色印务有限公司　**督印**:刘　敏
字数:280千字
开本:710mm×1000mm　1/16　**印张**:15.5
版次:2022年6月第1版　**印次**:2022年6月第1次印刷
定价:45.00元

欢迎上网查询、购书

目　录

此情可待成追忆

（代 序）

董中锋

在我国，普通话的形成经历了漫长的过程。早在先秦时期，我国就有民族通用语。春秋时期的通用语称为“雅言”。《论语》里说：“子所雅言，《诗》、《书》、执礼，皆雅言也。”孔子有时说通用语，读《诗经》《尚书》、主持礼仪时使用的就是通用语。可见，孔子在学习、工作中使用的是“普通话”，而不是山东家乡话。所以，有人说孔子是推广民族共同语的伟大先驱。到了汉代，通用语被称为“通语”。西汉扬雄编著的《方言》就是用当时的民族共同语“通语”来解释各地方言的。隋、唐、宋时期，诗词达到了很高的境界，人们非常注意“正音”。“正音”的盛行，起到了推行共同语的作用。到了元代，由于政治、经济、文化的中心从黄河流域转移到北京一带，这就使得北方方言逐步成为现代汉语的基础方言，所以元代的民族共同语叫“天下通语”。明清时期，以北京话为代表、北方话为基础的口语辐射全国，这就形成了明清时期的“官话”。“官话”最早用于官场，从雍正皇帝开始，后流行于民间。清朝末年，“国语”这个名称从日本传入中国，1911年清政府学部议决了《统一国语办法案》，代表着封建社会的“官话”退出历史舞台，旨在向士农工商普及的“国语”正式确立。1906年，中国文字改革的先驱朱文熊自创一种“言文一致”的汉语拼音方案，第一个提出了“普通话”的概念。新中国成立后，1955年召开的全国文字改革会议和现代汉语规范问题学术会议，决定把“国语”改名为“普通话”，而且赋予了普通话新的定义。1956年，国务院发布《关于推广普通话的指示》，完整地赋予了“普通话”科学的定义。1982年，我国把“国家推广全国通用的普通话”的条文写进了《中华人民共和国宪法》。自此，普通话作为通用语的法定地位确立。

从雅言、通语、正音、天下通语，到官话、国语、普通话，我国的通用语历史可谓源远流长。新中国成立后，随着推普工作的深入，普通话与人们的联系越来越密切，也越来越广泛。即便是那些不会说普通话的人，也或多或少地有所接触。至于语言文字工作者，那就更是如此。

普通话的推广普及，与千千万万推普工作者的努力是分不开的。他们兢兢业业、勤勤恳恳，把自己的青春和热血都献给了普通话事业。有的人一辈子只做一件事儿，那就是推广普通话。普通话不仅融入他们的学习、工作之中，而且还渗透到了他们的生活之中，甚至改变了他们的人生道路。普通话融入他们的血液，植入他们的意识，他们的所思所想，他们的喜怒哀乐，无不与普通话有关。因为热爱普通话，他们乐此不疲；因为坚守普通话，他们风雨兼程；因为普通话的责任，他们废寝忘食；因为普通话的使命，他们义无反顾。也许，他们的地位并不显赫，他们的成绩并不耀眼，甚至微不足道，或许只是璀璨群星中那一丝微弱的光亮，但他们是用整个人生燃烧出来的生命能量，同样伟大，同样值得珍视。

普通话的那些人、那些事儿，虽然已是画上句号的过去，但都打着时代的烙印，刻在历史的标尺上，成为后人可资回味的永远的记忆。

普通话是永恒的事业，普通话的那些人还会不断涌现，普通话的那些事儿还会不断发生。普通话的那些人、那些事儿，也会不断被历史所铭刻、被后人所追忆。

（作者单位：湖北省普通话培训测试中心）

推普人生 青春永驻

王群生

从20世纪轰轰烈烈"开口及格"的"双推"①，发展到今天稳扎稳打、科学严谨的"机测"，45年过去，我很自豪，因为我是依旧坚守在湖北省推普战线上的唯一一个全程亲历者和历史见证人。在五彩斑斓的推普逐梦路上，我挥洒过艰辛的汗水，也斩获过不少闪亮的荣誉，更有许多耳闻目睹的生动感人的事、可敬可爱的人，常常会浮现在我的眼前……

一、推普的引路人

1978年9月，湖北省"文改会"在黄石师范学院（今湖北师范大学）举办了一期"湖北省普通话骨干教师培训班"，参加培训班的有来自全省各地师范院校的教师40余人。

省教委普教处的张处长到场祝贺："今天是个特别的日子——中秋节，首先我代表省教委向大家表示节日的祝贺！仲英同志选择中秋节开班，目的很明确，就是让全省推广普通话的骨干教师欢聚一堂，今后携手共进，把湖北省的'双推'工作热火朝天地搞起来。"

我是第一次参加省里组织的"双推"活动，就问邻座的王志方："仲英同志是谁?"旁边的张雅娟接话说："就是省文改办的李主任——'双推老太婆'。"

张处长的开场白很简短，我的收获却很大：记住了一个响亮的名字"双推老太婆——李仲英"；记住了张处长转达"双推老太婆"对"双推"工作的

① "双推"即推广普通话，推广《汉语拼音方案》。

一句行话“领导是关键，教师是骨干，学生是主力军”的言简意赅的解释。

二、全省普通话观摩赛

1981年初，省文改办举办了一届全省普通话观摩赛，地点在武汉二师的大礼堂，评委除我之外，还有陈恩泉（武汉大学）、王兆龙（咸宁师专）、张雅娟（孝感师专）等。比赛选手是湖北省各地推选的佼佼者。观摩大赛介乎演讲与朗读之间，选题自定。观摩赛气氛很热烈。大赛设有一等奖、二等奖、三等奖及优胜奖。评委们对评为二等奖、三等奖、优胜奖的选手没有争议，评为一等奖的五位选手，一名小学生、一位公安师范的青年教师等，评委们的意见也比较一致。但大家对来自团风县的一位小学教师是否应当评作一等奖分歧很大。这位老师口齿也不怎么清晰，按现在机测标准，最多也就是个二级甲等水平。马上就要公布比赛结果，评委还在争论不休。这时，李主任让大家安静下来，说：“现在是推广普通话的宣传、发动时期，‘开口及格’，这个老师年近六十，普通话不是最好的，但他讲稿的内容，紧扣自己多年来坚持用普通话教学的内容很感人，观众的反应也很强烈，他这个一等奖，可以带动一大批人。”评委们全部举手，通过了。

三、“双推”现场会

20世纪80年代初，湖北省的“双推”工作尚属“大造舆论，广泛宣传”的造势时期。湖北省的一批推普骨干，跟着李主任到过荆门、京山、咸宁、黄石、恩施等地，学习、考察过师院、师专、中师、中小学的推普工作。各地的情况概括为一句话——丰富多彩，轰轰烈烈。

我们学校的推普活动热火朝天——举办了大大小小的动员会、发动会、座谈会、朗诵会、培训会、演讲赛等。1982年上半年，我要赶着去参加华中工学院（现华中科技大学）的语言学研讨班，临行前一个周，我就组织了近二十个推普活动。我在语言学研讨班学习时，有一位老师在讲述民族共同语的推广问题时，有一句话让我很受启发：“世界各国民族共同语的普及和推广，主要是通过学校教育实现的。”当时，我脑子里突然想到一个问题：普通话课应当是师范院校学生的必修课，把普通话作为必修课纳入教学轨道，宣传、推广和学习普通话就能有一个稳定的推手，推普工作终究还是要从轰轰烈烈走向稳扎稳打的。

1983 年初，在湖北省文改办组织的一个骨干教师工作交流会上，我介绍了我们学校推普的现状，并提出“普通话是师范生的必修课”问题。由于沙洋师范学校、湖北大学等少数学校已经在开设“普通话课”，有的学校尚有异议，我的意见并没有引起重视。可会后，李仲英同志对我的想法表示认可，并当即拍板：“4 月份在你们学校开一个现场会，你们学校是怎么做的，就怎么说。”

1983 年 4 月，全省师范院校双推工作现场会如期在荆州师范专科学校召开。我在会上讲述了我们学校开展普通话工作的情况，也谈了普通话课作为师范生必修课的意义和必要性。由于把普通话课作为师范生的必修课，涉及多方面的问题，至少也还有一个过程，现场会的结论是：先把课开起来，是不是开成必修课，今后再议。

这次现场会对我们学校的“双推”工作意义重大。现场会后，学校每年拨 1000 元作为学校文改办的活动经费，到 20 世纪 90 年代中期，每年的经费达到 2 万元。1984 年我在中文系 1982 级学生中挑选了 3 名学生作为普通话课的辅导教师，1985 年，这 3 名学生留校，学校的普通话专兼职教师发展到 5 名，基本上能够满足普通话课的师资需求，初步实现了普通话课作为全校学生必修课的目标。到 1995 年，我们学校的各个学科全部把普通话列为必修课程，文理科的区别，只在于课时多少的不同。

四、洪山大礼堂表彰会

1984 年 12 月 5 日，湖北省文改会在武汉洪山大礼堂举行了盛大而隆重的“推广普通话先进单位和先进个人”表彰大会，会期 6 天。受表彰的先进单位 77 个，其中大专院校共 3 所——华中师范学院、湖北大学、荆州师范专科学校；受表彰的先进个人 146 人，其中大专院校的有陈恩泉、刘兴策、陈有恒、王群生、刘芳、汤贤均等。

表彰大会的最后一天，来自全省各地的受表彰人员和推普积极分子代表共 300 多人在洪山宾馆的东侧会议大厅集会，气氛非常热烈。李主任热情洋溢地做总结发言。发言快结束时，她的语调突然变慢，神情也有点凝重：“我就要退休了！”会场的空气似乎一下子凝固了，当人们瞬间明白了这句话的意思时，场面几近有些失控，十几位代表高喊："李主任不能退休!"有个戴眼镜的女同志还有些激动，失声地冒出一句："李主任退休了，我们也……"这时候，李主任立马冷静下来，展开双臂，做了一个向下压的动作，大家立即安静下来。李主任略带歉意地说："对不起，刚才有点失态。各位代表，人都会老，总有退休的一天，我即便退休了，也一定会继续关注我们省的'双推'工作。我的希望是，在座的各位代表、各位同志，团结一心，继往开来，今后把湖北省的'双推'工作做得好上加好。"会场的气氛又活跃起来，刹那间响起雷鸣般的掌声——这也是300多位与会者对李主任殷切希望的热诚回应和郑重承诺。

五、普通话声调中心论

从1975年到1985年，我们在长达十年的现代汉语、普通话语音教学中发现：在普通话语音系统中，声调与声母、韵母并不在同一个层面上，"普通话声调是普通话语音最显著和最基本的特征"，"一个人讲的话，如果声调是普通话声调，就可以算是普通话了"，"声调也是区别普通话和汉语方言的一把灵敏的标尺"，当然也是"普通话考试的一把标尺"。

（一）普通话声调中心教学法

1989年，在学校申报湖北省优秀教学成果奖的评议会上，我先用郑州话读一段文章（河南话声调，声母、韵母跟普通话相比，错误很少），然后请讲武汉普通话、长沙普通话、广东普通话的三位老师读同样一段文章（声母、韵母错误很多，但大体是普通话声调），接着，请与会者判断谁讲的是普通话，全场100多人——学校领导、学术委员、正副系主任、教研室主任、教师代表，一致认为我讲的是河南方言，而认定另外三人讲的是水平不高的地方普通话——全场掌声热烈，充分肯定并通过了我的"普通话声调中心"的观点。

普通话语音教学的改革，必须打破传统模式，必须改"声（母）、韵（母）中心教学法"为"声调中心教学法"。以普通话的四个声调为中心组织教学，突出声调这个重点，才是抓住了重点，才能取得语音教学的最佳效果。

1989年，我的"普通话声调中心教学法"获得湖北省优秀教学成果二等奖。

著名语言学家邢福义教授指出："王群生同志的'普通话声调中心教学法'，有理论根据，有研究心得，有运用于教学实践的切实做法。我认为，王群生同志能够探索新路子，他的教学法反映了可贵的创造精神。"

华中师范大学中文系刘兴策教授对"普通话声调中心教学法"给予了科学而客观的评价："普通话声调是普通话语音最显著和最基本的特征这一观点，从理论上看，这是完全正确的，因为汉语是有声调的语言，声调在普通话语音系统中占有重要地位；从实践上看，声调中心教学法抓住了声调这一重点和难点，并采取一些切实有效的措施，强化了声调教学，因而有助于培养学生的普通话语感，提高普通话水平。"

（二）普通话声调中心论

我的"普通话声调中心论"的基本观点，是在数十年的普通话教学、测试实践中逐步形成的。

1. 声调决定着普通话（汉语方言）语音的语音面貌。汉语是声调语言，声调是汉语语音（普通话—方言）最显著和最基本的特征。一个人讲的话是方言还是普通话，决定于声调。你是普通话声调，你讲的就是普通话；你是方言声调，你讲的就是方言。

2. 普通话声调（腔调）的水平（规范程度），基本上决定了一个人的普通话等级水平。在普通话水平测试中的三级六等中，首先是由声调、腔调的规范程度（标准程度）来定性的。一级甲等水平的普通话，应当是声调、腔调纯正、标准，没有任何缺陷（像省级、国家级广播电视台的播音员）；如果声调、腔调还能听出，即便是轻微的方言色彩，根本就不需要考虑"一甲"问题了。有的专家给一级甲等的评判划了六七条标准，唯独没有注意到声调、腔调的决定性作用这个前提。

3. 语调和腔调是两个完全不同的概念，不应该把语调和腔调混作一谈。

（1）概念不同。语调主要是由词语重音引起的句子抑扬、语速快慢、情感起伏的语音变化。腔调是声调连读形成的整体性语音特征。语调是用于表意的，印欧语系的语言没有声调，只有语调；汉语是有声调的语言，声调连读就形成了普通话或不同方言的腔调，汉语（普通话和汉语方言）既有腔调，也有语调。

（2）作用不同。语调的作用是表达一定的语义，具有一定的选择性。如：

“妈妈喜欢吃鱼头?”“妈妈喜欢吃鱼头。”腔调作为声调连读的形成的音高变化，则显示着普通话、汉语方言最显著和最基本的语音特征，如普通话腔调、郑州话腔调、武汉话腔调等。

（3）构成因素不同。普通话的语调构成因素主要是句调，语调和轻重音、语速、停顿、语气词等关系密切。普通话腔调构成的基本因素是声调，例如，疑问句“妈妈喜欢吃鱼头?”用普通话、沈阳话、郑州话、武汉话、长沙话、成都话表述，语调是一样的，但它们显示的腔调则完全不同。

（4）词语脱离了句子和一定的语境，不能表达确切的语义，语调就不存在了；单个的词无法显示腔调，但在一定的语境中可以显示语调，如“诶”“啊”，为表达不同的语义，可以选择不同的语调等。

腔调可以在句子中，也可以在语言片段中体现出来，只要存在声调连读的形式，腔调就可以显示出来。

六、推普工作向纵深发展

1991年到1994年9月，我一直忙于到白俄罗斯做访问学者的事，语委工作断断续续。1995年5月我从白俄罗斯回国以后，便立即全力以赴地投入学校的语言文字工作：①学校正式颁布《荆州师专语言文字工作条例》，共六章二十七条。②学校的“九五”发展规划确定：力争1997年实现校园普及普通话的目标。③学校设置四级工作机构：校语委，系语言文字工作领导小组，学生会语工部，班级语工小组。④加强师资队伍建设、课程建设，加大语言文字科研投入。至1996年，普通话专兼职教师达到7名，普通话已成为各科、系学生的必修课；1985年至1999年3月，共出版和发表普通话、方言研究的专著、教材、论文56部（篇）。⑤全面启动教职工普通话培训制度，落实学生晚自习前25分钟普通话训练制度。⑥设立四级普通话监督巡视员，加强教师教学用语、晚自习前25分钟普通话训练和校园普通话生活用语的监督管理，定期公布巡视结果。⑦加强语言文字工作的表彰、惩处工作。

《荆州师专语言文字工作条例》的颁布和实施，使我校的语言文字工作稳步登上了一个新台阶。

七、建立湖北省高校第一个普通话测试站

1999 年 10 月，在省语委办对我校开展语言文字工作检查期间，我提了一个工作建议："现在的普通话测试站，都是设在湖北省地市州的教委，由师训科代管。我觉得，从现在到将来的很长一个时期内，普通话测试对象主要还是高等师范院校和几所中等师范学校的学生和教师。地方教委的普通话测试站，由于条件限制，也管不了高师、高校的培训测试问题。而现在对高师、中师学生和教师开展培训测试，由于测试员数量不足，每次测试都要由省测试中心统一调配，频繁地从各地抽调测试员，长距离的奔波测试，耗费了大量人力和财力。我建议，普通话测试站最好是以高师、高校和有条件的中等师范学校为依托，把普通话测试站建在这些学校里，这样可以从根本上改变全省普通话测试的格局，也许更有利于全省推普工作的发展。"

2000 年 2 月，湖北省语委正式发文：同意荆州师范学院作为全省高校建设普通话培训测试站的唯一一个试点单位。

八、进入湖北省普通话测试的前沿阵地

1995 年，我参加了"第五期国家级普通话测试员培训班"，也是培训班里唯一的一个正教授。

（一）担任湖北省省级测试员培训班主讲教师

从 1997 年到 1999 年，我在暑期的省级普通话测试员培训班担任主讲教师。我只讲大课，其他的老师做小班的辅导老师。1999 年以后，一直到 2017 年，我只负责讲一个专题"普通话与湖北方言"。当然，我在讲课的时候也没有忘记我的"普通话声调中心教学法"。

（二）主持编写《湖北省普通话测试评分细则》

国家颁布的《普通话水平测试大纲》有详尽的评分办法，但这些细则是面向全国的，而各地的方言都不同，测试员在操作中不好掌握。1997 年，我主持编写适用于湖北各地方言的《湖北省普通话测试评分细则》。我根据大家的意见和建议，以及一年多来我个人的测试实践，结合湖北各地方言的特点，还有不同地域已经反映出的重点和难点问题，先拿出一个初稿，又讨论了几次，终于完成了具有湖北地方特色的《湖北省普通话测试评分细则》。主持编

写这个评分细则，我是谨慎地、非常克制地融入了我个人对普通话测试的一些认识和理解。《湖北省普通话测试评分细则》从1997年一直沿用到2015年实行普通话机测后，逐步停用。不过，此后的《湖北省普通话测试评分细则》由于种种原因，“腔调”这些词语概念已经逐步消失了。

（三）主持编写湖北省普通话培训测试统编教材

从1997年开始，我一共主持编写过6本普通话培训测试统编教材。20多年来，这6本教材的总发行量，至少在70万册以上。这6本教材是：《普通话培训与测试》，中国地质大学出版社，1999年版；《普通话测试必读》，语文出版社，2002年版；《普通话培训测试教程（修订一版）》，华中师范大学出版社，2003年版；《普通话培训测试教程（修订二版）》，华中师范大学出版社，2004年版；《普通话培训测试指要（修订版）》，华中师范大学出版社，2010年版；《普通话培训测试指要（机辅测试版）》，华中师范大学出版社，2014年版。这6本普通话培训测试教材，前两本主编署名王群生。我认为，在我主持编写的6本普通话培训测试教材中，《普通话培训与测试》最贴近我的“普通话声调中心教学法”。这6本教材，与全国公开发行的60多本同类教材相比较，最突出的特色是突破了传统的普通话教学模式，吸收了富有创新精神的语音理论，如“声调中心论”“普通话腔调理论”“语流轻声”和“语流儿化”等。

九、语言调查和研究

研究普通话和方言的目的是提高语言教学水平。40多年来，我到湖北省的40多个县市做过语言调查。

1985年，我发现湖北的颤音跟平舌音、翘舌音的分布有直接关系后，便先在学校内做了数百人的摸底调查，然后又到荆门、当阳、远安、京山、钟祥、宜城、襄阳、谷城、保康、老河口做实地调查。整个调查近40天，中途病了一场，回校休息了一下，随后又去调查，终于弄清楚了鄂西北地区平舌音和翘舌音的分布情况。

2012年，为弄清楚湖北松滋方言的归属问题，我们分4次，在松滋16个乡镇调查了近20天，推翻了前人把湖北松滋方言划归西南官话常（德）鹤（峰）片的结论，确认松滋方言应当归入西南官话武（汉）天（门）片。我还几次到宜昌做调查，通过比较，确认荆州方言也应当划归西南官话的武天片，而不应当把荆州方言归入西南官话的成渝片。

1997 年开始普通话培训测试，我带队到过荆州、沙市、江陵、松滋、公安、石首、监利、洪湖、天门、潜江十个县市，到过黄冈、浠水、麻城，到过孝感、秭归，到过枣阳、襄阳、十堰、神农架。到这些地方测试，我都会抓紧时间做些语言调查。2001 年，我带队到十堰进行普通话测试时，十堰市语委的张主任专门派车，送我到河南、湖北交界处的谭山镇调查河南话和湖北话的差异问题。

上述这些调查素材，在我主持编写的普通话培训测试教材和《湖北省普通话测试评分细则》中都有体现。

40 年来，我的科研著述约有 86 部（篇）：专著 3 部；主编教材 7 部，担任执行主编的教材 4 部；担任副主编、编委的教材 8 部；学术论文 64 篇。

十、申报“国务院政府特殊津贴”

1999 年 11 月，我们学院有一个“国务院政府特殊津贴”申报名额，这也是九年来湖北省人事厅给我们学校（从荆州师范专科学校到荆州师范学院）下达的第二个名额。经过层层筛选，我被推选为唯一一个候选人。我申报的主要依据就是“普通话声调中心教学法——先进可行的教学方法”。我获得的“国务院政府特殊津贴”证书行文的最后一句话是：“为我国的文化教育事业做出了突出贡献。”

十一、夕阳余热（2005—2014）

2005 年 6 月，我从长江大学退休后，应聘到武昌理工学院，任图书馆馆长八年。

我到武昌理工学院之后，便向校长建议，设置学校语委会（由一位副校长任语委主任，我担任副主任）、二级学院语委会、学生会语工部、班级推普领导小组四级语委工作机构。完善的组织机构，为武昌理工学院语言文字工作的开展提供了有力的组织保证。校语委办公室设在图书馆，馆长任兼职语委副主任、语委办公室主任，办公室有专职办公室秘书、专项活动经费及两台计算机和必要的办公设施。学校配备三名具有国家级、省级测试员资格的教师担任普通话专兼职教师；全校各班开设“普通话培训与测试课”10～20节，全校学生必须参加湖北省普通话培训测试中心组织的普通话测试。

2006年7月，学校正式向省语委办、省普通话培训测试中心提交建设测试站申请。2007年2月，省语委办正式发文：同意武汉科技大学中南分校（即后来的武昌理工学院）建立普通话培训测试工作站。2007年3月，测试站正式开始运作。中南分校普通话培训测试工作站，是湖北省第一个设在独立学院的测试站。2013年，武昌理工学院又建立湖北省独立学院第一个普通话机测站。机测室有10个机位，6台手提电脑备用，或方便外出测试时使用。

2007年以前，武昌理工学院周边独立学院的语言文字工作基本上是个空白。武昌理工学院建站后，有力地推动了周边六所独立学院的推广普通话工作。我们在周边六所院校开展普通话测试有个始终不变的原则，即“先培训，后测试，不培训，不测试”。

我每年到这六所独立学院讲2～3次普通话考前培训课，学生再自行学习一周，第三周才测试；每次课在下午6点，大班开课，300人左右。我讲课有先天的优势——国家级测试员、教授、教材主编、将普通话和方言相结合，教学效果不错。还有，像武汉外事外语职业学院、中南民族大学工商学院（现武汉工商学院），距离较远，我自驾私家车，来回30多千米，有时大雨滂沱，回到家里，都夜里十一二点了；学生还是很有感情的，我每次讲课3～4小时，讲课结束，阶梯教室里往往会响起雷鸣般的掌声。

有一年中秋节，中国地质大学江城学院年轻的女副院长，专门来到武昌理工学院表示感谢。她说：“王教授到我们学院讲课，开展普通话培训测试，有力地推动了我们学院的推广普通话工作。今年，我们学院有两位校级领导和相当一部分中层干部参加了普通话培训测试，学院掀起了推普热潮，王教授功不可没……”

（作者单位：长江大学）

追寻，我的这些年

王金芳

时光荏苒，转瞬间就到了曾经我看别人很老的年纪，往事愈发清晰，让我意识到是该回首往事的时候了。即将结束的职业生涯让我想起了在自己的专业发展中，普通话与我之间的不解之缘。下面就来说说这些年来，我与普通话之间的故事。

一、初识

对普通话有感性的认识源于小学时候的班主任。班主任是来自北方的一位女老师，她教我们语文。同学们都很喜欢她，因为她不仅人长得漂亮，更重要的是她的声音像播音员的声音一样好听。大家喜欢听她说话，也喜欢和她聊天，更喜欢模仿她的发音及说话的腔调。

对于语文课程的教学，诵读是训练学生语感必不可少的环节，也是语文教学的重要教学方法。记得老师经常安排我们在课堂上朗读课文，齐读、轮读、分角色朗读等，不一而足。琅琅的读书声陪伴我们度过了快乐的小学时光，那时的小学学制是五年。想当年，我经常被老师安排在课堂上朗读课文，最开心的是语文老师经常表扬我普通话说得好。那种欣喜的感觉，我至今仍然清晰地记得。事实上，多年以后，当我成为一名普通话课程的教师时，我知道我当时的普通话是一个什么样的水准。不过，老师的表扬真真切切让“普通话”的种子深深地埋在了我的心里。现在想想，老师的表扬对童年的孩子的激励作用真是无法忽视的，或许会影响到他们一生的选择。在此，我要感谢我的这位小学语文老师，从她那里，我知道了一个叫“普通话”的概念。后来听说，我们小学毕业后她和丈夫一起调回了北方的老家，我们之间就再也没有联系了。

其实，那时的我并不知道什么是普通话，只是潜意识里觉得普通话比我们的方音好听，对普通话的喜爱也只是发自内心的一种质朴的情感，认为像播音员一样说出来的话就是普通话，学习的方法主要是模仿，听广播成为我们生活的日常，因为在我们那个年代，电视还未普及。

中学阶段，那时的学习节奏没有现在的学生这么紧张，也没有培优之类的课外辅导，上学放学，日子在不紧不慢中过着。那时的我，每天最期盼的事情就是中午放学回家，吃完午饭后收听中央人民广播电台的《长篇联播》节目。《许茂和他的女儿们》《东方》《李自成》《将军吟》《黄河东流去》《上海的早晨》《故土》《新星》《杨家将》《平凡的世界》《夜幕下的哈尔滨》等，成为我们那个时代的共同记忆。

除了接受优秀文学作品的熏陶之外，我们更多的是每天倾听“好声音”，学习“好声音”。

二、爱上

20 世纪 80 年代，中学毕业的我进入师范大学中文系学习，现代汉语成为专业必修课。语音部分，除了声母、韵母、声调、音位等音理知识的学习，更多的时候，我们是极其自觉地练习普通话，这时普通话成了来自四面八方的同学之间进行交际的重要桥梁和纽带。为了说好普通话，诵读古诗、练习绕口令，成为晚上寝室关灯休息前的必修内容。

我是来自武汉市郊的学生，大学以前，虽然心心念念努力说普通话，但遇到来自大城市的同学，心里还是有点儿怯怯的，害怕带有乡音的普通话让人耻笑。在悄悄努力练习普通话的同时，我把自己的兴趣爱好转移到古代汉语的学习上。虽然出身工人家庭，父母识字数量有限，但这不影响没有童子功的我对古代汉语的热爱，因为作为汉语言文学专业的学生，我们都认为对古代文献语言的学习与探究是一件很有学问的事情，乃至后来考硕士，考博士，我都坚守汉语史方向。

大学毕业后，我成为一名古代汉语教研室的教师。刚开始工作，担任班主任，组织学生开班会时，我是肯定会说普通话的；走下讲台，我又满口方言，因为那时整个社会说普通话的氛围也不是很浓（全国推广普通话宣传周活动是 1998 年才开始推行的）。因为这事，我被当时的校语委主任好生教训了一通，他是我们班的现代汉语老师，学生找他告状，说班主任平时不说普通话。正是由于他的批评，我开始坚持在各种场合说普通话，虽谈不上不断练习形成说普通话的肌肉记忆，但的确到后来自己觉得说普通话也是一件自然而然的事情，不说反而有点儿不自在了。习惯用普通话表达之后，即使去菜场买菜，我也会说普通话，当然就会有被本地“精明”的小贩讹钱的小故事发生。

正式和普通话有进一步的感情，是因为学校教学的需要。随着社会的发展，口语交际在我们日常生活中更显重要，学校师范专业开设了教师口语课程。由于师资不足，我被安排去教授普通话课程。

上课可不是简单地说普通话的问题。课堂上，除了实践外，更多的是语音知识的讲解和方音辨正问题。声母、韵母、声调的教学成为我教学工作的主要内容。《礼记・学记》有云：“学然后知不足，教然后知困。知不足，然后能自反也；知困，然后能自强也。故曰：教学相长也。”多年的普通话教学让我自己的普通话水平也得到很大的提升。

此后，普通话成为我工作和生活中不可或缺的一部分。

三、执着

1997 年，经过湖北省普通话培训测试中心的培训考核，我成为一名省级普通话测试员。我成了一名有从业资格证书的人了。2006 年，我担任学校语言文字工作委员会办公室主任、学校普通话培训测试站站长。从此，普通话教学、普通话测试、普通话推广，成为我职业生涯的主要内容。在灵魂上，我与普通话渐渐地走到了一起。

成为一名普通话测试员后，成为学校语言文字工作的管理者后，自己才真正从理性上认识到普通话对我们的重要性。

从历史发展的沿革上讲，普通话对我们的生活交际作用重大。穿越时空，我们似乎可以看到春秋时期温良恭俭让的孔子在诵读《诗》《书》和礼赞时用当时的普通话——“雅言”表达的情景。我们似乎又可以看到西汉扬雄为撰写用“通语”“凡语”释各国方言而乘坐轻便的輶轩奔驰各国的情形。这一切都是为了一个共同的目的——更好地满足社会交际的需要。

在当今社会，普通话作为国家通用语言，是我们语言能力的重要组成部分，是国家主权的象征，是公民身份的标志，是文化认同的基础，是语言能力的核心。

学校作为推普工作的重要阵地，普通话的推广工作尤为重要。我校一贯重视语言文字工作，确立了“立足师生素质提高，服务社会发展需求，促进校园文明建设”的指导思想，把普通话和规范用字，作为校园的“有声名片”和“立体名片”来打造，为建设文明校园、推进素质教育、创建和谐校园做出了贡献，语言文字工作取得了长足进步。我校被评为“国家级语言文字规范化示范校”。

多年来，在省市语委的指导和支持下，我们积极主办和承办了多项语言文字活动，特别是学校每年上半年举办的“中华情中华颂中华赞”系列活动及承办的冠以“江大杯”的武汉市多个大型推普赛事活动，如武汉市局级干部普通话大赛、武汉市农村教师普通话大赛、武汉市“岗位推普明星”普通话大赛、武汉市中小学师德演讲比赛、武汉市红色经典诵读比赛……这些活动使“江大杯”成为学校、武汉市语言文字活动的品牌。

2008年，时任教育部语用司司长王登峰来学校检查语言文字工作；2010年，时任教育部语用司副司长张世平来学校检查语言文字工作。两位领导对我校语言文字工作都给予了充分的肯定。

十多年的光阴就这么悄悄滑过，那时的校语委主任已经退休了，我这个不在编的校语委办主任也快到了退休的年龄，但心中那份念想——对普通话，依旧在我心中占据着重要的位置，不曾走失。

四、尾声

“请不要叫我王院长，叫我王老师好了。”“请不要叫我王主任，叫我王老师好了。”“请不要叫我王站长，叫我王老师好了。”因为年龄、身体的原因，我辞去兼职多年的行政职务，回归到一个本然的专业教师的角色、一个本然的普通话测试员的角色。远离多年烦琐的行政工作的羁绊，远离纷繁复杂的人际关系，我有着从未有过的轻松与愉悦。

当好一名普通教师，做好教书育人工作；做好一名测试员，做好普通话推广工作。这些将是我未来必须认真践行的事项。

写出以上这些文字的时候，我依旧在校语委办主任的岗位上、依旧在校普通话测试站站长的岗位上，因为学校组织部虽然同意了我的辞职申请并发文免去了我的行政职务及行政级别，但学院领导不作安排，所以我依旧还在学校语言文字工作的管理岗位上。不唱高调，平平实实，作为一名中共党员，服从组织的安排是天职。从另外一个角度看，这或许也算是领导对我的信任与肯定吧。

年近花甲的我，给自己鼓鼓劲儿，加加油，退休前继续做好学校语言文字工作，特别是普通话推广工作。

努力，努力，再努力……

无法达到孔圣人金声玉振的境界，做好一个努力工作的自己，在推广普通话的道路上。

“老骥伏枥，志在千里。烈士暮年，壮心不已。”

（作者单位：江汉大学）

今生的最爱

谢忠凤

生长在鄂西北的我，18 岁在大学里开始学习普通话，至今已近四十年。这许多年，普通话对我人生的影响是巨大的。

一

我读的大学是在黄石的湖北师范大学，那时还叫湖北师范学院，同学都是湖北人，以荆州、黄冈人居多。一所大学往往会受当地语言文化氛围的影响，所以在大学里我听得比较多的是黄冈、黄石的腔调。但因为是师范院校，普通话还是很受追捧的。我的一个室友，高我一届，白白的圆圆的脸，一双大大的亮亮的眼睛，人很可爱，主要是普通话很好，很多男生都喜欢她，可能是她在舞台上朗诵演讲时很有光彩、很有吸引力吧，后来包括我在内的许多女生也和她成了好朋友。

慢慢地，我觉得说普通话似乎是文明人的一个标志。有一个高中同学到我们学校玩，不知是因为他觉得都是老乡不必说普通话，还是他不会说普通话，总之，到大学里看望我却说方言，给我的感觉很不好。

大学快毕业时，许多女生都有了心仪的男朋友，我也明晰了找对象的标准，除了职业、外貌等方面的要求，语言交流是我特别在意的：要会说普通话，最好也能说我的家乡话，显得亲切。按着这样的标准，我还真找到了一个在外面和别人说普通话、在家里和我说家乡话、外形和职业也比较合意的对象，他后来顺理成章地成了我的丈夫。这许多年，我们家里家外自如地切换着家乡话和普通话，生活的惬意似乎还是比一般人要多几分的。

二

我们家姊妹六个，我有四个姐姐一个弟弟。母亲在世时曾说过，如果那时候有计划生育，就不会有我们小姊妹三个。

大姐大我很多，我上小学时她已当了多年的老师。一次我跟她一起到她学校，碰到一位她的同事，问："这是你四妹妹？"我大姐说："是小妹妹，四妹妹比她漂亮多了。"这句话我至今难忘。我长得像我妈，皮肤粗糙些。我四姐长得像我爹，皮肤白皙些。虽然自知长相比较差，听到大姐的直言，我心里还是很受打击的。但那时一直认为长相是天生的，不是谁能改变的，再难受也只能放在心里。

没有美貌，我便努力读书。小学、中学甚至大学，我学习都很刻苦，成绩也比较好，很受老师的重视。但老师、同学看班上漂亮女生那种发亮的眼神，一直让我心生羡慕。我便更加用功，我要用优秀的表现俘获他们惊喜的目光，我做到了。当老师经常在班上把我的作文当范文念时，当我在舞台上声情并茂地朗诵时，当我自信从容地发表自己的观点时，我收获了众人的瞩目。工作了，我仍然很努力，特别是上"教师口语"这门课后，为了提升自己的普通话水平和朗诵演讲能力，我坚持早上大声读名篇名作，晚上跟读名家名作。就这样，我不仅取得了省级和国家级普通话水平测试员资格证，而且语感越来越好，朗读、朗诵、演讲能力也大有提高。现在的我，不再被大姐看低，且被许多学生推崇，被许多同行视为专家，心里的得意还是常常会有些的。

我也常给学生说要好好读书：一个人 18 岁以前不漂亮那是没有遗传好，18 岁以后不漂亮那是书没有读好。一个人书读多了，书中圣人先贤的思想情感不断地浸润影响你，你对人对己都会宽容大度，看事看物都会开阔豁达，你的眉眼都是舒展明朗的，慈眉善目的你怎会不美呢！苏轼"腹有诗书气自华"是读书对外貌影响最经典的阐释。这许多年，我没有长高，也没有变白，甚至因年龄不断增长，皮肤更加粗糙，皱纹更加深厚，只是天天早晚为练习普通话而大声朗读诗文，让我心情愉悦，容光焕发。

三

我对职业的遐想应该始于高中：将来我要当个记者或者律师，侃侃而谈、神采飞扬、英姿飒爽。

理想很丰满，现实很骨感。高考成绩不理想，我很现实地选择了师范院校。好在我这人不那么执拗，迅速调整方向，扎实地完成了大学学业。那时没有手机、电脑甚至连电视都没有，四年大学时光都是在图书馆度过的。看了一些文章、书籍后，我也开始自觉地写些文字，把自己看到的想到的写出来，“走绿了路旁的梧桐树，走红了江边的石榴花”就是我大学课余饭后散步时的感慨。我也给校报投了一些稿子。校报的老编辑很喜欢我的文字，说很清新；班上同学也说我的文思很新奇；还有一个同学劝我少说话多写字。我于是又开始幻想作家这个职业。

现实又一次粉碎了我的梦想。大学毕业，我还是被分配到师范学校当老师。好在我承担了“写作”课教学任务，我非常努力把我的感受、我的思想、我的写法讲给学生听，学生听起来有趣，但学起来无效。看来，自己写和教别人写、写作的理想与理想的写作远不是一回事。我很沮丧，再一次陷入了职业专业的深思中。我在教学生写作的困惑中挣扎了许久。

1994 年，学校响应国家教委的号召，开始开设“教师口语”类的课程。系主任觉得我口齿比较伶俐，坚持要我上这门课。可我知道，这门课不是伶牙俐齿就能胜任的。我放下我的“鸡肋”“写作”，开始啃普通话这块“硬骨头”：我早上练读一个小时诗文，晚上跟《新闻联播》主持人学半个小时，抽空跟名家的录音读一会儿；我经常带本字典随时翻阅核实，外出培训学习还研学琢磨……就这样，我不仅上了而且还上好了这门课，我负责的“教师语言”这门课 2017 年被评为 200 门国家级教师教育精品资源共享课之一。最主要的是，我慢慢觉出普通话带给我的好：说普通话的我，说话、朗诵、演讲字正腔圆，圆润饱满，抑扬顿挫，神清气爽，说普通话时的我浑身都来劲，都来神。

再过几年我就要退休了，我早已不再纠结以往的职业理想了，职业现实却让我乐此不疲：我还在教“教师口语”，教普通话；我还经常给学生朗诵著名的爱情诗，也还偶尔激情澎湃地来一通演讲……当然，我也还是会时不时地捡起写作这块“鸡肋”，只是滋养了我后半生职业生涯的“硬骨头”普通话才是我今生的最爱。

（作者单位：汉江师范学院）

我与普通话的那些事儿

张琼娥

2018年夏天，武汉空军医院。因为视力问题，我刚和主治医生交流了一会儿，他突然问了我一句："你是老师吧？"我很意外："您怎么知道？"老人微微一笑："你普通话讲得这么好，我早就听出来了。"那一刻，我很意外，也有些小窃喜，像得到了老师表扬的孩子一样开心。虽然我是一名语文老师，但其实对自己的普通话一直不很满意。听了老人这话，好像我可以释怀了，哈哈。

说起我与普通话的那些事儿，还真的有许多的意难平呢！

我小时候在一所乡村小学读了六年。那时候，我的老师们大多操着半洋半土的普通话上课。即使这样，也足以让我们这些从小听着方言长大的孩子艳羡了，好像老师那一张一合的嘴里吐出来的语言文字格外高大上一些。好像就是因为这些文字、这些发音，我们知道了老师和普通的农民是不一样的。那时候，我们的小眼睛盯着老师的嘴巴，竖起自己的小耳朵，生怕漏掉老师嘴里发出的每一个美妙的音符。它就像一股清泉，"叮咚、叮咚"，流进了我们每一个人的心里。

在这些美妙的回忆中，有一件事儿是让我比较尴尬的。我的名字中有一个"琼"字，不知道是从哪一位老师开始，他们一致念成"chun"，以至于多年以后，小伙伴们见了我，还是"chun娥""chun娥"地叫。我发现，问题好像是在二年级学习了这个生字之后。当我翻开字典，发现这个字念"qióng"，并且注解为"美玉、美好"时，我多么开心呀！原来我的名字寄予了父亲这么深沉的爱和这么高的期望。我拿着字典去找老师，老师很认真地看了字典上的注解和拼音之后，点了点头："嗯，你说的是对的，张chun娥。"那一刻，我简直要晕倒。我在心底呐喊："老师，你知道'琼'是什么意思吗？那是美玉呀，怎么可以念成‘chun’呢？”但是我不敢。我蔫蔫地走出老师的办公室，回到了自己的座位。

从那个时候起，我好像对“chun”这个发音有了很大的意见，好像就是因为它，使我这颗美玉蒙了尘。我好担心，因为这种发音让我从此以后没法变成一块美玉，没法变成一位美女。之后，在很长的一段时间内，我都很反感小伙伴们喊我的名字。虽然他们不明白我为什么不高兴，但依旧每天这么开心地喊。

慢慢地，我长大了，不知道是不是妥协了，我终于不再纠结这个问题。“chun”也罢，“qióng”也罢，都是我呀。

也许是从那个时候开始，我就朦胧地意识到了：讲一口标准的普通话，写一手规范的汉字是多么重要。不然的话，可能会让美玉蒙尘呢。

不知道和这有没有关系，从小学的时候开始，我的语文成绩就一直非常好。我的作文是班上写得最好的，课文是班上读得最好的，每一个字音我都读得很准。那个时候，最开心的一件事情就是听到老师表扬我：“你读得真好！像个城里的孩子！”那个时候，这句话不知道给了我多大的动力和鼓舞。

也许是冥冥中的注定，后来我考取了广水师范学校，成了一名光荣的师范生，正式开始了每天说普通话的校园生活。我和同学们每天上课说普通话，下课说普通话，在寝室里也用普通话交流。普通话好像有一种神奇的力量，让我们的声音都变得温柔起来，让我们说话都变得文雅起来。喧闹的声音没有了，吵架的声音也没有了。那个时候，世界真的很美、很甜、很温馨，和那个时候的我们一样。

每个班上都会有一两个来自同一个地方的伙伴，也会私下里用方言交流。相处三年，我们慢慢就知道了各个地方的方言特色。汉川、应城的同学，“z、c、s”和“zh、ch、sh”是不分的。“汉川”在他们嘴里变成了“汉 cuan”，好好的“应城”到了他们嘴里就变成了“应 ceng”；广水的同学“f、h”是不分的，他们最经典的一句“好大的 hong（风）啊，吹得 huan（翻）的 huan（翻）”，常常让我们哄堂大笑。我们安陆的方言好像根本就没有第四声，所有的第四声汉字都被我们自动念成了第二声……闲暇之余，我们就喜欢用各自的方言来打闹、嬉笑，这些极富魅力的地方方言让我们的师范生活充满了无穷的乐趣。以至于二三十年之后我们再相聚时，大家都还记得我们各自的方言缺陷是什么，时不时来打趣一番，以此来纪念我们年轻时的时光和我们难忘的师范生活。

女生还好，说着温柔的普通话，感觉我们大家真的都长大了一样。但是坏坏的男生很快就发现了普通话骂人是没有攻击力的，他们总结出来了，当想发脾气、想骂人的时候，用方言。当他们恶作剧地把这个发现告诉我们女生的时候，我才恍惚觉得：呀，原来我已经过了三年说普通话的生活了。

这个神奇的发现让我们讨论了许久，最终也没有得出什么结论。现在回想起那段青春岁月，唯一的印象，就是普通话真的会让人变得很文明，因为用普通话骂人，真的很没攻击力。

师范生活很快就要结束了，我们也变得忙碌起来。毕业之前我们都要考普通话等级证，这个可是我们上岗前的必备武器。

那段时间，大家都变得勤奋起来。路灯下、花园里、图书馆，到处都有我们捧着一本《普通话测试》默默诵读的身影。为了纠正根深蒂固的方言问题，我们努力把嘴巴张大，对着镜子察看自己的嘴型，期待自己发出的每一个声音都是字正腔圆、圆润动听的。书上每一个字都是标注了拼音的，所以需要牢牢地把它们记住。努力了很长一段时间之后，我终于发现：作为安陆人，我的缺陷不只是没有第四声，还有好像那永远也跨越不过去的 n 和 l、前鼻音和后鼻音。我记得测试教材中有一篇关于骑牛的文章，为了把“牛”的“n”发到位，我总是在念到这个字的时候，把鼻子紧紧地皱起，挤作一团，好像这样就容易一些。单个的词语还好说，我可以很好地把它记住，当它呈现在一整篇文章当中并且反复出现的时候，简直成了我的噩梦。语速一旦加快，我的鼻音 n 就发不到位，常常是瞻前顾后，顾此失彼，狼狈不堪。

经过了几个月的特训，终于迎来了我的第一次普通话测试。当我战战兢兢地从评委手中抽出全文朗读的纸条时，一眼看到那篇“骑牛”的文章，我就“痛不欲生”。老天为什么要如此难为我一个这般勤奋的人呢？尽管我恨不得把鼻子捏起来，耳聪目明的评委们还是一下听出了我的缺陷。我拿到了第一次测试的成绩：91 分。离一级乙等只差一分。

天知道我有多么不甘心！我心里念念叨叨的一直就是一级乙等，怎么就是个二级甲等呢？

倔强如我，从不言弃。在同学们已经丢下《普通话测试》这本书的时候，我仍然在每一个黄昏、每一个周末和“n、l”战斗。我就是不服气，聪明如我，怎么就硬是干不过它们呢？

很快又迎来了我的第二次普通话测试。这一次我抽到的文章不再是“骑牛”，可是我还是91分，离一级乙等又差一分。现在想想，我不知道那个时候自己为什么硬是不放弃，到底是执着于“n”和“l”，还是“chun”与“qióng”呢？我已经不知道了。

你可能不相信，我又考了第三次，91分，离一级乙等还是差一分。很快，我毕业了。

刚毕业时，我被分在一所乡村中学教语文。那个时候的孩子们好像和我一样，估计小学时老师的普通话也不怎么标准，所以他们很少听出我发音的缺陷。他们睁着大大的眼睛，崇拜地看着我，那时候我好像看到了很多年前的自己。我忽然就明白了，做语文老师和做数学老师是有区别的。语言是那么灵动、那么有趣，声音是那么圆润，我与普通话的那些事儿那么好听，不好好学语文，怎么都不对吧！这时，我已经不再执着于“一乙”还是“二甲”了，只想着如何让孩子们爱上语文，爱上语文课，期待他们的未来一定要比我好。

后来我调到了城里当时条件最好的小学，仍然教语文。这个时候，我就不那么幸运了。只要稍不留神，方言缺陷就从我的嘴边不知不觉地溜了出去。在孩子们一次又一次地纠正我的错误之后，我很汗颜，也很羡慕。孩子们也许不知道，他们的老师从小是在农村长大的，老师的老师就是这样教她说普通话的。那个时候，我很羡慕城里的孩子可以从小就接受那么正规的普通话熏陶。

为了不误人子弟，生字教学时，每一个字、每一个音，我都一定提前预习，不再给学生留下任何错误，不再给自己留下任何缺憾。也许是因为我音色比较特殊，孩子们都很愿意听我的声音。慢慢地，课堂上纠正我的人少了，喜欢上语文课的人越来越多了。我也有了一个很大的改变，那就是不单单在学校讲普通话，回到家里我也坚持和孩子、爱人讲普通话。因为我明白，语言环境对于普通话的规范是非常重要的，说好普通话要从身边的每一个人做起。

现在我已经从教25年了，从青春无敌美少女变成了一位中年大妈，但我自始至终都是一名语文老师。我用普通话教给学生知识，用普通话教给他们做人的道理。在家里，我用普通话和家人沟通、交流。普通话让我的世界更温柔，普通话让沟通更畅快，普通话让世界更文明。

这就是我与普通话的那些事儿，应该也有你与普通话那些故事的影子吧！

（作者单位：安陆市实验小学）

有温度的记忆

许　萌

一晃 20 年了。回想起来，这是很长一段有温度、有颜色的美好时光。

应该是一个下午，令人舒适的温暖，却也清凉。记忆的画面里，人物周围都有景深，朦朦胧胧，自带光晕。我在华中师范大学 3 号教学楼的走廊里，翘首等待普通话口语考试。教室门上有小窗户，透过玻璃，我看得见站在讲台上的考生拿着卷子在答题，讲台下有两位老师同步伏案评分。教室靠后的位置，有一位长发及肩的老师，男性，中年，像是督导，不苟言笑。我当时并不知道我将来也会与这位黎老师一道并肩工作，只知道这位督导在我考试的时候已经起身离开。从 20 年前这场考试开始，我的前半生和普通话连在了一起，就像一颗磁吸的扣子，“啪嗒”一声，挂上了钩。

因为自幼生活在大学校园里的缘故，来自天南海北的各位师长不论方音轻重，都使用普通话沟通和交流。校园高墙之外的方言世界，似乎是不需要我去适应和学习的，所以我不会说方言，只会熟练运用普通话，和简单的几句我父母家乡的吴侬软语。我不觉得我考普通话的级别会是一件很难的事情，听听周围备考考生们的口音，暗自觉得略有优越感——当时这种不知天高地厚的莫名优越感，不正是我现在经常和学生们提到的“毫无敬畏之心”吗？

我的考试状态很轻松，因为黎督导并不在我的考场内了。我的评分老师让我去复审室，我觉得这应该是个比较被认可的口语状态吧，因为和我一起去考试的同事们没有人有这样的待遇。我现在都还清楚地记得，我在复审室里的考试是怎么恣意轻慢的：语速较快，没有上声，读文章按照自己的思路改字还觉得可能是卷子印错了。这种毫无训练和理论知识的裸考，还自我感觉很不错，后来在多少考生身上都能看见和听见啊。

万幸我进了“一乙”。我常想，那次口语考试要是没进“一乙”，估计也就没有后来的一切了。成绩出来了，我们学校教务说：“全校的老师，你的分最高，还有老师没有达到教师证最低要求级别呢！派个代表去问一下什么时候能再考，就你去吧！”我真的很幸运。我再次来到3号教学楼，第一次走进省测试中心，来到喻老师的桌旁，问问题。喻老师说：“我们正要举办测试员培训班，你考得挺好的，要不要来参加一下？”当然要啊！就像舞台上两幅大幕徐徐拉开，我的普通话人生正式开始了。

省级测试员培训班里测评能力考试的那天，喻老师来监考。每一个考生的录音我都可以从容自如地很快打出分来，算好填好，扬着脸嘚瑟地等喻老师来看。喻老师转过来看，含笑不语，再背着手转开。拿到省级测试员证之后的第一场测试，不在华师主场，是在华师对面的电力职院。那一天的那种紧张、慌乱、手足无措，历历在目：来不及听辨、分数写串行、总分算错、和主测评分误差较大，样样都有。不过，我只记得这一次的忙乱和紧张，很快我就适应了这一切，越来越驾轻就熟。

除去寒暑假的每一个周末，我都愉快地行走在普通话测试的人生旅程中。揭老师最早是骑摩托的，又飒又爽；龙老师每次都是轻言细语，极为优雅。无论和煦阳光还是雨雪风霜，要么是华师主场测试，要么是去其他学校测试；要么自己去和大部队会合，要么到华师北门去坐大巴。那真是一段太有意思的日子了。渐渐地，我从副测成长为主测了，并且经常会带新人。老带新的环节是非常重要的，这种初始测试习惯的印刻，会一直对测试员以后的测评能力产生影响。每次揭老师跟我说：“明天带个新人哈！”“好的呀！”这样的信任总是让我十分满足。现在回想起那一段时光，无论哪个环节，感觉都首先是暖洋洋的，让人脸上能浮起笑容，甜丝丝的。

因为测试，我领略过华师一年四季里不同时节的花香美景；桂香园的厨师新研发了什么菜，一定也能第一时间知晓；地处武汉市内或市郊的各大高校的本校区新校区也无一不踏足，还有到外地去测试和培训的经历。每个周末都是测试同仁们的大聚会。测试前聊聊各自的家长里短，测试中沟通磨合形成默契，测试后讨论具体口音类型、讨论评分意见，并肩战斗学习，“革命友谊”常青。记忆中闪回的每一帧画面，都像降温的秋雨后，随风掉落的树叶，红黄斑驳地铺满了一地，泛着淋漓的水光，有着油画一般的厚重质感。

成为省级测试员三年后的冬天，我去了北京考国测，和老孙一起。在国家行政学院，我们上课，我们听辨，我们讨论，日常进餐开的玩笑都是“黄澄澄的炒鸡蛋”，这 ABB 式的形容词里的“BB”读对了没有。此行我还有一个愿望，就是在国测班的口语考试中拿下“一甲”。普通话口语一级乙等是可以做考官了，但是更进一步还有“一甲”呢，为什么不让自己更好更强？一直以来，在没有老师指导的前提下，我对于“一甲”口音的正确认知，也是逐步在测评中一步一步领会和感受到的。听过太多自以为是或者强行掩饰口音的录音，我找准了方向，随时随地有意识地练习，希望能在国测班里一举考得国测资格和口语“一甲”。然而这一次我没能这么幸运地跨过那个鸿沟。真的是鸿沟啊，虽然不到 3 分的差距。

国测班口语考试的教室和我住的宿舍，是两栋相隔的楼。当我从教室考完了出来，下楼，走出楼栋门，回到我住的楼，上楼，到我住的房间门口了，掏出门卡的手都还止不住地抖，这辈子没有紧张成这样。太想得到的缘故吧，一向驾轻就熟、信手拈来的能力此刻却不给力了，就像用力过猛一脚踩急了油门，车轮打滑冒烟了也没能行进半步。不到 3 分的差距，只缩小到不到 2 分，可这实实在在就还是两个不同的级别。

两年以后的一天中午，龙老师的电话来了。很轻盈喜悦的声音：“来吧！来拿证吧！过啦！”如果有舞台，此刻应该有一束伦勃朗光，打在我喜悦的脸上，这就是我的高光时刻。太幸福了。这个 97.8 分在我普通话的人生中，可以算是一次质的飞跃。我充分认识到：满怀敬畏之心，才能踏实向前。

慢慢地，开始准备改机测了。一开始，我对它充满了疑惑和不信任。在华师 3 号教学楼的考场里，两名国测、一名省测和一台机器同时给考生打分，结果并没有出现我以为会有的偏差极大的分差，不得不感叹：这真是 30 个说话题目之一“谈谈科技发展与社会生活”的良好素材啊。然后，机测全面替代了人测。机测大大改变了原有人测的测试模式和评分方法。全四题变为第四题，这数值和级别的对应，认知和评判的对应，需要快速去适应和转变，并不断对新的测试思维进行固化和迭代。

人测变机测是经历了一个循序渐进的过程的，现在说起来，我还是略有些失落。很重要的一点，是大家不能再每个周末都聚在一起并肩战斗了。曾经在很长一段时间里，我都会在周五的晚上开始对着方子做各种各样的烘焙糕点和自酿酸奶，第二天测试的时候带给大家分享，乐此不疲。这样的分享让很多“战友”们惦记，也让我十分满足。机测以后，只有电脑屏幕了，只有网络传输了，大家各自忙碌，忙得连凑齐在一起吃顿饭的时间都没有，仿佛原来那些每个周末都聚首的日子不曾有过、也无法实现一样。

倏忽一瞬，普通话就紧紧相随我走完了20年的时光，和我的生活、我的学习、我的工作交织在一起，不能分离。这是我的前半生的记忆吗？是的，这就是我的前半生的记忆，我的普通话人生的前半程。这记忆有温度，就是那种令人舒适的温暖，同时又带着一丝清凉。

咱们下半程，继续一起，紧紧相伴相随吧。

（作者单位：湖北艺术职业学院）

雅言雅事

杨　瑾

我相信，人生中的每一次努力都不会被辜负，冥冥中的机缘指引了事业发展的方向。正如我，一纸普通话等级证书，带来机会，添了自信，给自己职业生涯的黄金时期烙下了普通话测试的印记。

接触普通话测试工作是 2003 年，当时仅凭自己大学拿到的普通话一级乙等证书的底气，接下了全校师生普通话培训及测试工作。初生牛犊不怕虎的闯劲、自己对普通话测试工作的热爱以及同仁们的鼎力相助，让学校从最初每年二三百人的普通话测试量，增长到现在每年近 6000 人次，位居高职测试站测试量的前三。一路坚持走来，一晃竟然 18 年。现在即便调到别的部门工作了，大家提到我，还是会想到普通话测试工作。而我自己不管身处何部门，一听到学校普通话测试站获得好评时，都深感“与有荣焉”。

人生的高光时刻是在做普通话测试员生涯中闪现的。2006 年，湖北省语委、省培训测试中心选派我参加了国家语委举办的培训班学习，我顺利通过考核，成为国家级普通话水平测试员。在这个培训学习过程中，有幸和其他省份的测试员学习交流，得知别的省份多是 3 年或 5 年做一次经验交流的业务回炉，不禁感叹，我省普通话培训测试中心对测试员业务能力的考核是最频繁的。每年年初，省普通话培训测试中心会对全省骨干测试员进行培训考核，20 多年，从未间断。是真的考核，不是走过场。5 个考生录音的等级测评，错 3 个就失去骨干测试员称号，同时失去的是复审员资格，红皮烫金字的聘书也因此无缘。多年来，我校选送的测试员业务精湛，无人考核“挂科”。

正是每年有这番回炉培训，使得我的业务水平一直恒定。参加国家级普通话水平测试员考核时，听力测评满分过，口语由大学时的“一乙”考到了

“一甲”，值得骄傲的是，当年全班 133 人也只有 10 人获此等级，来自高校的教师只有我和另一个内蒙古的教师，其余的都是科班播音员。

2011 年起，湖北省启动计算机辅助普通话测试工作。启动的标志一是开始硬件配备，各高校、地市州教育局等测试点着手筹备建立计算机辅助普通话水平测试站；鉴于计算机不能完全代替人工测试，所以另一个启动标志是调整测试员评测内容，即前三题由电脑测评，测试员线上评测第四题，这也是对测试员最有挑战性的难题。

以往测试员在听完前三题后，对考生的语音面貌就有了比较清晰的认识，待到评测第四题“说话”时，根据考生的表述进行定量定性，很快就能判定级别。从某种程度上说，第四题考生说话的主要作用，是印证测试员初步定级的依据；同时，对于级别的认定，两位测试员也可以及时商量。

实行机测后，省培训测试中心要求测试员在线上“独立”打分。“独立”意味着彼此不知的两人线上为一组，如打分相差三分再由第三位（测试站选派的骨干）测试员复审；“独立”意味着没有考生前三题的成绩参考，没有搭档可以相互探讨商量。

一开始，新规则的发布在测试员群内引起了不小的震动。省培训测试中心多次召开骨干测试员会议，研讨可能出现问题的解决办法，同时对测试员做适应性技术训练，主要是第四题评测标准的把握，等等。不到半年，测试员都适应了线上测试的工作要求和工作环境。

线上测试开启后，测试员们线下见面机会锐减，相聚就只剩一年一度的骨干测试员考核会了。大家都非常怀念人测时代其乐融融的光景：测试时遇见众多志同道合的朋友，不同学校、学院、部门的人，不管你是教授还是讲师，是院长还是处长，这时都只有一个身份——普通话测试员。

大家秉持对普通话测试事业的热爱，牺牲周末休息时间，携手奔赴全省各测试点测评。测试点的辗转，让我们欣赏了东湖三月的樱花，领略了桂子山的晚霞，享用了高校流芳校区的美食，品尝了职校学生泡制的香茶……最美是见到老友时的温暖，极大地消解了测试工作的疲惫，测试站的自然风光和人文情愫让所有测试员回味深长，久久不能忘怀。正如朗读作品《朋友和其他》所言：“很多时候，心灵的契合已经不需要太多的言语来表达……珍惜每一次相聚的温馨，离别便也欢喜。”

测试的搭档带给我很多关怀的温馨，测试工作也有很多记忆犹新的事情历历在目。

“老师，这是我第12次参加普通话水平测试了。”听到这句话，我不禁抬起头，一个黑瘦的男老师，说完这句话还鞠了一躬。考场测试员的身份，压下了我起身回礼的冲动。“我是福建人，普通话不好，但我要做一名高中物理老师，考了很多次，‘二乙’证书一直没拿到……”很显然，说话题目“谈谈学习普通话的体会”对他而言，可能是一部血泪史吧！我只能目送他出考场。如果不下苦功夫的话，同样的级别不会因参考次数的多寡而有质的变化，我在心里默默念叨。这件事也侧面验证了整体测评水平的稳定性、评测标准的一致性，以及这其中表现出来的公信力和公平性。

第四题命题说话，不同背景的人会结合自身情况讲述各自的经历，让你在工作之余，感受到别人的人生体验，同时也丰富了自己的测试生活。印象最深刻的是在华中科技大学的一次测试。那天是医护专场，有个年轻的小护士说“生命到底有没有意义”，说的时候我明显感觉到小护士的情绪有些激动：“我救了她两次，这个20多岁的小女生第一次吃安眠药自杀，第二次割腕。碰巧的是两次都是我抢救的，没有第三次看到她，希望她能迈过人生的坎，学会珍惜生命……”不是所有的说话内容都那么沉重。记得有次测试，一个考生抽中的题目是“我尊敬的人”，他讲述的是他爸爸。我看看时间，两分半了，还未提及他爸爸，我不禁好心地提示了一下：“同学，请注意你说的是你爸爸，不要跑题！”“马上，老师，再过5秒钟，我的爸爸就出现了！”接着，他大气不带喘地继续描述着，终于，千呼万唤的“爸爸”出场了，可时间也到了。我无奈地笑笑，这孩子！

一不留神，普通话测试工作成为我20多年来职业生涯的主打歌，其间的丰饶、色彩、人气让我攒了乐趣，积了福分，润了心田。因为热爱，这份意义非凡的工作也就成了我生活中难以割舍的一部分。

（作者单位：武汉职业技术学院）

普通话，叫我如何不爱你

丁卫平

我出生在一个偏远的湖区农村，祖上世代农民。20 世纪 70 年代出生的我们，没有上过幼儿园，上小学在村里，上初中在镇上，课堂上老师极少讲普通话，只有语文课上识字读拼音才“舍得”开口。在这样的学习和生活环境中，我们都没有讲普通话的习惯，大家乡里乡亲的，乡音倒也觉得亲切。

清晰地记得三十多年前，我走进了师范学校的大门，在口语课上，文梅生老师让我们张开嘴巴，响亮地发出“a”“o”“e”单韵母音调时，我们都满脸不屑，这都是小学一年级就学会了的，汉语拼音普通话，谁不会啊，简直就是小题大做！文老师笑着让我们每个人和她面对面用普通话交流，你问我答，顿时我们一个个丑态百出，既要思考怎样回答老师该说些什么，又要想着说出的汉字读音是翘舌、平舌、前鼻、后鼻，结果说话断断续续、结结巴巴，憋得满脸通红、脑门冒汗。文老师当时就指出我们毛病的根源所在，一是声母、韵母发音不准，造成每个汉字也发音不准，二是平时没有坚持讲普通话的习惯。是啊，在我们那个时代的乡村小学和初中，老师上课讲普通话的微乎其微，学生也顶多是在朗诵比赛和获奖发言时，事先背好稿子，还要老师多次纠正辅导语调语气，正式上台的表现才像那么回事，真要在生活中用普通话对答如流，肯定出洋相。这应该就是文老师讲的“我们不能背诵普通话，要随口讲好普通话”吧。从那以后，文老师千方百计地“撬开”我们的“金口”，课堂上每个人都要站起来张开嘴巴，一字一句大声朗读。在其他老师的课堂上，总有些偷懒耍滑的同学，都被文老师收拾得服服帖帖，一不留神就让你红红脸，出出汗。不知不觉中，我们的胆子渐渐地大了，主动和老师交流多了，报名参加各种朗诵、演讲活动的排起了长队，一连串急匆匆的脚步赶往校园广播站，同学们的普通话水平提升飞快，都顺利毕业。多年以后我参加普通话等级测试，完毕后，测试员随口问了我一下毕业的学校和老师，当我说出文老师的名字时，测试员点点头，小声念叨一句“我说呢”。唉！叫我如何能忘记！大概从那一刻起，我也想效仿我的老师，扎扎实实地把普通话教给和我一样出生在农村的孩子。

毕业后我分配回到了母校，还是那一所偏远的湖区小学，学校里除了两名民办老师外，都是聘请的代课老师，每次有上级领导到学校检查工作，校长都千叮万嘱：你们上课一定要讲普通话，不会讲的憋！而这一次是省里来抽查“无血吸虫病人学校”创建工作的，一位领导突然闯进了学前班的教室，这可是预先没想到的。他问了学前班小朋友一个问题：你们都到后面的汉北河里游泳吗？小朋友面面相觑，不知所措，校长急红了脸，大声提示：“就是问你们去冒（没）去河里打鼓泅（游泳）!”小朋友们立即大声齐喊：“冒（没）!”“那为什么呢?”“有血极（吸）虫!”检查一结束，校长就喊我去办公室，擦了把汗就安排工作：“你赶紧搞推广普通话的事情，今天差滴咔（差一点）错了大拐（大错）!”初出茅庐受此重任，定当全力以赴，我立马行动起来，从组织教师培训到购置设备，从活动筹划到氛围营造，有序推进。遵照老师的教导，讲好普通话就是要多听多练多交流，那好，校园的广播从早上六点半就开始播放《新闻和报纸摘要》，学生到校早锻炼就边跑边听。墙上印刷自创的标语横幅：我是普通人，应讲普通话；讲好普通话，将来不普通；方言土语虽可爱，外出交流成障碍；从小讲好普通话，走遍全国都不怕……针对我们方言中容易读错的字音，我单独挑出来，和语文老师们一起解决，在课堂教学中重点强调，如平舌音、翘舌音不分，yin、yan、ying混淆，鼻音、边音不分，等等。另外我还把生活中常见的事物、口语的方言和普通话进行对比，制成方言与普通话对照表，解决学生用词不准造成用普通话说方言的问题，比如“我们来到小河边，水里哈（都）是小鱼秧子（鱼苗）”。各班级开展“找一个词代替”的普通话主题交流活动，学生两个一组，一问一答，如“半头裤子—短裤；落雨了—下雨了；克马—青蛙；颈框—脖子”。学生学习普通话的兴趣大增，收集整理的方言土语与普通话书面语对照表越来越丰富，以前习惯叫“油奶”“肉元子”“缸豆子”，现在也改过来说“牛奶”“肉丸子”“豇豆”。

要把普通话从课内讲到课外，进而由校内扩散到校外，让普通话真正成为生活语言、学习语言和交际语言，只有通过多种多样的活动推进，才能提高普通话水平。于是，我组织以班级为单位的讲故事比赛、朗诵诗歌比赛等小型活动，在学校层面利用重大节日开展读书演讲比赛、小品相声表演等。由于农村留守儿童多，我还特意要求学生和父母打电话、语音视频时坚持使用普通话，每次寒暑假时下发的《假期安全告知书》《防溺水宣传单》，我都要求学生用普通话读给家长听，甚至连《禁止焚烧秸秆宣传单》《传染病预防知识》也让学生带回家读给爷爷奶奶听，有的学生还自主发挥了一把："你要是不听话还去烧秸秆，被警察关在监狱里，我可不会给你送饭的！"

慢慢地我还鼓励学生为村里镇里种的莲藕、养的螃蟹做代言，为那些农户录制普通话版本的吆喝音频，在小喇叭上不停循环播放。比如："吃了我的藕，心眼特别多。""莲蓬米，大又甜，走亲访友送一点，老少笑开颜。""螃蟹横行霸道，膏肥黄满肉多，如今扫黑除恶，正好送进蒸锅。"这些活动不仅让学生感受到普通话对生活的重要性，也让学生家长对推广普通话工作多了一份支持，为全社会推广普通话营造了很好的氛围。在平凡而充实的教育工作中，我和学生一起进步着、快乐着，也被人悄悄关注着，不知不觉中收获了爱情，建立了家庭。

也许是我选择了教师这份清静的职业，也许是学校处在偏远宁静的乡村，我自己也喜欢平平静静的生活，每到晚上也不想看电视，只喜欢打开收音机听听电台主持人聊聊工作、生活、情感，分享人生感悟哲理，中间配上几段轻音乐，带着思绪飘向远方，或者自己拿出纸笔随意地写写画画，再泡上一杯绿茶，反而觉得很充实，也更加喜欢上了那些普通话标准、充满磁性和深情的声音。那个时代最火的莫过于湖北楚天音乐台刘虹主持的《吉祥鸟》节目了，以这个节目为媒，我也因此找到了情投意合的妻子——和我同在一个学校教语文的吴老师。多年后我问她："当年追求你的人不少，你怎么看上我了呢？"她回答："你上课坚持讲普通话，还蛮标准，可见综合素质较强，对工作也还认真负责。关键是我作为语文老师，普通话水平还有待提高，跟你一起可以学习学习。如果以后还是没啥进步，我就说我的普通话是跟一个数学老师学的。"

婚后的生活琐事颇多，择菜烧火做饭，洗衣拖地叠衣服，我总是一边干活，一边打开收音机，听相声，听新闻，听朗诵，家里总是充满欢声笑语，繁杂琐事似乎也变得不那么令人生厌。妻子喜欢听雅坤、虹云朗诵的深情倾诉，我喜欢听方明、陈铎的深沉醇厚；妻子喜欢听叶蓝怀旧经典的娓娓道来，我喜欢听郭德纲相声的嘎嘣脆生。意见不统一的时候，那就只有选择听新闻播音员的字正腔圆了。课堂上吴老师有时来一段名家朗诵的模仿秀，收获学生崇拜的目光；有时为了赶走学生的瞌睡虫，我会即兴来上一段贯口：天为罗盖地为毯，日月星辰伴我眠……最后那一句：不是老天不睁眼，这善恶到头——啪！——报应循环！虽然没有醒木，但我那一掌拍在讲桌上，效果也差不多。

婚后两年，孩子出生，教育问题立马提上日程，老师的孩子那更加不能输在起跑线上啊！各种杂乱无序、手忙脚乱的教育方式方法集中轰炸不见效果后，我们反而冷静下来：家长是孩子的第一任老师，示范作用不可少，何必搞那么多花里胡哨的东西呢！就让他跟我们小时候一样，读故事、听故事、讲故事就很好嘛，几十年前熟悉的“小喇叭开始广播啦”的声音仿佛还在耳边萦绕，孙敬修老爷爷讲的故事情节依然记得，只可惜现在孩子不吃这一套，屁股在凳子上还没坐热就不耐烦了，倒是喜欢看《葫芦兄弟》《奥特曼》那些动画片。没办法，凡事不能强求啊！于是两口子轮流和孩子比赛讲故事、编故事，训练起来效果很好，加上在学校、在家里都坚持讲普通话，在参加学校讲故事比赛、演讲比赛中，孩子都取得了不错的成绩，而且是唯一没有参加“金话筒”之类校外培训的选手，这极大地激发了他讲普通话的积极性。不仅如此，他的阅读、写作能力也有很大提高，语文成绩一直很棒，这真是坚持讲普通话带来的意料之外的惊喜。

2020年春节，侄儿和舅侄女都上了小学，正是语言思维能力发展的关键期，恰逢疫情期间都隔离在家里上网课，于是我想了想，就给两个孩子各买了一台天猫精灵智能音箱，既能给孩子讲故事、听音乐，也能和孩子对话互动交流，这不正是训练孩子讲普通话的新式“武器”吗？过了一段时间，我去看望孩子们，发现他们都非常喜欢这个音箱，侄子每天一个小时听故事，还把自己讲的故事进行对比，反复锤炼自己的口语表达能力；舅侄女最喜欢玩词语接龙和诗词对战，积累了大量的词语和古诗词。他们高兴地说：“和天猫精灵对话，关键是自己的普通话必须标准，它才听得懂。”现在他们的水平高得都敢和天猫精灵吵架了，每天放学回家都离不开它了，问天气、定闹钟、查资料都用标准的普通话命令天猫精灵完成，真是有趣又高效。

音韵优美、语调动听的普通话，时时刻刻出现在我的学习、工作、生活之中，我讲普通话的过程也从羞涩拘谨、结结巴巴，慢慢变得自然大方、流利顺畅，它让我的内心变得更加自信，生活更加充实，也影响着我周围的人。在更加开放的新时代，在更加需要坚定文化自信的今天，在中华民族伟大复兴进程中，普通话将担负起传承中华民族历史文化、消除人与人之间交流的隔阂的重任。学好普通话，朋友遍天下。我要说：已经融入生命的普通话，叫我如何不爱你！

（作者单位：应城市黄滩镇中心小学）

我的普通话学习之路

邓 月

在我很小的时候，总是喜欢伴着妈妈的故事入眠，那时候的妈妈并不知道什么是早教，什么是睡前伴读，只是长久以来的习惯，让她每天坚持为我念上两个少儿故事，然后再命令我睡觉去。

也许是妈妈懵懵懂懂的早期教育有效，抑或是在小学的时候有幸遇到了业务精湛又负责的语文启蒙老师，我对拼音掌握得非常纯熟，发音也比较标准，至少可以在我们那个十八线小城里，让老师认为我的普通话说得还不错，能够毫不费力地区分边鼻音和前后鼻韵母，以至于多年后在我考省级普通话测试员时的拼音环节考核中，能够凭借“感觉”轻松“蒙到”了 98 分，都是当年积累下的资本。

我对于普通话的语感一直都不错，上大学到了北京后，我的北方同学们竟然也觉得我的普通话挺好，后来我猜测可能是因为“没有对比就没有伤害”，毕竟在北方同学的眼中，南方同学一定是要有非常浓重的南方口音的。还记得那会儿班上有一对“班对儿”，男生是黑龙江人，女生是湖北鄂州人，男生老是开女生玩笑：“你想吃什么？啊？你说你要吃鸡刺？我跟你说宝贝儿，刺不能吃，扎嘴，哈哈哈……”也有来自湖南长沙的妹子，总是无法说出“保镖”两个字，要么说成“宝宝”，要么说成“表表”，也无法说出“宿舍”，只能用“寝室”代替，以至于我在一众南方女孩中鹤立鸡群，让北方同学刮目相看，大家都认为我没有口音，是个无法猜出来自哪里的女同学。

这么自我感觉良好的日子一直持续到我读研究生。在读研期间，我突然变成了一个“考证狂魔”，开始考导游资格证、计算机二级证、英语六级证……各种证书开始成为我的目标。也就是在这个时期，知道原来还有个证书叫“普通话等级证”。2011 年 8 月，我约上三个小伙伴儿，一起报名，来到了华中师范大学进行考试。当年的我并不知道，在第一次考普通话的地方，几年后，还会再次跟它结缘，不过后来是参加普通话测试员培训。

第一次考普通话的时候，完全是丈二和尚摸不着头脑，也不知道考试之前还需要复习、准备，就这么上了考场，可即便是“裸考”，还信心百倍地认为自己妥妥的，觉得自己普通话标准，再不济也能有90分。考试成绩下来一看，88.5分，刚过“二甲”，于是默默地低头，寻思着好像自己考得并不好，至少没有达到自己的心理预期，但是跟我一起考试的同学，都只有“二乙”，大家还夸我普通话真棒。

一晃毕业季，我的理想是成为一名光荣的人民教师，于是选择了到宜昌一所高职院校应聘。在面试的时候，非常骄傲地说，我的普通话等级是“二甲”，后来才知道，我们学校是宜昌市的普通话测试中心，“一乙”的老师一大把，还有国家级测试员和很多省级测试员，其中一个面试官就是省级测试员。当初的自己还真是年少轻狂，班门弄斧啊。

作为一名旅游管理专业教师，我所教的学生是导游和旅游管理专业的。在工作中，我发现同学们的表达能力不是特别好，而表达能力和人际交往能力对他们至关重要。因此，在课堂上，我会引导学生积极表达自己的观点，尤其是上了“导游词创作与讲解”这门课后，也深感普通话是非常重要的。对于一名导游员或者讲解员来说，普通话水平就是衡量业务能力的一个重要指标。尤其是从2013年11月开始，我经常带学生参加各级各类的导游大赛。导游大赛对学生的普通话水平也是非常看重的，在评分标准里直接规定了普通话语音、音量、语速、语调等具体的评价指标。

俗话说：“要想给学生一碗水，自己得有一桶水。”我希望能够更加系统地学习，这样才能更加专业地指导学生，所以我萌生了要当普通话测试员的理想。而我本人，也是执行力非常强的行动派。正所谓“近水楼台先得月”，我很快报名了普通话考试，因为我知道成为测试员的第一关是必须要考到一级乙等的成绩。这次我非常认真，也很努力，认真准备，还利用课余时间去听普通话老师上课，掌握了普通话测试技巧。考试那天来了，那次正好是人工测试的最后一次，我在两名普通话测试员面前进行了考试，结束后两位测试员让我去楼上找黄兴芹老师。因为当时的测试站规定，所有的一级乙等必须由国家级测试员复审，我信心满满，认为普通话测试竟然如此简单，自己稍微练练也就妥了。考完试后，我还专门请教黄老师，问她我说得怎么样，本以为会受到夸奖，结果黄老师告诉我："你的音调调值不对，上声没有发全，阳平也没有到位，距离普通话测试员有距离，需要继续努力哦!"后来，成绩出来一看，果然 91.5 分，还是"二甲"。好在是我心态好，心想一次不行，我就继续努力，总有一天可以把"一乙"拿下。

我们学校距离市区有 20 多公里，所以家住市区的老师们都要开车上下班。2016 年 7 月，我结婚了，所以搬出学校的单身教师公寓，住到了市区。从此，开车上下班，每天往返路途增加了 1 个小时的时间。可能有的人开车会听广播、听音乐，我在能够独立驾驶车辆后，把普通话朗读的 60 篇范文放到了车里，每天上下班都听。经过小半年的时间，所有文章都非常熟悉了，渐渐地语感也越来越好。也是机缘，有一次我顺路捎带李志英主任回家，她听到我在听普通话朗读范文，非常感动。她是资深的测试员，告诉了我非常多的技巧，还让我有问题就问她，不用客气。

2016 年底，我终于第三次报考普通话。这时候已经是机辅测试了，不再是面对着测试员，而是考生一个人在测试间里，对着麦克风说话。所幸这次我考了 92.3 分，一级乙等低分通过，总算是拿到了普通话测试员的入场资格。2017 年 7 月，学校派我前往华中师范大学参加湖北省第 33 期普通话测试员资格培训考核，虽然只有短短的一周，确实让我毕生难忘。首先，难忘的是我的恩师们。这些优秀的老师让我看到了他们的专业素养以及对语言文字工作的热爱，也让我发自内心地崇拜。其次，难忘的是学习的压力。在短短的一周学习中，必须经过三关考核。一是拼音关，这一关对我来说是小意思，没有太费劲。二是普通话关，这一关使得很多学员铩羽而归，没有获得普通话测试员资格。之前已经有同事告诫，以前所有的普通话成绩都不算数，必须要在省培训测试中心重新考试，通过才算。因此，我在 7 天的学习中，每天早起晚睡，刻苦训练，一本新书都被翻皱了。三是听评关，普通话过关是普通话测试员的基本业务素养，但是测试员不仅要自己说得标准，更要会给别人测评，要能够"听得准"，这也是非常不容易的。所以课堂上我一丝不苟，课下也经常向老师提问请教，像一块干涸的海绵，疯狂地吸吮知识的海水。最后，难忘的是，在普通话测试员培训中，我还收获了友谊，跟我一起并肩作战的几位"战友"，有一位是宜昌某幼儿园的老师，一位是武汉某初中的语文老师，还有一位是十堰某高中的地理老师。我们四人每天朝夕相处，建立了深厚的友谊，直到现在仍然保持着联系。

经过普通话测试员培训的“魔鬼训练”，我也如愿获得了湖北省普通话水平测试员资格，具备了持证上岗的资格。但是我还没有拥有测试账号，所以没有实际听评测试任务的机会。

日子就这样过着，我也依然在实际工作中继续努力，虽然没有获得测试账号，没有实际听评第四题，但我用我所学的知识，为学生提供专业指导，学生都很喜欢上我的“导游词创作与讲解”课。我也成功地指导了两名学生获得湖北省导游大赛普通话组一等奖，两次被省教育厅表彰为“优秀指导教师”。2019 年 6 月，还在哺乳期的我，被通知到三峡大学参加一个普通话听评考试，然后怀着激动、忐忑的心情去参加了，考完一直担心自己不能合格，生怕自己的业务生疏了，后来终于顺利拿到了测试账号。还记得第一次听评任务是在 2019 年 10 月份，只有 80 个任务，却让我反复斟酌，谨慎打分，生怕自己有失公允，毕竟测试员这条路，我走了很多年。

现在的我，已经听评了近三年的任务，在工作中掌握了更多的听评技巧，听评的准确率也一年比一年高。当然，我也深知，跟很多优秀的测试员比起来，尤其是跟国家级测试员比起来，还有很大的差距，需要学习的地方还有很多。

从 2011 年那个“二甲”低分通过的女孩，到 2021 年成为能够游刃有余地完成任务的省级优秀普通话测试员。十年磨一剑，岁月在更替，光阴在变迁，改变的只是我的容颜，不变的是我坚定的理想信念、扎实的学习态度、不断积累的经验和对语言文字工作的无尽热爱。

（作者单位：三峡旅游职业技术学院）

我和普通话

徐爱芝

我上小学、初中时还不知道什么是普通话，直到上了师范，才见到校园里到处都贴着“请讲普通话”。我当时就纳闷，我们讲的不就是普通话吗？什么才是普通话呢？于是，我留意观察了一下，接待我们这些新生的，有的是学校领导、老师，有的是学哥、学姐们，他们讲话跟我差不多呀！哦，我讲的也是普通话，当时我心里还洋洋得意。直到住进了宿舍，我们宿舍里有河南同学，家长送她们进了宿舍，帮忙收拾整理，她们一直勾着舌头咿呀咿呀的，听得不大清楚。与她们交流时要重复好几遍，甚至还要加上手势，才搞得清楚。后来进了教室，发现班上的同学不仅有来自河南的，还有来自广东的。河南同学讲话可以边听边猜，猜出个大意。而广东的同学，叽叽喳喳地说个不停，你不知道他们在说啥。有个广东的同学就坐在我后面，刚开学第一天上晚自习，我把我的课桌清理干净后就坐下。后面那个广东同学推了我一下，说：“把雷（你）的抹布借哦（我）用一哈（下）。”当时我想，没有姓雷的同学，于是说：“你要用抹布吗？用我的吧！”他马上说：“我就是要用雷（你）的呀。”我说：“我没有雷的抹布，用我的不是一样吗？”我还没有说完，他拿着我的抹布就擦了起来，在一旁的同桌就哈哈大笑起来，并说道：“他就是跟你借抹布，‘雷’就是你呀！他讲的是广东方言，也叫粤语。”这时我才恍然大悟。大家来自五湖四海，每个地方都有各自的方言，差别较大，怪不得学校到处张贴着“请讲普通话”。后来我们的班主任和语文老师也多次强调讲普通话的重要性，于是我讲话时尽量用力地用书面语讲，少掺杂地方方言，我以为这就是讲好普通话了。

读师范时第一次上写作课，记得语文老师抛出一个话题，让我们谈想法。前面几个同学谈了，轮到我的时候，我说：“我的想法是这样的，可能是我的情况与大家不一样……”老师打断我的话：“这位同学，请讲普通话，不然外地的同学听不清楚。”我当时感觉脸唰地发热，并且很懵，还是小声地辩解道：“我……我……是在讲普通话呀。”老师说：“讲普通话字音要吐准，‘这’要翘舌并且是第四声，不是第二声。‘能’是鼻音，‘情’是后鼻音不是前鼻音。”啊！回答个问题这么多讲究，当时真是难为情。天啦，我的语文没有学好，拼音还要从头学起。为了讲好普通话，于是开始学拼音，身边时刻放着一本《新华字典》。不认识的字再也不会认半边了，会勤查字典；读不准的字音再也不会与方言混淆了，会多翻字典。就这样，坚持了一段时间，我的普通话突飞猛进，在学校每年的普通话测试中，我的测试成绩可谓是“芝麻开花节节高”。每次外出游玩时，我总是很自然顺畅地用普通话与别人交流，也总会得到别人的称赞：“你的普通话讲得真好！”我当时心里总是乐滋滋的。

师范毕业后，我被分配到一所乡镇学校任教。学校的年轻教师不多，上课时讲普通话的也不多，即使讲普通话，大多不标准。我为自己在上课时能讲一口标准的普通话而自豪，甚至有些洋洋得意，但也闹了笑话。记得那年我带的是五年级语文，在教学口语交际时，围绕“科学是把双刃剑，是利大于弊，还是弊大于利”展开辩论。在辩论前，我先让班上同学分为正方和反方，然后查找资料论证自己的观点，反驳对方的观点。为了让辩论更精彩，我先加以提示和点拨，这时有学生打断我的话说：“老师，是‘反驳’，不是‘反拨’，‘驳’应读第二声；还有，‘点拨’不是‘点驳’，‘拨’读第一声。老师，你在说绕口令吧。”全班哄堂大笑，我当时脸上火辣辣的，但马上转弯说：“金无足赤，人无完人嘛。老师心急，说快了，口误口误！”同学们也跟着说：“是口误口误！”但我马上又说：“你们能在课堂上坚持讲普通话，并能听出老师读音有错误，你们的普通话讲得真好，老师为你们点赞！”我化尴尬为主动了，但同时我也明白：作为一名人民教师，讲好普通话是最基本的要求；作为一名语文教师，讲好普通话更重要。

于是我在课间、课余坚持讲普通话，做到吐字清晰、吐音标准，也要求我的学生坚持讲普通话。同时，我又发现，作为一名语文老师，普通话不仅要讲标准，还要学会表情达意。记得有一次我上公开课，得到领导、专家、同仁们的一致好评，学校要求我把这节课再上一次，并录制下来送到市里参赛。录完之后，我看回放的时候，发现这节课的教学设计、多媒体课件的辅助及师生间、生生间的互动都很好，不足的是情感的拿捏不到位，不能更好地把学生带入情境。怎么会这样呢？说明我作为一名语文老师，在朗读时、在与学生交流时还是不能做到随机应变、灵活自如，我的语文功底不够，还要加强训练。后来不管是我要上的课文，还是我喜欢的散文、古诗，我都会大声地朗读，不断比较，逐渐改进。我也会聆听一些朗读节目，如董卿主持的《朗读者》节目，我是期期必看，从中获益良多。我在手机上下载了“为你诵读”的APP，每天都会读一篇文章，总是先听范读，再独诵，然后录制，最后听回放，听字音读准了没有，语气节奏把握到位了没有，表达的情感怎么样，直到自己满意为止。之后我的朗读功底、普通话表达能力，在不断进步。

总而言之，作为一名教师，我一定要教给孩子标准的普通话。当我们讲出一口标准的普通话时，不仅可以实现顺畅交流，而且也显示着对祖国母亲的爱。让我们讲好普通话吧，因为它是我们中华民族的声音，是世界上最美的语言。

（作者单位：应城市实验小学）

从被迫到热爱

黄 琴

从五岁起，我妈妈就利用她的课余时间教我学习汉语拼音。我小时候十分调皮，也常常偷懒，经常完不成背诵任务。妈妈给我规定好时间，就去做自己的事情，批改学生作业或做家务，时间一到就来检查我的背诵情况。如果背记情况不佳，是要接受惩罚的。我常常受到惩罚，如用一把长长的黑尺子打手，罚站，不许吃饭等。因此，我非常不平：别的孩子都在外面玩泥巴、跳皮筋儿，凭什么我要背这些蝌蚪文？

记得有一次，妈妈让我背诵十几个复韵母，布置完任务后她就去串门儿了。我在家里自得其乐，把背诵的事儿忘到了九霄云外。不知过了多久，我突然听到钥匙在锁眼儿里转动的声音，突然想起来拼音还一个没背呢！于是寒意顿起，放声哇哇大哭起来。不幸的是，我的“先发制人”策略并不能打动“铁石心肠”的妈妈，她生气地拿起尺子狠狠地敲打我的手心，那钻心的疼痛让我在十分钟内高效、永久地背下了以前几个小时都记不下来的复合元音韵母。

妈妈当了一辈子小学数学老师，终于在我上学前教会了我汉语拼音。不仅要求会认，而且要会拼读、拼写。小学二年级时，全区举行小学生普通话朗诵大赛，我被老师推荐参赛，稀里糊涂地拿了个全区二等奖，还收获了书包、文具等奖品。看着同学们羡慕的目光，我第一次认识到学习蝌蚪文的好处。但是我并没有拿到第一名，原因是朗读时对于感情的理解和把握尚有欠缺。我恍然大悟：原来仅仅读准普通话语音是远远不够的。于是，放学后，我经常在家里把语文课本里适合朗诵的篇目找出来，站在客厅中央，学着电视里话剧演员的样子拿腔拿调地“朗读”，夸张的语调常惹得家人哈哈大笑。

语言的学习，无非就是读和写。学生时代，我从朗诵中获得的好处是：

不仅提升了语文阅读理解能力，而且对于作文的学习也突然“开了窍”。初中一年级时，我获得了全市作文竞赛一等奖。这时我忽然理解了古人的那句话：熟读唐诗三百首，不会作诗也会吟。

“欲穷大地三千界，须上高峰八百盘。”在学习中，我越来越发现自己的不足，也渴望有更专业的老师来教我学习专业的朗诵知识。但在中学阶段，我并未想到将来的工作会与普通话有什么联系，只是单纯地觉得朗诵能力使我获得了较好的文科成绩，同时也会带给我成就感和快乐。我想，这就是“自信心效应”吧：一个人在某方面展现出了些许长处，他就会在这方面的学习中增强信心，于是就会越来越愿意学习并能够越来越快地获得进步，形成良性循环。

后来，我有幸进入中国传媒大学新闻学院学习，那时候还叫北京广播学院。虽然我的专业是新闻学而不是播音与主持，但是每学期都有优秀的语言老师教授我们播音发声与朗诵的知识，使我受益良多。毕业后，我曾在广播电视台工作过，因为我常出镜，声音条件尚可，一位播音员老师好心地想培养我为电台主持人，但年轻气盛的我却觉得那是吃青春饭的职业，不知好歹地拒绝了。但是，我永远感谢在我的职业生涯中给予我指导、帮助的老师们，没有他们的无私帮助，我不可能有工作上的快速进步。

几年后，我调入高校担任教师工作，主要教授广播电视编导类课程，同时也承担普通话、朗诵训练类的授课任务。2017 年，我光荣地成为一名省级普通话测试员。兜兜转转，我又和普通话、语言文字类工作“接上了头”。仿佛冥冥之中那个叫作缘分的“无形之手”在冲着我坏笑：还说从事语言工作是吃青春饭的职业吗？

现在，我十分热爱自己的工作，并从工作中收获到满满的成就感。我所在的学校是一所师范类高校，学生们需要在大学期间考取普通话等级证书。在我的“普通话”课堂上，我尽量以简便的方法让学生领会发音的要领，把有相同语音错误或缺陷的同学分成小组，分组授课，以期让他们在有限的课堂时间内掌握正确的发音方法。比如湖北本地学生，许多人发不好后鼻音，特别是 ing 韵，不是发得像前鼻音，就是发音过于靠后，缺陷明显。我发现问题的根源出在学生对于韵母 i 的发音位置不明确上。如果学生在发音靠前的齐齿呼 i 发完后直接提起舌根发鼻音 ng，会形成发音上的缺陷。如果他们把韵母 i 前音后发、窄元音宽发，将发 i 音的着力点稍稍往后提至舌面中纵线的一个点上，将韵母发得长而响亮，发 ng 音时归音迅速干净，就会将这个音发得比较准确了。

自己会和把学生教会是两回事。我经常在课余时琢磨不同学生发音错误的原因，然后有针对性地对他们进行正音训练，取得了一些不错的效果。有时候，当正音训练让一位具有“顽固性发音错误”的学生掌握了正确的发音方法时，我的成就感会远远大于他本人。也许，这就是教师职业的魅力所在吧！

现在想想，从小时候的被迫学习，到现在的热爱学习、拥抱学习，我的人生与普通话学习密不可分。

（作者单位：汉江师范学院）

我和普通话

章 芳

我最早的普通话记忆要追溯到小学时期，那时我就读于蒲圻市第一小学（现在的赤壁市第一实验小学）。当时的校长是吴振球先生，儒雅大气的他在校园里辨识度特别高，他能讲一口自然流畅标准的普通话，这在我们当地学校的教师中是极其罕见的。现在回想起来感觉他一定是外地人，毕竟当时在我们那个县级市里所有的学校是没有人会主动自觉地在任何场合都讲普通话的，尽管每周一全校晨会时吴校长都会再三强调师生要讲普通话，可是真正做到的人少之又少。他经常在校园里拦住教师或者学生让其用普通话与自己交流，因为害怕他的这种“推普举措”，年幼胆小的我对敬重的校长先生总是唯恐避之不及。但是现在回想起这些，既有深深的遗憾，更有道不完的感激，至少我很早就知道什么是普通话，而且在六年的小学生涯里，无数次因为晨会或者是全校其他的大会听到吴振球先生字正腔圆的普通话，从而免费地获得了一次又一次的“普通话培训”，这大概真的就是所谓的耳濡目染、潜移默化吧！

进入大学校园前，我依然没有至少在公共场合自觉讲普通话的意识，在我十几年的生活环境里，因为沟通无障碍，我自然忘记了小学校长的苦口婆心。来到大学，突然一切都不习惯了，第一次离开土生土长的家乡，第一次离开朝夕相处的家人，第一次发现同学之间彼此听不懂对方的方言，更可怕的是我第一次发现我的咸宁方言被老师和同学们认为是日语，于是我不得不硬着头皮，鼓起勇气，开始在所有场合、所有时间讲普通话。

幸运的是，我的普通话貌似讲得还不差，而这得特别感谢我的现代汉语老师王群生先生，当时他还兼任学校语委主任一职，对这项工作非常负责，我所在的班级（中文师范本科班）一共有 29 人，王先生对每一名学生都严格要求，只要在校园里被他碰上，他就会立即对你进行普通话交流训练。我们那时特别怕他，因为在他面前你总是拘谨不安，手足无措。尽管他只是笑眯眯地看着你，但你一定出口就错，毕竟他是专业教师，而本来就不善言辞的我们运用普通话的能力自然而然就条件反射式地萎缩了，而老先生从不顾及你所谓的面子，总是毫不留情地批评纠正，一直到你发音标准了，他才放行。可能我有一定的普通话意识，也还知道什么是普通话，加之是班上的学习委员，近水楼台先得月，被王先生逮住的机会也多，所以在他的教导和培训下，我很快就能讲一口比较标准的普通话了。

那时，王先生致力于全面提高学校所有专业学生的普通话水平，他别出心裁，另辟蹊径，在常规的现代汉语课、普通话课之外，还开创倡导了一项全校学生都必须参与的活动：每天晚自习前半小时的普通话训练课。具体实施方案就是，将我们班 29 名同学分派到全校各个班级，带领大家朗读他专门印制的语言材料，我们被尊称为“小老师”。这项活动一直持续了两年之久，王先生全心的付出让我们在更敬重老师的同时，也深深地意识到推普工作的艰难、必要性和重要性。两年的“小老师”使我受益匪浅，从前一说话就脸红脖子粗的我如今在一百多人的大教室里也能自如应对了。在领读的过程中，我更是发现了自己很多发音不够标准的地方，及时更正，自觉地查字典，这些好习惯的养成，让我的普通话水平得到了进一步提升，大二时我懵里懵懂地参加湖北省普通话测试，得到了 87.5 分（当时还没有几级几等的说法）。

大学毕业后进入武汉一所中学教书，这时的我已经养成了至少在校园里尤其是课堂上讲普通话的意识和习惯，所以从来没有被学生投诉过“章老师上课不讲普通话”或者“章老师普通话讲得不标准”，真的很感谢我的小学校长吴振球先生、我的大学老师王群生先生，才露尖尖角的小荷，特别需要这样的润物细无声。

硕士毕业后，我进入长江大学任职。按照规定，获得高校教师资格证必须有普通话“二甲”证书，可能是我平时一直坚持讲比较标准的普通话，所以我很轻松地就通过了普通话考试，拿到了资格证书。那一刻，我很感谢自己：有些苦早点吃，真的是好！这样过了几年，我跟普通话的交集就一直停留在所有场合使用它，仅此而已。直到有一次，同事刘润润老师听完我的课后，提醒我：“你的普通话说得很好，你可以去考测试员。”那是我第一次听说普通话测试员，感觉挺新鲜，于是在 2007 年 6 月底和其他几位同事一起参加了湖北省第十九期普通话水平测试员培训班，封闭训练了 20 多天。这些日子里所有的学员每天做着重复的事情：听课，练话。这是一段非常枯燥，还特别紧张、难熬的时期，感觉学员们的普通话水平都很高，还那么刻苦，讲课老师的声音真好听，我离他们太远太远了。我一度想要放弃，还好家里人一直给我加油打气，最终坚持了下来。经过普通话水平能力和测试能力这两项考核，我终于不负众望，领到了湖北省普通话测试员证书，也算是给我的家人尤其是我的培养单位——长江大学文学院有了一个交代。

因为孩子小，领证好几年后我才参加普通话测试工作。因为业务能力差，测试流程生疏，打分慢，自己很没有信心，我的同事谢琼老师，不同场次的测试搭档李德龙老师、朱楚宏老师、刘红民老师、王小兵老师、陈红莲老师等都给了我最大的包容和最得力的帮助。在他们的鼓励和支持下，我很快成长起来，顺利地完成了一次又一次测试任务。俗话说，一个好汉三个帮。我不是什么好汉，但这些老师的宽容、热情与娴熟的业务技能给了我无穷的动力，他们是我学习路上的好榜样。

2010 年开始实行机测，先前掌握的人工测试技能以及积累的经验就变成了过去式。和其他测试员一样，我也开始重新学习新的操作流程，熟悉新的评分标准，掌握新的评判节奏，好在那时我还比较年轻，接受能力、反应能力尚可，没过多久就熟练自如了。看来，这项学习主要是个脑力活，只要你愿意接受新鲜事物，愿意开动脑筋去尝试和实践，你就可以战胜自己。

2020 年，在谢琼老师的鼓励下，我开始讲授普通话测试测前培训课。说实话，第一次上课时很忐忑，紧张了好长时间，主要是不知道跟学生讲什么，更不知道怎么对学生进行培训，关键时刻张立平老师、刘红民老师伸出了援助之手。在他们的帮助下，我又很快地走上正轨了，对自己的信心又增加了一些，那一刻我感悟很深：人永远不是一个孤立的个体，他人会教给你很多，只要你愿意成长，你就一直在提升、精进的路上奔跑。在跟学生授课交流的过程中，自己也学会了不少。我惊喜地发现，现在的学生普通话水平较前些年有明显的提高，推普工作成效显著。作为一名普通的普通话测试工作者，我颇感欣慰。

十几年的普通话生活，我收获良多：相信自己，大胆尝试；向别人学习，你可以少走弯路；时代的车轮永远在前进，始终保持学习的热情、兴致与动力，并且身体力行，你将永远充满活力与干劲。人生需要不断有梦去追，感谢普通话！

（作者单位：长江大学）

因为爱所以爱

陈　慧

“我常想读书人是世间幸福人……”听着音频里播放的熟悉的朗读作品，我的思绪便飘回了19年前的那个暑假。

小伙伴们都早已回家享受空调的凉爽，我将竹席直接搬到宿舍地上，一边听着录音一边跟着念，空荡荡的宿舍就是最好的录音棚，我陶醉在普通话那迷人的腔调里，窗外的夏蝉也在为我伴奏。无论是走路还是坐车，我都反复跟着录音诵读，在旁人眼里，我就是拿腔拿调自言自语的“疯子”。也就是在那一年，我成了湖北省普通话测试员。

想来当年去考普通话测试员，是因为觉得自己有好的嗓音条件。

那会儿每周末都有测试，那一段持续周末不眠不休、日夜奋斗的日子，颇为充实。平日里上课学习，周末到市里各个学校、机关等单位进行测试，还会见缝插针地对各个单位参加测试的学员进行培训。常常周末测试结束后，回到宿舍，还要继续完成学校需要完成的各项工作。因为连续用嗓，患上了慢性咽炎，嗓子哑了也依旧奋战在普通话测试的第一线。还记得那时连轴转的“备课—上课—测试”产生的疲惫、期末考试带来的压力让我感到要撑不下去了。我用沙哑的嗓子哭着和省语委的老师说：“太累了。”可每次擦干眼泪，转身继续干。这一干，就是十九年。

十九年，我完成了从省级测试员到国家级测试员的转变，也成了湖北省普通话推广与测试的骨干力量。

十九年，有因为我的引导而走上播音、主持道路的学生，有因为改变了方音而顺利找到工作的学生，也有至今一直是单位“主持”骨干的学生。今年暑假有学生从远方寄来一箱罗汉果，让我保护嗓子。那一刻，眼泪夺眶而出，以至于别的老师见着，总以为我寻着了一箱丢失许久的祖传宝贝。

十九年，我看到了自己的坚持与坚守，感受到了付出与回报，感受到了自己的价值与成长。

2019 年，在最忙碌的日子里，我依旧未放下普通话事业。老公总不解地问："你那么忙，为何还要接任务？半夜三更被各种方音折磨，能挣几个钱？"

我答："我喜欢，听语音是一种放松，一种享受。"

年过四十，我过的每一天都是自己选择的。读研，工作，养育孩子，都是自己乐意去做、主动选择的事。

记得有一次，我在学生创业团队的办公室值班，进来一个女生准备给妈妈买礼物，挑来挑去没挑好，最后索性坐在我身旁看我编结绳，不停地说："老师，你的声音好好听，听你讲话好舒服，我可以坐在这里听您讲讲话吗？""当然可以。"我回答。如果我的声音能给一个陌生人送去幸福感，这是上天赐给我的礼物。这也是我很重要的幸福感的来源。

或许这个女生刚跟同学闹别扭，或许刚和男朋友吵完架，无论如何，我的声音给了她安静的感受、温柔的慰藉，我内心的喜悦是难以言状的。

每年教师节我都会收到很多祝福，撇开没有写出传世文章的挫败感，我还是喜欢教师这个职业，总是和有朝气、聪明又努力的同学们一起，是让人开心的事儿。

邻居家的小姑娘要考教师资格证，奈何福建人方音太重，难以通过。小姑娘找到我，我耐心教导，她反复诵读，听录音，认真改。一点一滴，一年后如愿以偿。此后每年小姑娘都给我带来家乡的岩茶，这份成就他人的满足让人愉悦。

先生土生土长在荆州，一口纯正的"荆普"，着急起来常常叫人听不懂。当年找工作时屡次面试碰壁，不知原因。后细想想许是面试时本就紧张，面试官恐不知他那一口"荆普"在讲什么。婚后第一次跟随先生回乡，见着路牌，才知他口中的家乡"沙柑"原是"沙岗"。

多年相处，先生的普通话因为我孜孜不倦地纠正终是改变了许多。朋友从美国回来，电话问及家里住处，先生答："南湖雅园。"朋友回："什么？老虎咬人？你确定吗？"先生继续重复："不对，南湖雅园。"我接过电话，告知友人地点。这件事成了我们家的经典故事，也常常成为我授课的反面案例。

在我家，生活也因普通话而多姿多彩。

父亲是赤壁人，赤壁方言中将“藕”读作“鸟”。因女婿是荆州人，听不懂赤壁话，老父亲不得不憋出普通话来交流。一日父亲煲了藕汤，甚为美味。先生下班回家，父亲一开门便兴奋地说：“快点，我今天煲了超级好喝的鸟（藕）汤!”先生也很兴奋：“鸟汤！天啊！我还从来没有喝过鸟汤!”正在喝汤的我看着各自兴奋的两个人，格外欢喜。

如今，当他成长为培训师先生，用标准的普通话进行宣讲和培训时，想来应了那句话：一个成功的男人背后都有一个优秀的女人。

普通话让我找到了终身的价值，付出也是自我幸福感的来源。在付出中我也在不断成长，能通过语音辨识对方来自哪个城市，也慢慢地能在短暂对话后用“蹩脚”的方言与对方交谈。

很多时候想来，这么多年的选择应是出于自己内心那一份执着与热爱。唯有热爱，才能坚持；唯有坚持，才能有所成就。

我会老，会退休，我想在自己年老的时候，依旧能享受普通话之美、生活之美。

（作者单位：湖北工业大学）

我的普通话情缘

周　卉

“三姨奶奶，给你吃橘子!”周末的下午，家人欢聚一堂，正上幼儿园的姨侄孙女来到我跟前，递给我一个金黄色的橘子。她奶声奶气的普通话，让人如沐春风，心情愉悦。我的心怦然一动：这么小的孩子就能说普通话了，与我们小时候相比，现在的学校教育真是不可同日而语啊！我的思绪不禁飞到遥远的往事中。

我是农村孩子，刚上小学的时候，乡村学校大多是民办老师，他们自己讲不好普通话，我们从小也没有养成说普通话的习惯，致使我的乡音很浓。

考上师范那年，我刚满 16 岁，离开家乡来到汉川中等师范学校，同学中很多来自汉川、孝感、应城、安陆等城市，而我是少数乡下孩子中的一个。刚到校园的时候，我操着满口的云梦方言：“我的戏孩（棉鞋）在哪儿?”“把那件晃挂（衬衣）给我。”浓重的家乡方言引起了我的同学、室友极大的好奇，她们觉得我的云梦话特搞笑，就常常故意逗我说话，模仿我的方言起哄：“戏孩，戏孩!”羞得我一脸窘态，而她们却哈哈大笑。

开学第一课，班主任告诉我们：“学校是推广普通话的前沿阵地，而我们师范学校的学生，作为未来的人民教师，是这个阵地上的教官，讲好普通话是每一个师范生应该具备的基本素养。”这让我意识到学说普通话的重要性，于是我试着不说云梦话，学说普通话。

可是，对于方言口音较重的我来说，只是在表面的语调上进行了改变，由于已经习惯了方言的发音，存在着前鼻音和后鼻音不分、舌前音和舌后音不分、俗读音和普通话读音不一致等问题，讲好普通话并不是一件容易的事情。只能学说蹩脚普通话的我，在同学面前怕露了马脚，不敢随便讲话。我在内心暗暗下定决心，要学好普通话。从此以后，我每天早上买四个馒头，早上一个，中午两个，下午一个。那时候，一个馒头才5分钱，每天本来需要一元五角钱的生活费，变成了每天只花两角钱。那时候家里很拮据，我只能从爸爸妈妈给我预备的生活费里挤出一点钱来购买学习普通话的书本，还用节省下来的钱买了一部复读机，每天早上五点多钟，当同寝室的学友们还在睡梦中，我就悄悄起床，在校园里进行跟读练习。记得每天晨跑、晚餐后散步，我都要边听边练习。睡觉前，我就静下心来，戴上耳机认真地倾听专业老师富于感情的普通话朗读。渐渐地，我感受到听这些老师绘声绘色、字正腔圆的普通话朗读，是一种享受。从那时起，听朗读也成了我的日常习惯。那时，我小小的愿望就是：能声情并茂地朗读出一篇篇精美的文章。

或许是因为我蹩脚的普通话口音不再奇怪，室友们忽视了我的云梦方言，不再逗弄我，而我说普通话的习惯已成自然。

当我满以为自己的普通话进步很大时，便拿着文章让普通话说得好的同学给我测试，结果我还是犯了些不该犯的错误，比如抽烟的"烟"和银子的"银"的发音，我没能区分开来，最后测试结果才78分。这使我很受打击，对普通话等级考试没有了信心。同寝室好友鼓励我："绝对不能放弃，我们相信你肯定行!"班长把我的情况告诉了普通话培训班的老师。在我遇到不懂的和难以纠正的发音问题时，老师及时辅导我，告诉我好的学习方法。渐渐地，我也敢与同学们一起学习，大胆地与他们交往，或积极地参加他们的活动，且能够在活动交流中提高自己的普通话水平。

读师范的第二年就要考普通话等级证了。我告诫自己，每天无论多忙多累，都要抽时间练习普通话。每天中午吃完中餐，我会拿着书本，到树底下的草坪上进行听、读练习，给自己纠正发音。我尤其注意平时的说话，自己的平舌与翘舌的区分，刻意地对那些忽视的发音细节加以纠正。当然偶尔也会闹出一些笑话来，这丝毫没有影响我学习普通话的执着与兴致。

一分耕耘，一分收获。经过一段时间的刻苦学习和积累，我在普通话等级考试中终于以89分的成绩取得了二级甲等证书。师范学习第三年，有一次补考机会，我再次参加了普通话等级考试，这次以91.5分的成绩取得了二级甲等证书。我很高兴看到自己的进步，但我也知道，学习远远不只是自身的奋斗及本身的提高，而是在将来踏上教育工作岗位后，要学以致用，将自己学到的普通话知识传授给学生。

回到家乡，走上了教育工作岗位。因为习惯了在学校说普通话，回到家里和家人交流仍然说普通话。

我担任二年级班主任的一个秋天，校长领着一位中年男子和一个小男孩走进我的办公室："周老师，这个小朋友是从河南转学来的，他父亲在我们镇上做工，现在在你们班随班就读。"我点点头，打量着面前的这对父子。中年男子衣着朴素，身上依稀还留有泥巴的印迹。小孩子圆圆的脸蛋，一双忽闪忽闪的大眼睛流露出胆怯的目光。

"老师好！"中年男子向我弯下腰深深地鞠了一个躬，"孩子语言上有点障碍，让老师费心了……"在男子一口河南方言的絮絮叨叨中，我模模糊糊知道了孩子因为天生喉咙上长了东西，小时候没钱做手术，导致长大后说话含糊不清，而他的妈妈也因为诸多原因离家出走，至今杳无音信。我忽然生出一丝爱怜，伸出手抚摸着孩子的头："没事的，我们以后一起学习。"

后来几天我发现，这个孩子不仅学习基础很差，而且日常说话都成问题，同学们因为他说话不清，加上河南方言，听不懂他在说什么，都不愿意与他交流、玩耍。有时候一整天，我都没看到他走出教室。偶尔，他独自在没人的树底下玩一会儿，我刚想走过去，却被他发现，便匆匆躲开，跑进教室里了。

上课了，我走进教室说："今天上课之前，老师想给大家讲一个故事。"孩子们最爱听故事，都连忙围了过来。只有小男孩还在原座位坐着，胆怯地不敢上前。我轻轻地走到小男孩旁边，绘声绘色地讲道："传说，我们每个小朋友都是天上的小天使变的，有的天使变成小孩时，很快学会了说话；有的小天使学得比较慢，可能说话不清楚；有的可能还不会说话……这个时候，我们大家都要去帮助他，跟他一起学习一起玩，这样才能算得上真正的小天使呀！你们说对吗？"孩子们突然明白过来，齐声回答："对呀，对呀！"大家纷纷跑过来，争先恐后地对小男孩说："以后我跟你玩！""我也跟你玩！"小男孩呆呆地站着，兴奋的脸涨得通红，一双大眼睛露出惊诧的喜悦。他鼓起勇气，从喉咙里羞怯地吐出一个不标准的字音："好！"

小男孩在我们班上从二年级读到四年级，在大家的帮助下，他慢慢地能用吐字并不清楚的普通话讲话了。突然有一天，孩子的爸爸来到学校，说镇上工地的活干完了，孩子要随他回河南老家。孩子临走时特地托爸爸把一张贺卡送给我。我打开一看，上面赫然写着："我爱妈妈，我爱老师！老师的声音很好听！"

看到小男孩并不工整的笔迹，我的心灵震颤了。身教重于言教，作为一名人民教师，要学生学说好普通话，老师自己必须时时处处做好表率。

好多年过去了，在乡村教育岗位工作已经二十余年，我一如既往地说着普通话。每每想到那个小男孩，我更加坚定了自己肩上的责任。不管是家长还是社会各方人士来学校，对方说当地的方言云梦话，我都与他们用普通话交流。每每在课堂上，当我用普通话声情并茂地示范朗读课文时，看到学生们听得津津有味，我就感到无比欣慰。后来，因为工作需要，我调离喜爱的小学工作岗位，到幼儿园担任管理工作，我时常叮嘱幼儿园的老师们："讲好普通话，教好普通话，是每一个老师的责任与担当。"

说普通话，看似很平凡，但它是人与人之间顺利沟通的桥梁；讲好普通话，就像一泓清泉流淌在人们心田，彰显着中华民族的语言美。

（作者单位：孝感市云梦县吴铺镇中心幼儿园）

我和普通话的故事

卢立华

上大学之前，我从未离开过自己生活过的土壤。虽地处湖北，我们那个小乡村有很多人是从湖南迁移过来的，我们家也是。我的祖辈、父辈以及亲朋好友都说湖南话，因此我从小是说湖南话长大的。到了上小学的年龄，我随父母从乡村来到了当地的一个小镇求学。在这个小镇上，我度过了我的小学、初中和高中生涯。小镇上的人说当地的方言，我很快就融入其中，学会了当地的方言，并且能够很自如地在湖南话和当地方言之间进行切换。上学时，与同学沟通、大声朗读等，基本上是用当地的方言，老师授课也是用当地的方言。如果谁说普通话，我们都会觉得他肯定是从哪个大地方回来的或者是个外地人。回到家和父母聊天，我自然地说起湖南话。

求学时期，少不了各种各样的考试。每逢语文考试，考查字形字音的题目，我几乎都不会失分。想着自己语文功底还算扎实，只要我用普通话的调调，克服乡音，多练习练习，觉得说好普通话对于自己来说真是小菜一碟。视野决定思路，那时的我对自己能说好普通话不是一般的自信，自我感觉不是一般的良好。

上大学后，由于是师范专业，学校开设了一门课程，专门教授普通话。我心想，普通话还要教？自己下去练练不就可以了。没想到这门课程竟然成了我“厄运”的开始。记得刚开始上这门课时，老师专门用了几节课让我们每个人按学号做三分钟自我介绍。每个同学自我介绍完了之后，老师也不做点评，只是让下一个同学紧接着进行自我介绍。我虽离讲台远远的，但也可以感觉到老师在笔记本上记录着什么。

几节课的自我介绍结束后，老师开启了正式上课模式。课堂上老师给我们讲授关于拼音的一些基础知识，什么边音、鼻音、前鼻音、后鼻音、卷舌、平舌等。每次上普通话课，我都高度紧张，因为每次上课，我必定会被点起来回答问题或者朗读句子。可能是地域的原因或者是我自己本来就没掌握好的原因，上述提到的这些基础发音，虽然从理论上我知道是什么音，但在嘴里念出来都一个样。我的平舌和卷舌发音一个样，确切地说，平舌音在我嘴里读出来全部是卷舌音。此外，我还没有后鼻音，没有边音。通过与老师的沟通，我终于知道当初自我介绍时老师在笔记本上记录的是什么了，我也知道我被点名的原因了，因为我被当作了现实版的身边的例子，帮助大家正音。老师在我们进行自我介绍时，记录了每个人发音的一些典型错误，遇到相关的上课内容，正好把发音有问题的同学点起来，既可以帮助发音有问题的同学纠正错误发音，又可以让全班同学正音，这样教学更有针对性。老师还让我不要有压力，要认清自己的问题，一步一步，一点一点，慢慢改掉自己的一些发音错误。

没有压力就没有动力，再加上师范生想要顺利毕业，必须拿到普通话合格证书，因此我开启了我的普通话通关之旅。除了每堂课认真听讲之外，我每天晚上睡前都会坐在床上读那本普通话教材。读书破万卷，“开口”如有神。为了有“神”相助，那本教材也被我读破了。在我的带动下，寝室的姐妹们也开始在睡前读普通话教材。琅琅读书声，此起彼伏，很是温馨。遇到我读错了的地方，寝室的姐妹们会耐心地给我纠正。功夫不负有心人，在普通话考试中，我们寝室的姐妹们全部达到二级甲等。我这个普通话反面教材，竟然在普通话等级考试中考了87.6分，真是出乎意料。感谢当年的老师指点迷津，才让我迷途知返。如果没有当年老师的细心指导和得当的教学方法，我现在肯定是说着一口蹩脚的普通话，与人沟通交流都会相当不自信。

大学毕业后，我成了一名人民教师。虽然不是教授汉语言文学，但是工作中也要使用普通话。有时候由于说话比较快、比较急，有些平舌音的汉字被我说成了卷舌音，有后鼻音的字被我读出来没有了后鼻音，学生们都会乐呵呵地给我纠正，我也欣然接受学生们对我的指正。记得有次上课，说到“寺庙”这个词，结果硬是被我读成了“shi miao”。学生立马给我纠正，我也立刻纠正了这个词语的发音。人非圣贤，孰能无过？我们老师如果犯了错误，能够在学生指出来后立马改正，我想我们的学生也会从中得到启发，不会再为了所谓的面子，故步自封，死死护住自己的短处。所谓教学相长，也就是这个道理。学生如果能够及时指出我的发音错误，这也从另外一个方面检测了学生的字音真正掌握好了。

学高为师，身正为范。让我们用包容、开放的心态去正视自己的问题，用自己的一言一行去影响我们的学生，这样才能师生互助，共同进步。

（作者单位：湖北航天高级中学）

普通话改变了我

黄 颜

我的家在一个美丽的小县城里，那里民风朴实，和谐宁静。记得读高中的时候，学校要求所有学生必须讲普通话，可大家的普通话都不标准，为了糊弄老师，一种“彩色普通话”应运而生。

同学之间碰面，会问：“你到哪里克（去）啊？去搞么子（什么）啊？”闺蜜之间调侃，会说：“你滴（的）腿杆子（腿子）纳闷（怎么）那么长吵？给我借两米嘛。”类似这种“彩普”在学校里面迅速流行开来，同学们都以这种语言腔调来打趣，以排解平时学习的压力。而我的同桌用得最为“出神入化”。记得有一次上课时，他躲在高高的书山后面吃辣条，边吃还边跟我说：“你晓不晓得，为么子（什么）民以食为天？因为一哈（一下）不吃就过不得日子。”可他不知道，此时班主任就站在身后，我提醒了他一下，他却回答：“你莫黑（he）我，‘灭绝师太’来哒（了）我都不虚（虚是害怕的意思）!”然后，他的结局可想而知。

高中三年就在这种随意的语言环境下落幕了。来到大学后，身边的同学也是省内的居多，相互之间的方言都能听懂，我一时间对各个地方的方言产生了浓厚的兴趣，也可以面对不同地区的同学说不同的方言。就这样，普通话被我们抛之脑后，偶尔说出一两句竟然惹得哄堂大笑。到后来，大三那年普通话考试时，面对测试老师，我终究没有战胜自己的“彩色普通话”，但万幸的是，刚刚过“二甲”线。

毕业工作后，一次偶然的机会，被邀请担任学校元旦晚会的主持人。主持我哪里会？先不说有没有经验，就我那普通话也不标准呀。但初到单位，工作任务不好拒绝，那就只有硬着头皮上。

我借来了普通话培训测试教材，从单个字到词语再到作品，一页页地读，熬了几个通宵才读完了这本书。在练习作品的时候，我先听一遍范读，将作品中读不准的字和词标注出来，再跟读一遍，最后自己又单独读一遍，一篇作品下来，基本上能够流畅地读完。但是我的鼻音问题实在太顽固了，时不时地出现，让我心里着急。“那”“闹”“南”等好多字都容易读成边音。没办法，自己克服不了的难题，就只有寻求普通话老师帮助。在经过几次纠正和帮助之后，我逐渐弥补了自己的语言缺陷，慢慢地对普通话越来越感兴趣。

由于大学期间对普通话课程不上心，因此普通话测试也是勉强达到“二甲”。工作后，在学习兴趣的驱使下，我爱上了普通话，也为自己制订了严格的学习计划，每天自学语音基础知识，课上课下都讲普通话，还经常让同事们帮忙找发音问题。那一段时间，我的语音面貌终于有了一些改观。

2019年县里评选首届骨干教师，考核条件除了业务能力、计算机水平，还有普通话。经过激烈的竞争，学校将我的名字报了上去。那么，问题来了，又要考普通话！我像一个忐忑的学生一样，每天定时定点学习普通话培训测试教材。字、词语、作品稍微轻松一点，最让我头疼的还是命题说话，要么说着说着就感觉头脑一片空白，不知道怎么往下接了；要么就突然说成方言，自己都感到可笑。没办法，临场发挥不行，就提前准备吧。30个说话题目，我全部写了一遍，然后每天找时间背诵。渐渐地，我发现命题说话也没有那么难了。除了按照写好的内容背诵外，我即兴说话时方言也少了，停顿的时间也短了。普通话测试时，竟然过了“一乙”，也评上了骨干教师。这让我欢喜了许久。

2020年湖北省普通话测试员培训的机会来了，学校推荐我参加学习，当时我的心情万分激动。来到培训班之后，发现身边的同学都是语言大咖，会演讲的，会朗诵的，会表演的，等等，能者齐聚一堂。有了压力，便动力十足。短短8天的培训，我一刻也不敢松懈。课上，跟着老师认真学习，记笔记；课下，拿着培训资料反复练习。毫不夸张地说，这次的培训让我找到了久违的高考备考的紧张感。功夫不负有心人，最终三项考核全部过关，顺利拿到了省级普通话测试员资格证书，上台领证的时候真的激动得想哭。人人都说，兴趣是最好的老师，我就是个活生生的例子，从不在意发音问题，到意识到普通话的重要性，再到对普通话产生浓厚的兴趣。

现在，我成了一名会教普通话的舞蹈教师，我将把轻松自然的课堂还给学生，用自己最大的努力激发学生的学习兴趣，让学生热爱普通话，推广普通话。

记得上学期第一次走进普通话课堂时，同学们惊讶了，“咦，这不是舞蹈老师吗？是不是走错教室了？”同学们轻声讨论着。我微笑着走上讲台，说：“从今天起，黄老师就和大家一起学习普通话，也希望大家同我一样，在学好自己的专业技能之外，多开发其他领域的潜能，咱们共同进步。”之后的普通话课上，同学们都非常认真，针对自己的语音问题，也能静下心来反复练习。

2021年，在全县教育系统学党史演讲比赛上，我很荣幸获得了一等奖，台下同行们纷纷投来羡慕的目光，都表示我的普通话说得很不错。是啊，今天小小的成绩，都源于背后无数次的磨炼。

毫不夸张地说，普通话改变了我，它让我变得更加自信，更加坚定，也更加清楚自己肩上的担子。

（作者单位：建始县中等职业技术学校）

推普二十年

魏　敏

一

我是1997年参加湖北省第四届普通话测试员培训班，成为测试队伍中的一员的。记得培训班的授课老师有李宇明老师、刘兴策老师、常春老师。当时武汉正值酷暑天气，教室里没有空调，只有电扇，一动，汗水就常常打湿衣襟，但台上的主讲老师们似乎全然不顾炎热的天气，围绕着普通话的相关话题，讲得幽默、精彩、专注。记得李宇明老师讲汉语词汇ABAB式和AABB式的例子，既生动又令人捧腹，记忆深刻。刘兴策老师，带着自己手绘的湖北方言分布图来到讲台，那种认真的劲头，感染着在场的每位学员。常春老师的普通话令人印象深刻，他是当年为数不多的一级甲等国家级测试员。

在那时，计算机没有普及，普通话的试卷需要人工手动来出。至今，好多老测试员谈及当年的人工出卷，都还津津乐道，大家当年在培训班，一份测试卷基本都是熬了通宵才完成的。所有的测试员都是将测试当成一份事业来做的，那种认真与投入，至今还影响着我的执教生涯。

一次暑假，在竹溪的一个小学测试点，刚好碰上停电，板凳又矮，大家蜷着身子，坐着测试了整整一天。一些男测试员的T恤常常能拧出水来，衣服湿了又干，常常会出现一道道白色的汗渍。但是，凭着对测试事业的一份执着，大家都能圆满地完成任务。

二

这二十多年，普通话测试让我有幸结识了全省范围的测试员，有循循善诱的邓华，有幽默、乐观的邹鸿燕，有“不老女神”肖素美，有慈祥的杜宇虹，有爱笑的小伙伴儿吕鸿雁，等等。我们由最初的陌生到熟悉，结下了

“战斗”般的友谊。次数多了，便成了朋友，正如朗读作品中杏林子笔下的“老朋友”，我会和他们谈家常，细细碎碎，种种琐事。他们俨然成了自己的“家人”，在“普通话”的大家庭里，我们一起测试，彼此鼓励，也分享着人生的各种酸甜苦辣。

人工测试期间，每次测试，我们几乎都能见到曹主任、龙主任和揭老师的身影。他们亲切的笑容，常常能给予我们充分的力量。他们是领导，又更像是朋友，既给予专业政策方向的指导，又给予朋友似的关心，让我们干得更有劲儿。

三

2012年起，随着全省机测的全面展开，湖北省普通话培训测试中心几乎每年都组织测试员进行此方面的业务培训，使我们测试员能进行成功的“转型”。每年培训，都有新的收获。我这二十年，似乎一直都在参加省培训测试中心的培训班。“终身学习”在普通话测试工作中得到了极大的贯彻。

推普二十年，也是我成长、改变的二十年。从刚刚毕业的懵懂大学生，变成年轻教师、中年教师；从省级测试员到国家级测试员；从对测试一无所知，到测试了上万人、培训讲座上百场；从学生普通话讲座到教师普通话讲座，再到公务员及社会各个行业的普通话讲座，2000年受省语委委派走进了全省新录用公务员普通话讲座的省团校教室……一路走来，得到了很多师长、朋友的帮助，使我能不断地学习、成长。

2018年，我的父亲突发脑出血离世，我久久不能走出丧父阴影。这天，我给全校学生进行普通话培训讲座，在那“a、o、e”的训练朗读中，我似乎从课堂中获得了原动力，心中的阴霾似乎消散了许多。这也让我明白，推普是我的力量源泉，讲台是我的归宿，我属于这里。当我走出教室，整座教学楼都已熄灯，举头望向天空，一轮明月正挂在空中，原来，这是中秋前夜。

2019年11月，湖北省召开全省骨干测试员培训会，省培训测试中心新任主任董中锋鼓励大家要加强普通话测试的研究，并且后面也出版了一系列的科研论文集，给大家打了一剂“强心针”。面对新的考生、新的任务，我正与许许多多的测试员一起，走在推普的路上。

（作者单位：武汉科技大学）

普通话的半生缘

严运桂

我是一个有普通话测试员证书而即将退休的高校教师。证书是在我 40 岁时获得的，此后的近二十年，我除了完成正常的教学任务外，每年都担任普通话培训与测试工作。在鼓励普通话基础较差的学生如何学好普通话时，我常常会现身说法，有针对性地跟他们分享我 40 岁以前学说普通话的故事。

我出身于农民家庭，家中兄妹 5 人，因为要帮父母看护弟妹们，10 岁才上小学。我的启蒙从认读“毛主席万岁”“共产党万岁”开始，不是从“ɑ、o、e”拼音开始，从小学到中学都是在动乱之中，对《汉语拼音方案》较陌生，直到上大学学习现代汉语课程时才较系统地学习了汉语拼音。上大学之前，我接触普通话的唯一途径就是听村里的高音喇叭，而且喇叭里早晚大约半小时的新闻节目还常常被本村干部们的讲话所替代。那时对普通话的印象就是觉着好听、优雅，有时候偷着跟喇叭里的声音说话，结果被我哥哥发现，好像我在做什么坏事似的。我父亲说：“是什么地方人就说什么地方话，学洋话就像山东驴子学马叫，怪腔怪调，遭别人笑话。”我的普通话第一课就这样给搅了。不过当时虽然喜欢，也只是喜欢，从没意识到我今后也必须说普通话。

进入华中师范大学后，发现宿舍楼和教学楼有一些标语，诸如“积极推广普通话”“请说普通话”等，我也没往心里去。真正触动我的是入学第三天，入学教育结束，我就约与我走在一起的同班女同学丁淑玲说：“ke qi fan ge！”她盯着我问：“你说啥？”我又说了一篇，她又加大音量问：“你说啥？”我才明白，她不懂我的话。她是河北人，说一口标准的普通话，声音像银铃似的。可我不会用普通话说“去吃饭吧”，感觉当时囧得脸都红到耳根了。后面好几天我再不敢开口说话，可心里明白，我读的是师范专业，今后是要靠口语表达挣工资的。于是，我天天有意识地与同班的黄卓明同学在一起。她是河南人，又是学生干部，一口纯正的普通话，她说一句，我就暗中默念一句，大概在开学的头 20 天里，我不主动说话，别人主动跟我说话，我只说最简单的，如“行”“好”“去”之类的。终于有一天，我们上午第四节课没课，大家都在忙自己的事，快十一点半了，竟然都没人去食堂吃饭。我们当时就餐的华师二食堂，是全国高校的模范食堂，来就餐的学生较多，尤其是第四节课后，就餐的人集中就更多了。如果这个点还不去，再拖延，想买需要的菜就有点悬了，于是我鼓足勇气，准备主动提议：时间不早了，咱们吃饭去吧。我在心里把这句话默读了两遍，估计说出来是普通话腔调，她们能听懂。但最后出口的那一刻，担心说多了跑调，我只说了后半句：“咱们吃饭去吧!”话音刚落，同学胡华回应：“好吧，咱们走吧!”我紧张的神经稍缓了缓，因为我担心有同学发现“哑巴”开口有异样反应，结果平安度过，我按按自己的胸口，心想纯属自作多情，自寻烦恼。从此，我在北方几位同学的影响下，与同学交谈、上课发言都说普通话。记得大三时，同学李洁的爸爸从湖南株洲来学校，当时寝室就我一个人在，我主动与叔叔交谈，当时他问我是内蒙古的还是河北的，我当时第一反应是我个高，他把我当成北方姑娘了，我说我就是湖北荆州的，他疑惑地说：“不对呀，听你的口音不是湖北口音，荆州人说普通话的口音不是这样的。”当时我心中暗喜，感觉自己这几年跟同学学舌有成绩。后来我才知道，我的普通话听起来有点北方味儿，那只是腔调和语音面貌，其实还有许多硬伤。

大四发生了一件比较“丢人”的事。我们年级举行班之间的排球比赛，下午六时许，还没结束。没打球的同学方尤瑜离场打开水去了，她走出了十多米，我忽然喊她帮我打一瓶开水，她问我：“哪个瓶子是你的?”我大声说：“六色的!”全场球员和观众大笑。后来我才知道，应该是“绿色的”。为什么“六”“绿”不分？因为在我当地的方言中，这两个音节都读“liu”，普通话中“六”的读音是“liù”，我就依此类推，“绿”也就读成了“liù”，以至于毕业 10 年同学聚会的时候，还有同学打趣道：你的“liu”色开水瓶还在不在？

大学毕业后，我成了一名教师，先后在中学、中专、大学任教，都是在荆州方言区。我大学那点普通话底子本来就薄，加之方言的干扰，授课时捉襟见肘。如遇有人听课时，就必须借助字典把读不准的音给标上，但这临时抱佛脚的做法不能解决根本问题。我最大的问题是语音系统性错误和缺陷，诸如边音鼻音不分、平翘舌不分、前后鼻音不分等，它们给我的上课效果带来了一定的负面影响。

2002年时，湖北省语委培训班开班，我报名了。可是没想到，到培训地点办手续时，我吃了闭门羹。记得当时是龙莉老师跟我交谈，发现我荆州方言明显，可能也觉得我年龄偏大，担心通过半个月培训不能顺利拿到普通话测试员证书，劝我返荆，不要我办报到手续。我当时很郁闷，心想我是专门来学普通话的，学校派我来了，哪有不进班之理！于是又去找龙老师，她又说主要是担心我通过不了，学费没地方报销。我当时进班心切，跟她说报销不了我自己承担。我还说我是华师1982级学生，与某某是同学，希望套点近乎。也许龙老师看我心诚，就同意我进班了。事实上，进班后不久，我就有点后悔了，因为高强度的训练，严格的考核标准，不亚于我人生的第二次高考。我们班的培训老师是李讯老师，她温文尔雅，但质量把关很严。她可能觉得我是重点关注对象，总是点我起来练讲练读。奇怪的是，我在我的学生面前侃侃而谈，可在李老师和众同学面前，紧张得语不成句，就是读短文，也没有一次是顺利的。看见别的学员表现好，就羡慕得不得了。每每吃饭的时候，学员们轻松一刻，有的说自己说了几十年的话，现在不敢随便开口了，开口就怕说错；有的说自己原来听一级播音员朗读文章觉得是享受，现在一走进教室听到循环播放的录音带就想吐；有的说自己一闭眼就是读书，整宿睡不着，今天把老公从家里招来，看他有没有办法让自己安睡……我明白了，不只我一个人紧张，压力大。普通话也是门知识、学问，要想取得好成绩也非常不容易。我到培训中期的时候快崩溃，一颗安定片都不能让我入睡了。怎么办？我索性坐着理理我的情况……接下来的几天，我稳住了，而且通过了，92.5分，险过！但我已很高兴了，因为我很幸运，170多人中还有40多人没有通过，我是个大龄学员，竟然过了。

这次普通话培训让我的普通话水平有了质的提升，我说普通话从模仿达到了自觉的程度。我每年都直接参与普通话的培训工作，在从事其他学科教学时，更添几份自信，有时也会不失时机地给学生指出普通话的主要问题和解决途径。不仅如此，它还像我的一张名片，在公共场合开口说比较标准的普通话，多数情况下是起加分作用的。所以，感谢我的坚持，感谢普通话培训。

（作者单位：长江大学）

那一刻，这一生

仇 桦

山坡上，一片柏树林，两排土墙青瓦的房子，这就是我的小学。学校里9位老师，好像只有一位老师会汉语拼音，长年累月，一直教一年级，从未见她升过级。每到期末，乡镇管理区就会组织所有的学校统考，考后就会进行排名。长大后我才知道我的小学教学质量一直在乡镇垫底，“千年老幺”的江山无人撼动过。

一年级升二年级的那个期末，又举行了统考。因为尚小，不知道是属于哪个级别的统考，只记得考语文的时候，走进来一位漂亮的女老师，她能说一口似乎只有天上有、人生难得几回闻的普通话，那声音婉转动听，非常奇妙。试卷上有一题是听写词语，她把每个词语都报3遍，每一个词语经过她的口似乎都有颜色，都有形状，都有温度，都有故事……我们唰唰地一写完词，就迅速地抬头盯着她看，真好看，声音也好听。

“chì bǎng。”一声落下。什么？“chì bǎng”是什么东西？我们完全是丈二和尚摸不着头脑，全懵了。所有人的目光顿时都定在了漂亮的女老师脸上、嘴上，打量着，猜测着……漂亮的女老师见我们目不转睛地看着她，以为我们没有听清，特意用那百灵鸟一样的声音把“chì bǎng”重复了3遍，我们努力地在脑子中搜索，可仍旧不知所言之物，填“chì bǎng”的这个横线我们都不约而同地空着。

漂亮的女老师中途不知道什么原因离开了教室，随即是我们的语文老师进来了。她绕着教室走了一圈，站在讲台上，来了一句“chì bǎng”，虽然不是那么顺口那么动听，但我们还是听出来了，我们的语文老师是在重复那位漂亮的女老师刚才报的“chì bǎng”，我们却好像被点了循环播放键一样，依旧是你望着我，我望着你，大眼瞪小眼。语文老师又连续说了几遍“chì bǎng”，可是不争气的我们依然是“外甥打灯笼”。就在我们急得抓耳挠腮、面面相觑的时候，语文老师突然伸出了双臂，上下扇动，机灵的同学顿时心领神会，埋头写下“翅膀”。可是仍有一群“呆头鹅”，不知何意。语文老师急了，喊了一声“zhì guǎng”。原来“zhì guǎng”就是“chì bǎng”啊，所有的同学恍然大悟了。

师范的“文选与写作”课上，老师忽然在黑板上写了一个“巢”字，问谁认识这个字。我正好坐第一排，一听，这个字谁不认识，迅速地把手高高举起，唯恐别人抢了先。老师示意我读，我站起来得意地大声读：“cáo。”老师什么话也没说，转身就在黑板上写下了“cháo”，站定之后，轻声说“cháo”。顿时，我的脸上火辣辣的，窘得抬不起头来，恨不得找一条地缝钻进去。那一刻，太尴尬了。

后来，我们有了“语音基础知识”这门课，老师一进教室就在黑板上写了三个字——“普通话”，然后指人读。三个字被同学们读得可谓是百花齐放，要么是声调不对，要么是声母不对，要么是韵母不对，只有几个同学的读音令老师点头。从那之后，我知道了什么是普通话，普通话最显著的特征是什么。

师范快要毕业的时候，学校要求每个学生都必须考普通话资格证，这样才有资格在三尺讲台上立足。为了让我们拥有普通话资格证，为了让我们每个人拥有说普通话的技能，语音老师给我们印了好几份 8 开的材料：纯拼音、拼音加汉字、纯汉字、绕口令。课堂上，我们是热火朝天、口沫飞溅地读啊、说啊，一下课，一放学，广水、大悟、云梦、安陆、孝感等各地的方言犹如春笋一般冒出来了。就这样，课堂上是半土半洋的广普话、安普话、大普话……课后是南腔北调，我们的普通话还是半瓢水。虽然我只能说羞答答的普通话，但还是顺利地考取了普通话资格证。

师范毕业以后，我在孝感地区实验小学工作，自以为是过五关斩六将才获得此资格的，好歹不差，可是万万没有料到，在这所地级市的小学里，年轻老师们的普通话竟然是那么牛，随便一张口，不是婉转柔和，就是铿锵有力，那声音抑扬顿挫，赛过黄莺的歌声，令不能字正腔圆的我自惭形秽。这也让我第一次感受到我的文字可以时刻倾诉于笔端，而我的声音永远没有文字来得从容，张口如蚊子细嗡。我要学好普通话的愿望油然而生。

上班接近4个月才发第一笔工资，领到工资300多元的那一刻，我什么也没有想，一下班就去买了一台200多元的录音机和几盘电影配音的磁带。下班了，我就在宿舍听磁带，我一定要学好普通话，惊艳所有人。可是，时间长了，工作忙了，我就有点懈怠，没有再听了，录音机也被束之高阁了。

2000年的时候，我们这里开始有了普通话水平等级测试，据说将来要根据普通话等级证书分配所教学科。为了迎接考试，我花了大价钱从网上下载了很多资料，练习了一个月。也许知道了坐在考官席上的评委普通话个个好像都是中央电视台主持人的水平，我莫名其妙地有些胆怯，害怕班门弄斧，相当紧张。好可惜啊！口头作文的时候，我结结巴巴，声如蚊音，不知所云，只得了83.5分，确认普通话水平为二级乙等。

每当看到这个二级乙等的证书，我的心里就会有一股重重的挫败感，好几次想重整旗鼓，再上战场，试试自己的普通话到底几斤几两，可最终因为琐事，更因为我的懒惰而放弃。

2005年的时候，我终于下定了决心，再考一次普通话。我买了一本有关普通话的测试书，把前面几页和后面几页看了几眼，就上阵了。

如今还记得那一次测试的场景。第一项认读词语，读着读着，碰到了“挑剔”，“剔”是第四声还是第一声，努力回忆：“tì”还是“tī”？“tī”还是“tì”？纠结中，想起了好像经常听别人说“tì牙”，于是我选择了“挑tì”。一出考场，我就找出字典查看。唉！又错了。这一次得了90分，二级甲等的水平，好歹上了一个新台阶。

昨天我们在认读课文《圆明园的毁灭》的词语的时候，有一个孩子把“玲珑tī透”读成了“玲珑tì透”。为了让孩子们引以为戒，不再重蹈覆辙，我就讲了我普通话测试的时候发生的事情，希望同学们不要嘲笑别人读错，要牢记仇老师也曾读错过。

今天上课的时候，教室外突然传来了吵闹声，方言中夹杂着脏话，那声音真难听。这突然让我想起了一篇文章，主要讲从温哥华飞往北京的航班上发生的一件事情。为了让孩子们做一个讲道理、讲文明、讲规则、讲秩序的人，我当场讲了这个故事。我一不小心，把“飞机”说成了“灰机”，孩子们笑了。这个“灰机”还成了孩子们课后的笑料，恐怕也会牢牢地刻在我的心中。

想想自己快是奔五的人了，一生都在欣赏普通话，都在学习普通话。普通话的生活有酸有辣，有甜有苦，有被人说成“陕西的骡子学马叫”的烦恼，也有“春风得意马蹄疾”的快乐。

每个人都有自己的人生轨迹，每个人都有自己的诗和远方。只要你在心中播下一颗理想的种子，不断努力，不轻言放弃，定能生根发芽，茁壮长大。

（作者单位：孝感市实验小学）

名片·力量·传承·创新

吕洪雁

普通话，音乐美，如诗如歌如流水。我是普通话测试员。我是普通人，我说普通话。脑海中浮现出一些和普通话有关的句子，这就是我和普通话。

一

1979年，我们全家随军从山东农村到了大城市武汉。5岁的我只会说山东话。在武汉，我们在部队大院里，院子里的孩子来自全国各地，哥哥姐姐们标准流利的普通话让我羡慕不已。我暗暗下了决心，要说好普通话，说的和广播里面的播音员一样。上学的时候，我跟着老师学；放学后，收音机成了我的好朋友，跟着《小喇叭》学习普通话。慢慢地，普通话越说越好了，带着点部队特有的“八一腔”。小学、初中、高中、大学，尤其是大学期间参加朗诵、演讲比赛，成为广播台的一员，担任节目主持人、校学生会文艺部部长。

二

1995年，大学毕业，我留校专职从事语言文字工作。我徜徉在普通话的海洋里。1996年，参加湖北省第二期省级普通话测试员培训班，与很多人成了一辈子的朋友。我和测试员朋友们跑遍荆楚大地，在教师、学生、公务员中开展普通话水平测试。每年语委办和测试中心都会举行测试员总结大会。记得在1998年我们几个属虎的测试员一起编排了快板《我是普通话测试员》，在总结大会上演出。“我们是普通话测试员，测了学生测教师，还有公务员。普通话，音乐美，如诗如歌如流水。双唇音 b、p、m，唇齿音一个 f，舌尖前音 z、c、s，舌面音 j、q、x，这些声母好练习，舌根音 g、k、h，练习起来笑呵呵……”我们把普通话声母、韵母、声调知识融入快板中，受到大家的欢迎。1999 年，我和教科院的老师一起编排了小品《考场内外》，说的就是普通话测试的事儿，将平时测试中的趣事写入剧本，引来阵阵共鸣。

三

2014 年，根据工作需要，我转岗到了学校党委宣传部，承担着举旗帜、聚民心、育新人、兴文化、展形象的使命任务。诵读经典、传承文明，我们在师生中开展“中华诵”系列活动并荣获湖北省校园文化成果优秀奖。组织参加乌镇戏剧节、全国大学生艺术展演，建立江大视窗，拍摄宣传片，在学校微信公众平台中开展一周要闻播报，充分发挥普通话测试员的优势，对学生进行指导，并在校园文化建设中取得了一定的成绩。

2015 年，为保护方言资源，教育部、国家语委启动“中国语言资源保护工程”，通过对调查点方言进行纸笔记录、录音、摄像等方式，将采录的数据以数字化方式存入国家和省市语言资源有声数据库永久保存。我参加了人文学院熊一民老师所负责的武汉方言调查项目，包括汉口（江汉、江岸）、蔡甸、新洲、江夏、黄陂 5 个方言点，全面调查武汉市各辖区的方言语音、词汇、语法、地方口头文化资料，撰写方言调查报告并录制音视频资料永久保存。从 2015 年到 2018 年，我们沉下身子，周末和假期驻扎山村，组织调研，开展研究。经过层层遴选，从 5 个区共选拔出方言发音人 38 人，包括评书名家何祚欢、汉剧名家胡和颜，其中不少发音人成为武汉方言保护工作的中坚力量。2018 年项目顺利通过国家验收，高质量地完成了武汉方言调查任务，其成果将进入“中国语言资源有声数据库”。

四

2019 年，我来到马克思主义学院。“思政课不仅应该在课堂上讲，也应该在社会生活中来讲。”“‘大思政课’我们要善用之，一定要跟现实结合起来。”高校思政课不仅要传授知识，还要提高大学生思想政治和道德素养，更重要的是传递信仰。作为高校思政课教师，要理直气壮地讲好思政课。面对有个性、有想法的 00 后新人，要将思想政治教育生活化、实践化，入耳入脑入心。努力将“天下事”讲成“身边事”，不断推动抽象的政治话语转化为具体的生活话语。采取校园访谈、校园调查、情景剧、音乐剧、微电影、辩论赛、小组讨论、案例评析等形式，有效运用新媒体技术，把百年党史融入思政课教学，既是广大思政课教师的职责使命，也是深化思政课改革创新的必然要求。

思政课不仅在课堂讲，也在社会生活中讲。我们带领师生深入农户社区，讲创新理论，做问卷调研，访乡土民情，开展系列创新实践。面向企业职工、社区居民、农民群众、机关干部、基层宣讲员等宣讲党史。2021年，党史学习宣讲团在校内宣讲60场，到社区开展“周周微党课”20余场，在各单位开展宣讲50余场；开展抗疫青年说专题讲座，录制党课微视频10余部，开设思政微信公众平台。打通理论武装“最后一公里”，用鲜活的语言让党的创新理论飞入寻常百姓家。

（作者单位：江汉大学）

测试之于我的点点滴滴

赵 婵

提到测试，总觉有太多的话，却不知从何说起，想来是因为有太多美好的回忆。夜半时分，是时候理一理，“普通话”“测试”这些关键词是如何在我的生命长河中留下一路灿烂星河的。

一

上大学时，因为普通话说得好，辅导员越过竞选，直接委任我“双推”委员的职责。因为要在班里开展语言活动，我慢慢认识了班内和班外的同学，又因此接触到学生会并成为其中一员。信心增加后，机会也接踵而至，于是自己的名字逐渐出现在各种红榜中。这其中最重要的一段经历，就是因为辅助校内普通话测试工作，认识了我的恩师——一位元老级测试员苏顺强老师。后来，他推荐我参加了省级测试员的培训考核，自此打开了我的测试新世界。

读研阶段，同学们曾回忆说，我当时给他们的第一印象——说着一口带有京味的标准普通话。忙于学业的同时，每周末还能外出工作，实现自给自足，让人羡慕。工作阶段，在“普通话”课堂上，可以滔滔不绝、信手拈来、尽情释放，可以收获学生眼里赞许的目光。在教案设计和优质课比赛中，普通话这门课程拔得头筹，获得同事、领导的一致认可。教师才艺展示，歌舞、乐器都无法胜任，好在我还能来段配乐朗诵，算是效果不错的救场。更为重要的是，测试工作的管理，已成为个人职业标签，让我获得事业前进的信心和动力。

二

2005 年，我荣幸地成为第十七期省测班学员，肖劲松老师是授课教师，他在课堂上表现出的对专业的一丝不苟以及对测试工作的热爱和执着，直到现在还影响和感染着我们。通过考核后，立即开始了最多回忆的“人测”时光。那一个又一个相逢团聚、紧张充实、趣味盎然的周末，真是一段醉人的岁月。那时我以学生的身份顶着测试教师的角色，穿梭于各大高校，尤其是走进那些我梦寐以求的美丽校园，时常收获别样的满足。每当看到武汉大学、华中师范大学那些名校学子在讲台上侃侃而谈，而我以考官身份审视他们的表现时，除了惊喜、赞叹，还有一丝窃喜。也正是这些经历，我了解了武汉各大高校的地址，以至于后来的同事都有些惊讶。

刚进入社会开始工作时，周末的测试以及外出培训的酬劳，还能用来实现一些“奢侈”的小愿望。后来为了顺利过渡为母亲角色，经历了职业空窗期。幸有测试老友的引荐，怀着小宝贝，完成了商学院的普通话课程代课工作，不但充实了生活，更是贴补了家用。而最为重要的是，后来进入湖北幼儿师范高等专科学校工作，也是因为测试老友的介绍。来到学校代课，同样是普通话课程，由于对课程内容的熟悉，备课轻松，教学投入，获得学生的好评，也得到了校内资深测试员们的认可。在他们的建议下，我进入了湖北幼儿师范高等专科学校，这才有了后来和现在。

三

测试留给我最宝贵的财富，当属工作中结识的恩师和挚友。算算时日，测试仿佛见证了我由青春步入中年的整个过程。大学毕业与测试员考核通过是接踵而至的。第一次测试就是回母校，与曾经的老师一起搭档，紧张万分；中午又一起吃午餐，同桌的老师问我年龄，感慨说比我大十岁。那时的我只顾着满脸堆笑掩饰害羞拘束，而老师言语中流露的无奈和遗憾，只有十多年后经历了时光荏苒、岁月蹉跎才能体会。

所以，青葱岁月的我最感激的是“姐姐们”的不嫌弃。每每看着她们妆容精致、婀娜多姿又拿腔拿调地在一起慢条斯理地抱怨老公、夸赞孩子的场景，都觉得别有风趣。其间尤为珍贵的，是结交了一些知心好友。她们没有嫌弃我身份普通、少不更事，反而会真诚相待，还在我的事业选择、婚姻相处中提供了非常宝贵的建议，成为见证和参与了我人生重要阶段、可以分享喜怒哀乐、情似家人的人生挚友。

四

进入湖北幼专，算是正式开启测试事业。由于“普通话”优质课教学展示，加之对测试工作的热爱和参与测评工作的经历，学校选择我为新一届测试管理工作接班人。于是，我走上了测试工作的管理岗位，开始实施关于测试工作的理想抱负。在接手工作后，凭借多年的测评经验，从扩大测试规模、规范工作流程、加强培训辅导、优化队伍管理这四个方面着手，认真思考和扎实推进，逐渐实现了培训测试工作的平稳有序开展，借助多种培训辅导手段，稳步提升了学生的考级通过率。同时，借助省培训测试中心的培训考核之势，在站内组织各种方式的培训、考核，凝聚和优化了测试员队伍，实现了资源的合理利用和技能的有效提升。

同时，尽力开展语言文字活动。每年九月的推普周比赛和展览，已成为校园久违的风景；“三字一话”的系列活动，已成为每届学生的固定节目；“普通话语音诊断中心”也逐渐成为学生们的香饽饽和学校工作的闪光点；学生小助教，也在逐渐形成规模；网络教学资源库，也在逐渐完善。

接手测试管理工作三年，初见成效，算是没有愧对徐老师和李主席辛勤打下的江山。我的目标就是让湖北幼专测试站成为品牌，而且越响越好，这也正是我要持久和不懈追逐的梦。感谢测试之于我的点点滴滴，曾经的那些我会珍藏，还有等待实现的梦，会放开脚步去追。

（作者单位：湖北幼儿师范高等专科学校）

我的普通话之路

腾莉华

有一种语言，不管我们相隔多远，都能把我们拉到一起，那叫“普通话”；有一种语言，是那么熟悉，乡音乡情仿佛早已深入血液里，它叫“家乡话”。所以我的语言就在普通话和家乡话之间蹦跶。

记得上小学的时候，我的启蒙老师是一位高高大大的女老师，她姓龚，从来没有说过普通话，都是用方言上课，并且我们身边的人也都是说方言，所以我根本就不知道如何说普通话。

上中学后，我遇到了一位漂亮的语文老师，当时，令我着迷的，不光是她那甜甜的微笑，还有她那动听的声音。原来汉语拼音不是吼的，而是这样读的。于是我就学着她的样子读，从此就喜欢上了普通话。记得当时语文老师让我们那列的同学一人朗读一段文章，我声情并茂地读完之后，全班同学都扭过头，表情怪怪地盯着我看。突然我明白，原来我也是有优点的，虽然读得不是特别标准，但只要去尝试，都是可以变得更好的。从此以后，我有时间了就去请教我们的语文老师，让她教我如何朗读，如何说好普通话。在初三的时候，我的成绩也逐渐有了起色。

后来，我就带着这仅有的一点自豪考上了江苏连云港师范专科学校，但大学里的氛围让我大吃一惊。我发现在大学里是要说普通话的，而让我引以为豪的普通话，用来朗读课文还行，用来和人面对面地交流就相形见绌、捉襟见肘了。不但如此，我发现农村来的同学普遍没有城市里的同学“能说会道”，并且我们湖北利川的学生也没有江苏的学生普通话标准。最让我无地自容的是第一次和大学室友交流，她们都是江苏城市里的，普通话很纯正，而我说的“普通话”发音不标准，有很多次她们都没有听懂，她们都会纠正我的发音。苦恼的是，她们教我之后，我还是发不出来那个音，或者当时发对了，下次又不自觉地发错了。

当然也有例外，那就是和老乡一起集会的时候。因为集会的时候都是老乡，说话时不用禁言忌语，因此，这时候我是最轻松的。相反，如果谁要是这时候鹦鹉学舌，我们必定会群起而攻之。此时，我们是千方百计地抵制着普通话的。

再后来，到了大二，要面临考普通话考级。我是数学专业，只要考到“二乙”就可以了，所以就没有准备，直接去裸考，结果没有通过，对我的打击很大。“二乙”对我来说已不再是小菜一碟，因为压力大，心里特别害怕，所以我就开始准备，买了一本字典、一本普通话教材，每天早上和晚上在宿舍里大声朗读，偶尔还会在宿舍里引起哄堂大笑，此时我心里越发坚定，一定要说好普通话。老天不负有心人，最后通过了考试。

参加工作后，我发现自己和普通话的缘分越来越深，每天上课都要讲普通话。我对普通话不再抗拒了，普通话成了我生活的一部分。

（作者单位：鹤峰县铁炉白族乡中心小学）

与普通话的“意外相识”

朱泽锐

22岁那年我从长江大学毕业，回到家乡，从事农村义务教师工作。平日里所接触的朋友，说的都是恩施方言，倒也没对普通话有过多的追求。

2018年，我怀着从偏远农村到大城市看看的好奇心，花一部分积蓄，来到了上海。初到上海之时，灯红酒绿迷人眼，城市夜晚的霓虹绚烂至极，像要把我吞噬在这美丽的都市。坐在大巴车上时，路边的风景急速向后退去，所经之地，皆是过往。带队导游与当地导游坐在前方，向我们说明这几天的注意事项。不过，我因晕车并未仔细聆听。我向来都有晕车这个小毛病，这次出门收拾行李时，各个方面都想到了，却独独忘了带上晕车药。心里懊恼不已之时，或许是导游注意到了我的脸色略显苍白，交代完毕之后，便向我递了一颗姜糖。他说：“这个姜糖是印尼产的，缓解晕车很有效，是我吃过的这么多晕车糖里最有效的了。看你脸色不太对，给你尝一个。”我接过他递来的姜糖，并向他回赠了一个笑脸以及一个“谢谢”。在外旅游，身处他乡，身体不适之时，遇到好心人实在让我心头一暖。吃下姜糖以后，一股浓郁的姜气在我嘴里绽放，晕车之感瞬间消散许多，不免在心里感叹一句：“这个导游还真没骗我，这颗姜糖确实蛮有效。”

后来，到达了旅游景点，游玩人员较多，我始终没有找到合适的时机向导游询问该姜糖的品牌以及售卖之地。随后几天，更换了一个导游，我也再未见过他，更没有机会向他询问这款姜糖的信息。于是我抱着试一试的心态，用蹩脚的普通话在所住酒店附近以及游玩之地附近的便利店询问该姜糖的足迹。由于我对该姜糖的了解仅为印度尼西亚生产，我所问询的也只有这一信息。一遍遍说着蹩脚的普通话，一次次收到店员疑惑的表情。我所说的话带着浓厚的恩施方言味道，不能够让店员明了。于是，我便向一同前去的好友求助，虽朋友热心帮忙，不过多介意，但是我对于自身普通话不够标准的现实已经不能再忍受了，便暗自下定决心，回家之后一定要好好学习普通话，争取下次旅游之时能够自己表达，让不是恩施的人也能够听懂我的话。

回到自己所居的偏远小农村之后，一切如常，这里的人们还是习惯说着恩施方言，交流并无障碍。可这也并不能阻挡我对普通话的热爱以及追求，学好普通话，总归是百利而无一害。从那以后，我告知与我关系较好的同事以及朋友，希望他们能经常用普通话与我交流。在长时间的潜移默化之下，慢慢听会普通话，并学好、说好普通话。不止于此，我还常常下班以后，在视频网站上搜寻普通话教学视频，在家跟着视频一起学习。一人之时练习发音，随心所欲，不怕出丑。闲暇的周末时光，我将关系较好的友人叫来，与我一同交流、练习普通话，真人交流普通话效果更佳。

在感觉到我的普通话有了进一步的提升，方言味不浓之后，我报名参加了普通话水平测试，希望通过自身的努力，看看自己的普通话水平能够到达哪一地步，获取何种等级的普通话证书。在开始之前，我还是像往常一样做准备，向着好成绩拼搏努力。我以为经历那么多次考试之后，这次我能坦然应对，没想到临门之际，我竟有些紧张，手心也频频出汗。或许是因为那次上海旅游因普通话不标准而导致的种种出丑，给我留下一些心理阴影，潜意识里我对此次考试比我想象中还要看重。身旁之人，一个个说着流利的普通话，我也加入他们的队伍进行练习。当轮到我进行考试时，我对这些时日的努力较为自信。努力终究有了回报，此次考试我最终获取了普通话“二甲”证书。

我虽从事的是农村教师工作，但普通话“二甲”也给我带来了很多益处。平日里给孩子上课，我尽量使用普通话，从小培养他们对普通话的敏感度。跟同事交流，若是较为年轻的教师，我便使用普通话，一来能够将普通话学有所用，二来也能在交谈中有所进步，争取更上一层楼。

（作者单位：鹤峰县中营镇民族中心学校）

普通话的教学相长

易 军

1997 年 9 月，师范毕业的我被分配到家乡的一所村小学任教。报到那天，新买的自行车载着我，还有一颗激动难平的心，来到村西头的小学校。村小老师不足，当天就要开始上课。“一年级语文，先教汉语拼音吧!”校长关切地建议说。这一说，便让我与普通话结下了不解之缘。

因为要急着上课，备课也就在忙碌与仓促中完成。拿起课本冲进教室的那一刻，35 双眼睛齐刷刷地望着我这个陌生的老师，我也万分好奇地打量着这群陌生而充满吸引力的孩子。苏明娟的那双大眼睛，无数次出现在我的梦里，今天我终于在这里找到了，不止一双!

和学生们简单地互动后，我开始了人生中的第一堂课。“同学们，今天我们要认识三位新朋友——ɑ、o 、e。”接下来，我按照在学校里学习的课堂环节设计和教学目标要求，很细心地完成了 40 分钟的教学过程，布置完抄写作业后，我满脸堆笑地离开了教室。回家的路上，两边是棉田，雪白的棉花一朵朵绽放出灿烂的笑容，有一首歌一直在心头萦绕：ā、á、ǎ、à，ō、ó、ǒ、ò，ē、é、ě、è……

第二天来到学校，我先到教室收取作业。翻开作业本，我彻底傻眼了，白白的练习本，被抹成灰黑色，艰难地找出“ɑ、o、e”时，却发现它们成了长相奇特的“怪兽”，继续翻看其他同学的作业，出现的问题惊人一致。我有些紧张了，这种现象表明我的教学环节出了问题。我只顾着按课本、资料的要求注重知识的传授过程，却忽略了学生的理解识记。赶紧“补火”。我足足花了两节课的时间，手把手教他们写，保证每个学生都教到，保证每个学生都能够正确书写这三个拼音字母。重新布置完抄写作业后，我惴惴不安地离开了教室。回家的路上，天阴沉沉的，两边棉田里的棉花早已被农民采摘回去，只剩下些青涩的棉桃吊挂在枝头。孩子们认真书写“ɑ、o、e”的场景，一直在眼前浮现。

我给孩子们上了一节拼音课，汉语拼音却给我上了一节教育课，教书不是要表现你知道什么，而是要让学生学会什么。感谢你们，我的大眼睛朋友们；感谢你们，汉语拼音。以后的日子里，我首先关注的是学生。

我很用心地在这所村小度过了三年的时光。2000年，我被调入镇中学任教，因为镇中学一名语文教师退休，就让我来补个缺。走进教学楼时，我的内心没有了当初的那份激动与向往，而从未有过的压力与紧张占满了我的心房。

三年的职业生活，让“学生作为教学主体”的教学理念深深扎根在心中。全面了解学生学情，精心备课上课，认真批改作业……每一个环节，我都做得一丝不苟。一个星期下来，我发现班上有五名学生始终无法用普通话流利地朗读课文：一是声调把握不准，二声与三声经常混淆；二是韵母混淆，“o”与“ou”、“iu”与“ui”等分不清；三是拼音与英语字母混淆，“j”与“g”分不清楚等。课后了解得知，他们上小学时，跟随父母外出打工随读，学习上没有得到很好的照顾。既然有五个同学出现问题，那我就利用这个机会，好好推广一下普通话。轻车熟路，我准备了两个课时的内容。上课时，我能明显感觉到部分学生“走神”。下课后，我有针对性地问了几个学生原因，他们说：“老师，您讲的拼音，我们都会。”我又找来那五个孩子中的两个，他们却说没听太懂。“吃不饱，吃不了”以前只是听老师在教学研讨活动中提起过，“当学生逐渐成长时，他们的知识水平就会出现差异，如果还以一把尺子去衡量，就会出现问题”。“齐步走”行不通，那我就搬出“因材施教”的法宝，正好借这个难得的机会学习学习。我把准备好的两节课内容细分为五节课，利用每天上晚自习前的半小时，给这五个学生进行“步伐”训练。一个星期下来，他们顺利过关。

我给学生上了五节推普课，而普通话又给我上了一节教育课：教书不是赶鸭子，当你举起指挥棒时，要细心观察教育对象，制订不同的教育策略，设定不同的教学目标，让每个学生在你的引导下，呈现最优化发展趋势。感谢你们，我的五个“大朋友”；感谢你，普通话。

一转眼，已是我入职第二十个年头了。九月份，又迎来了一批七年级新生。丰富的教学经验和扎实的理论基础，让我对这一届学生有了新的更高的期待。教书越教越有滋味，因为教书越教越有信心。新的教学方式，新的课堂设计，新的教学策略，新的教学行为……一切都已未雨绸缪。

和学生接触的第一个星期里，强烈地感受到他们的活泼可爱。上课时，接话的人特别多；下课时，围着你跟着你找你说话的人特别多。这股单纯劲儿，让整个学校都变得活跃了。不过，他们另外的一个问题却让我们无法理解。班上 47 人，课堂上回答问题，一口流利的应城方言，让人忍俊不禁。收上来的作业，更是让人瞠目结舌。一位王姓学生，字词从来没有拼音；一位刘姓学生，拼音倒是有，声调几乎“全军覆没”；还有诸如“piei”“shong”“wiou”“jü”等奇怪拼音。更严重的是，因为对学习缺乏兴趣，有近十名学生的作业不能按时完成。学校七年级其他几个班，也是这种情况。

现实警示我：经济快速发展衍生出乡村学生成长问题——留守严重影响了孩子们的学习与成长。我的教育之路又一次迎来了挑战。

冥思苦想中，“兴趣是最好的老师”给了我启示，心理学中对兴趣的描述是：一个人对某种事物感兴趣，就会产生接近这种事物的倾向，并积极参与有关活动，表现出乐此不疲的极大热情。如果没有兴趣，那情况就刚好相反甚至更糟。眼前的他们，是物质生活条件较好的一批独生子女，他们的幼稚、单纯是可想而知的。“一石二鸟”是当务之急。那就以普通话为突破口，以激发学生学习兴趣为根本目标，开始行动。

每天的第一节语文课，开头五分钟是普通话游戏时间。于是，七年级三班的教室里，每天可以听到很快乐的声音：“ɑ＋i 阿姨和我比高矮。”“ye yue yuan 夜月圆，yin yun ying 隐云影。”“先标 ɑ、o、e，再标 i、u、ü。i、u 并列标在后，i 上标调把点抹，轻声不标就空着……”原来严肃的课堂，变成了快乐的游乐场。经过两个星期的普通话教学，学生们表现出了对课堂的期待，我适时地加入趣味性的设计，双管齐下，学生们的学习兴趣明显被激发出来了，普通话水平也有了长足的进步。

我给 47 个同学上了不一样的语文课，普通话再次给我上了一堂非凡的教育课。教书是要了解教材、探究教法、关注学生、研究规律的综合行为，缺一不可。感谢你们，我的 47 个新朋友；感谢你，普通话。

与普通话的邂逅，让我尝到了做孩子成长引路人的快乐与幸福，为我指明了教师成长的目标与方向。“雄关漫道真如铁，而今迈步从头越。”不知道自己的职业之路上，还会上演怎样的故事，但我已做好准备。在教育的道路上，你不曾停歇，我不会停留，因为有梦，所以去追。在成长的路上，多么感谢有你相伴！

（作者单位：应城市蒲阳初级中学）

我与普通话的结缘

彭丹娇

我和普通话的结缘还要从幼年说起。父亲酷爱听收音机，母亲说，我还在摇篮里的时候，父亲已经利用收音机对我进行“早教”了，内容都是广播里随机播放的新闻或音乐，当然都是父亲喜爱的频道。而我，总是睁着眼睛听着，不哭也不闹，有时也跟着咿咿呀呀。孩子如此乖巧，父母甚是欣慰，把功劳都归为父亲的收音机。

我对收音机最初的记忆，就是那句“小喇叭开始广播了”。数十年如一日的开篇词至今未变，稚气的童音，悦耳的号声，那是童年的味道；小朋友那银铃般的声音是那么干净、那么明亮。小小的我每天都会听，会模仿，但总是不像，或者是缺点什么。我想，那个播音的小朋友可能比我还小，但他一定和我们不一样，在我的身边没有一个人能说出像他一样的话，后来才知道那是普通话。

我出生在农村，就读的是村里的一所小学。我的小学语文启蒙老师是一位中年男老师，他从来不讲普通话，但他会用方言给我们上课，教我们拼音和汉字。不得不承认，我还是有点语言天赋的。老师教我拼音和声调，拼出来的就是随州方言。但是，我发现老师教二声和四声的声调与普通话的二声和四声正好相反，我把它们的声调调换一下，便是正确的声调了。发现了这个规律，我的拼音学得就比别的孩子要好。可惜的是，我小学六年的老师也都是用方言上课，我的小学六年也没有说过一句普通话。记得有一次，听说要讲公开课，老师用“普通话”上了一节课，我是一句话也没有听明白，过后老师又用方言把这节课重新上了一遍。我当时就想：原来普通话也能说得不一样，广播里的我能听懂，而老师说的我却听不懂，我什么时候能说出像广播里一样的普通话呢？一颗种子深深地埋进了一个农村小女孩的心里。

1999年的夏天，在乡亲们羡慕的目光中，我考入了随州师范学校。那个夏天，我的人生路已被规划得明明白白，毕业后成为一名人民教师，直到退休。入学的第一个晚自习，来自各地的同学们分别做自我介绍，大家竟然都是用普通话，有的同学说得很利索，而有的就是来搞笑的了。中途的时候，一位勇敢的女生大大方方地用方言说："我还是用随州话说吧！"记得我们大家都笑了，后面的同学都松了一口气，都用随州话做了自我介绍。

没想到的是，普通话是师范生的必修课，第一次知道了什么是普通话、什么是方言。语文课从拼音字母的发音开始，二声和四声的声调也不仅仅是上声和去声的区别，词语有轻声、重音和变调……老师不遗余力地帮助我们纠正了无数个错误。我们像小学一年级的孩子一样，一遍一遍地重复着单调的发音，一遍一遍地朗读词语和段落，区分 l 和 n 的发音，区分韵母是 in 和 ing 的汉字。日复一日地坚持练习听、说、读、写，让我们这群曾经不敢开口说普通话的花季少年深深感受到祖国语言文字的博大精深，同时也让我们爱上了祖国语言之美。

师范毕业之前，我终于取得了普通话水平一级乙等证书。内心的喜悦不言而喻，这不仅是一张证书，更是一种肯定、一种激励。激励我在后来的工作岗位上用一口标准的普通话践行一名教师的职责：为学生传授汉语文化，为学校建立广播站，让学生爱上阅读、善于阅读，看着我的学生在朗诵、演讲比赛中获奖。激励我多年以后又取得了省级普通话测试员资格证书，向周围的人们推广普通话。年轻的自己怀揣一颗炽热的心，让梦想的种子生根发芽、茁壮成长。

当我在学习普通话的道路上勇往直前、畅通无阻时，我发现自己在普通话方面还缺些什么。同样是标准的普通话，为什么播音员的发音会那么好听呢？孔子曰：三人行，必有我师焉。一次偶然的机会，我在网络上认识了一位可敬的普通话领读老师，他吸引了许多爱好朗诵的朋友。领读老师说：汉语是世界上最美的语言，国学是祖先留给我们的宝贵财富，只要细细体会，我们可以通过读来理解古人，通过读来告诉今天的人；声音是有表情的，我们可以像说话一样地来读书。领读老师跟我们介绍朗诵的方法和技巧，分析作者、时代背景和作品，让我们坚持朗诵唐诗宋词，读中小学生课本上的全部古诗词，读普通话60篇作品。他还请来著名大学的汉语言文学专业的博士给我们解读孔子的《论语》。我们这些来自各行各业的朗诵爱好者，通过网络学习打卡，发布作品，互相点评，指出存在的问题。大家在学习过程中你追我赶、相互勉励，建立了深深的友谊。领读老师点评学员作品准确而尖锐，极力帮助大家认识自己的问题，鼓励大家改变自己错误的发音习惯。他说，通过练习，我们的声音是可以改变的。

有一位四十多岁的大姐，她曾经是一位拥有 17 年电台工作经验的主播。她的声音甜美而干净，不含一丝杂质，而且具有质感的穿透力，听她的朗诵如沐春风，一字一句直达心田。她朗诵《童年的馒头》，故事的讲述看似波澜不惊，却使一个个人物形象跃入眼前，作者童年的苦涩、内心的不安与愧疚，深深打动了我，而我听完故事却意犹未尽。这位主播大姐，是离我最近的偶像，我聆听她的作品，鼓起勇气虚心向她请教，她总是悉心指导。她说她几年前就知道我了，听过我的朗读，进步很大，还勉励我们共同进步。那一刻，我惊喜得无以言表，只觉得无比的温暖和明亮，只想跟着她的步伐一路前行。

有句话说得好：时间在哪里，收获就在哪里。有一天，我把一位好友的文学作品配乐朗诵以后，她说："你的朗读让我觉得这篇文章好美好美，以前都没有觉得自己写得有多好，是你的声音让我的文章变得高大上了！"我说："你本来就写得很好，我是真心喜欢你这篇文章，所以才用自己的方式读出了它在我心中的样子啊！"她又愉快地邀请我朗诵她原创的一篇她最喜欢的文章，我欣然接受。

在普通话的路上，我虽然花费了大量的时间和精力，却也得到了提升，创造了美好，这也是人生的一件幸事啊！

女人四十，当如茉莉。对于将来，我没有长远的规划，但一定会去做自己喜欢的事情，那会是什么呢？答案不言而喻。相信在这条路上，一定是岁月静好，书香袭人。

（作者单位：随州市曾都区聚奎门学校）

我与普通话不得不说的故事

余 芬

我出生于20世纪80年代初期，当时改革开放的春风吹遍了祖国的大江南北，我的父母也趁势下海经商，成为最早的一批个体工商户。父母是做生意的，他们白天特别忙，晚上回家又要处理各种家务琐事，因此我童年的生活，陪伴我最多的就是家里那台用红色绸子盖着的大黑匣子——海燕牌收音机。

小时候的我觉得这个大黑匣子很神奇，只要扭开按钮，里面就会出现异彩纷呈的世界：欢快悠扬的旋律、美妙动听的乐曲会让幼小的我跟着手舞足蹈；扣人心弦、值得期待的连载广播剧，让我的心情随着剧中人物的命运跌宕起伏；字正腔圆、内容丰富的新闻播报让我及时了解时事动态，期待外面更广阔的世界。在这些节目中，我最喜欢的是中央人民广播电台的一个文学节目，节目的名字我已经记不得，只依稀记得时间是每周的某个下午，主要内容就是朗读一些文学经典。迄今为止，那个略带沧桑、沙哑的女中音仍让我记忆犹新。我仍记得第一次被她声音震撼的文字："门是住屋子者的需要，窗多少是一种奢侈……但是墙上开了窗子，收入光明和空气，使我们白天不必到户外去，关了门也可生活。屋子在人生里因此增添了意义……是我们从早到晚思想、工作、娱乐、演出人生悲喜剧的场子……"后来查阅资料才知道，这篇精美的散文是钱钟书先生的《窗》。而这个节目就是我当时生活的一扇窗，以后每个特定的日落黄昏，我都满怀期待地守在收音机旁，等待那个令人着迷的熟悉的声音，等待着一场场文学经典的洗礼……夏日里，我凝神倾听，潜心其中，惬意自得；冬日里，泡一杯热茶，一面听文字流淌，一面沐浴精神暖阳。那段有声的幸福时光充盈了一个孤独女孩的童年记忆。

也许是性格的内敛塑造了我情感的丰富，也许是长期耳濡目染的文学熏陶指引了我对人情世故的理解。到了初中，我成了被语文老师点击率较高的学生，要么让我示范朗读课文，事后总不忘夸赞一句“读得很有感情”；要么让我上讲台朗读自己的作文，然后给予肯定性点评。这样做的结果是，我学习语文的热情远远胜过其他学科，甚至直接造就了我十多年后成为一名光荣的语文教师。

进入高中之后，我也不明白为什么突然之间物理题变得像侦探小说那样扑朔迷离，数学题变得像哲理诗一样深奥难懂……学业前进道路上的坎坷一点点消磨着我曾经的自信，我感觉自己就是处处碰壁的“丑小鸭”。

一次，学校演讲比赛的消息不期而至，我以为老师会直接指名哪位学霸“出战”，没想到他居然在班上兴师动众地举行了“海选”——要求人人写稿竞争。出乎意料的是，我的稿子居然入了老师法眼。老师选定了三篇稿子在全班投票，幸运之神太眷顾我了，我以最高票数“当选”。这就意味着，一个星期后，我要在全校师生面前进行演讲，天晓得这对一个内向的自卑的女生是多大的挑战。

老师要求我先把稿子背下来，脱稿可以加分，我就在课余时间争分夺秒地记背；好友给我提建议，帮助我更好地运用面部表情和肢体语言；父母给我买了件昂贵的“战袍”——一件枣红色的双排扣的羊毛呢子裙。

虽然表面看起来“万事俱备”，可我内心一点都不企盼“东风”到来。我设想了千万种恶劣天气的场景，心中呐喊“让暴风雨来得更猛烈些吧”！但天意不以人的主观意愿转移，演讲比赛那天秋高气爽，万里无云。全校瞩目。终于轮到我出场了，我当时心中一直默念“一切终将会过去”，强作镇定，勇敢地站到了演讲台上，不敢看陌生面孔。我记得当时就盯着我们班主任的“地中海”脑门，机械性地“演出完毕”，只记得下台后同班同学使劲儿地为我鼓掌，班主任对我报以“蒙娜丽莎式”的神秘微笑……结果出来是二等奖，远远超出了我的预期。

这次演讲比赛，是我人生路上的一次突破，让我找回了自信，让我渐渐变得开朗，让我找准了人生的方向——到高二的时候，我就毫不犹豫地选择了读文科。

进入大学后，我幸福地选择了汉语言文学专业。一切进展得十分顺利，选对专业的我如鱼得水：刚开学的军训，教官就让我当上“总指挥”，并荣获

“优秀团员”称号；班主任让我当团支书，负责组织学生活动；校学生会的“老干部们”也向我发出邀请，期待我的加入……而初入大学校园的我，最期待进入的社团组织是校广播台。

我如愿地参加了广播台的招聘，三个面试官实际就是台长、副台长和编辑。面试规则很简单——朗读摆在我面前报纸里的新闻。我自信满满地拿起来，开始了我引以为傲的朗读：“新华社北京10月13日电……”读了大约两分钟的样子，坐在中间的台长说：“可以了，你出去等消息。”当时应征的各个院系有二三十人的样子，因为以前的“光辉历史”，我对自己充满信心，结果却落选了。为什么会这样呢？我不是很优秀吗？我不是朗读方面有天赋吗？他们应该看得到我的实力啊！我郁闷不已，在寝室里唉声叹气，有位室友实在受不了我如此沮丧，帮我打听“内情”，得到的结果是，这次被录取的都是“北方人”。有了室友的好心规劝，我马上就释然了。

在大学，我喜欢上了篮球场，我们系的好哥们也乐意当我的教练，其中有个叫唐松的男生和我很要好，他真的是手把手地教我拍球、运球以及打比赛的战略技巧，我也直呼他“松哥”。有一天，他实在憋不住了，直接对我说：“你的普通话太差了，我叫唐‘song’，不是唐‘shong’！”真是晴天霹雳——第一次听到有人说我的普通话烂，而且还是从我的好哥们嘴里说出来的。在那一瞬间，我才明白上次广播台落选的真相。为了一雪前耻，为了让好哥们刮目相看，我开始认真学习普通话了。刚好，大一的时候，我们中文系开了“现代汉语”这门专业课程。我才知道，原来普通话是以北京语音为标准音，以北方官话为基础方言，以典范的现代白话文著作为语法规范的通用语。难怪广播台那些“北方人”瞧不起咱们“南方人”。

说普通话，要求我们分清平翘舌，字正腔圆，抑扬顿挫，掷地有声。大学以前，即使老师用方言上课，对我们学生也是没有什么影响的，都是一个地方的人，沟通起来毫无障碍。有些知识点有时甚至用方言讲，方能体现其中的韵味。上大学后，不同省份的学生汇聚在一起，我才真正感受到自身在普通话学习上的差距与障碍。

我就读的是师范院校，老师告诉我们要参加普通话测试，只有拿到二级乙等以上的普通话证书，才能正式走上讲台。因此，无论如何，我都必须学会讲一口流利的普通话。

作为一个说吴方言的人，我在平翘舌音区分方面还存在很大的困难，鼻音和边音也没有北方同学的那种腔调与韵味。于是，我从基础开始。第一，让自己学好拼音字母，掌握发音部位。在学习的过程中，我会听老师提供的录音，听收音机，边听边练，及时找出自己发音有问题的地方，反复练习，然后在日常的口语交流中，注重自己发音的准确性。第二，我养成了查字典的好习惯。平翘舌音的区分并没有太多的规律可言，所以遇到平翘舌音的字，我就翻阅字典，并且准确记住。日常使用的就那么多字词，一点一滴积累，区分平翘舌音就不再是难事。第三，主动和北方的同学交流，我感觉到山东同学的鼻音和边音区分得特别清楚，我就经常问我们班那几个山东人，有意识地和他们多接触，同时请他们指出我的发音问题。第四，普通话学习是一个持续的过程，不可中断。普通话考级前的一个学期，我告诉自己，无论多忙多累，每天也要抽时间练习普通话。每天下午晚餐后，只要不下雨，我就到学校的湖畔，到树底下或草坪上进行读说练习，给自己纠正语音。

到了普通话测试的那天，一切顺利进行，只是当时有两个字我平时疏忽了，把“熨”读成了“tàng”，把“敕”读成了“chì”，出现了硬伤，读错字词，扣分较严重。最终，我获得了90.05分的成绩，顺利过关。

大学毕业之后，我以面试第一名的好成绩如愿进入孝感市文昌中学，当了一名语文教师。站上讲台后，我发现普通话对我的语文教学有极大的帮助。说一口标准流利的普通话，使我和学生间的沟通容易许多；而且又因我字正腔圆、音色优美，学生在课堂上听得入情入境。孩子们经常说，上余老师的语文课总感觉时间过得很快。

学校的青年教师基本功大赛中，我在2010年、2014年、2016年都被评为“十佳青年教师”；学校的“课内比教学”活动中，我在2011年、2014年都被评为“优秀”；2012年在市级电子白板优质课比赛中获得市一等奖；2015年所授的“标新立异谱华章”获得“一师一优课”市级优课；2015年所授的“作文之人物的语言描写”在全国初中语文教师基本功展评中获得全国优秀课例一等奖；2015年孝感电视台对我进行了《声声“余妈”，浓浓真情》的新闻特写；2016年所授《饮酒（其五）》在“一师一优课”中获得省级优课；2018年至2019年，我连续两年在孝感市直中小学暑期培训担任初中班主任学科指导教师；2019年我获得“孝感市最优班主任”称号……

2015 年 6 月，我被市教育局推荐到华中师范大学进行省级普通话水平测试员培训。普通话培训，虽然每天的学习从早上八点到晚上九点，不得请假，不得接见亲友，中午一小时休息，隔三岔五考试，通过率才百分之七十，但是我很珍惜这次培训机会，用心聆听教授们的精彩讲解，和志同道合的朋友们互相鼓励、砥砺前行。通过笔试、机试，最终的考试成绩为 92.5 分，我获得了普通话一级乙等证书，还取得了湖北省普通话测试员资格，弥补了我大学时候的遗憾。

作为语文老师，我明白自己肩负的责任——让孩子们说好普通话，用好普通话，热爱汉语。作为语言文字工作者，我们任重道远。

（作者单位：孝感市文昌中学）

千言万语只等闲

王　芬

刚进大学不久，系里唯一的美女老师——黄老师，是本系的推普负责人。那天上课，她突然宣布我是女生3008室的推普员，我心里又惊又怯。“惊”中带喜，在与老师、同学相处还不太久的日子里，我的普通话还算“正宗”，喜获老师的认可。即将指导本寝室同学学习普通话，心潮澎湃啊！“怯”中有忧，自己的普通话水平有限，只限上课回答问题说普通话；自己的普通话“半生不熟”，还带有浓重的襄阳土味，很发愁啊！这种情况怎么去指导其他同学说普通话呢？

硬着头皮当上了寝室推普员，我和本寝室同学们商量说：“姐妹们，大家平时可都要讲普通话了，不能再说方言了，否则拖我们系的后腿呀！”大家点头赞同，可是要想开口就说普通话，岂是那么容易！我很多时候羞于开口，只是在教室里说普通话。其他同学只能偶尔冒出一句普通话，夹杂在方言里，搞得大家经常互相大笑不止。看来本寝室的推普工作还是没啥章程，进展为零。

真正触动我的，是下面一件事情。一天中午，我和室友李芬一起去食堂买饭，边走边聊。我俩一开始还别别扭扭地说着生硬的普通话，总是感觉词不达意，磕磕绊绊，看看左右无人，索性就用方言畅所欲言起来。走着、聊着，得意忘形，背后突然传来黄老师严厉的声音：“你们一个是班长，一个是推普员，竟然不讲普通话，今天下午写个检讨，查找一下各自的问题，明天上午我上课的时候在班上检讨。”犹如晴天霹雳，我俩再也不敢吭声了，灰溜溜地回到了寝室，羞愧难当，辜负了老师的信任。推普员竟然带头不讲普通话，如何自处？第二天，当着全班同学的面，我俩轮流作了深刻的反思，希望得到老师和同学们的谅解。我们把这么重要的工作当成了儿戏，何况从小到大从来没当着这么多人检讨，很是难为情。这件事对我触动很大，我下定决心要做一名优秀的推普员。

记得那天晚上，我和同寝室的同学们郑重其事地约定：明天早上开始，不许再说一句方言，必须用普通话交谈，谁要不讲普通话，咱们就不和她接茬。大家一致通过。我也在默默酝酿我的推普计划。第二天一大早，杨凤鸣最先起床，因为她要去晨跑。我也醒了，要是搁到以前，大家就热热闹闹地开始聊起来了，我会说“凤鸣，顺便给我买个馍馍”，肯定还会有几个人要接着附和。可是要开口说普通话，谁都难为情，都不敢第一个说，整个寝室一片寂静沉默，只听到拿东西和走来走去的声音，就是没人说话。我憋了半天，眼见凤鸣快要出门了，才硬着头皮说了一句：“凤鸣，带个馍馍。”能省则省，尽量少吐一个字，少露一点馅儿。其他同学也是尽量少说长句，全是短句或一个词。互相交谈的时候，简直不像在说话，像在吐词，搞得大家忍俊不禁。

推普第一步总算走出来了，毕竟我们都在说普通话了，不再张口就是方言了，虽然说得吞吞吐吐，结结巴巴。大家先是一字一句地说，三言两语地说，言简意赅地说，只言片语地说，个个都“惜词如金”。

大家说的口语，很多都发音不准，方言味很浓。如我们的“土壤”课老师——袁老师，他的课对听力要求特别高，因为他的方言味普通话太过生涩，必须集中精力、竖着耳朵才能听懂。搞得我学完这门课后，感觉听力也提升了不少。

我和大家一起认真学习“普通话基础知识”这门课，请教授本课程的王老师针对本寝室同学所在的方言区，查找方言与普通话的差别，指出问题。如平舌、翘舌不分，声母混用，前鼻音和后鼻音混淆等。一下课，我们就围着王老师，和她讨论很久，她耐心指导我们，一一分析纠正。

每位同学还根据自己的发音问题，收集发音不标准的字词，和大家一起分享，反复诵读正确读音。针对发音方法不对的问题，我们整理了纠正发音的办法，教大家改进发音方法。还和相邻寝室的同学在一起搞小聚会，交流切磋普通话发音练习方法，顺便谈心，联络感情。每周制订发音练习计划，去接对子的男生寝室，进行普通话交流。慢慢地，本系同学们的方言味淡了，阴阳怪气的音调也消失了。

为了巩固推普成果，系里和班里时不时举办普通话朗诵比赛、普通话拼音接力、成语接龙等活动。多项鼓励和激励机制，让大家的普通话水平提高到一个新的台阶。记得当时我的普通话就说得很流利了，几乎忘记方言是怎么说的。暑假回家的时候，我都不知道怎么和父母讲话了，因为我一直在说普通话。在家里的时候说话吞吞吐吐的，很滑稽。我妈妈以为我有什么难言之隐，关心地问我："这么长时间没回家，怎么不想和我们说话呢？一说话也就那几个字，到底是怎么啦？"我只好讲了原因，妈妈对我竖起了大拇指："你以后是要当老师的，说好普通话是基本功，只有讲好普通话，才能教好你的学生。"功夫不负有心人，我们系的推普员全都获得了学校的"优秀推普员"称号，奖品是一支钢笔和一个笔记本，我一直保存得很好。

走上工作岗位后，我一直坚持说好普通话，有时还通过听广播、看电视，继续纠正自己的发音，力争把普通话说得更加标准，教好我的学生。我会在推普路上一直坚持下去，会把我的所感所得分享给我的学生，让他们在推普路上接力传承。我用下面几句话概括自己的推普经历：推普路上步履艰，吞吞吐吐不敢言。排除万难唯坚持，千言万语只等闲。

（作者单位：襄阳市樊城区大庆路小学）

开口说普通话的记忆

向益春

我出生在一个偏远的山区，除了偶尔有幸在别人家看一会儿电视能听到普通话之外，其他时间几乎再难听到一句普通话了。我觉得电视里的人说普通话很好听，所以从小就有长大了一定要说普通话的愿望。

上大学之前，我也一直生活在农村，在我们农村是没有人说普通话的。我咿呀学语的时候，父母教的是方言，我周围所有人说的都是方言，所以我只学会了说方言。后来到了上学时期，老师上课也是说方言，几乎从来不说普通话。尤其是我的启蒙老师，是一位爷爷一样的老教师，他是不会说普通话的，全程都用方言讲课。所以，我在学校听到的也是方言。

直到上高中，我开始在少数同学那里听到普通话了。我的高中在一个偏远的小镇上，大部分同学还是来自不同乡镇的农村孩子，说的也是方言，只有少数几个来自城区的同学，在语文课上用普通话朗读。我一下子被其中一个女同学的读书声吸引了，经常在读课文时不自觉地停下来，全神贯注地听她用普通话朗读，很好听，很多时候都听得入迷，沉浸在那天籁般的声音里，好久回不过神来。由于之前很少听到普通话，羞于启齿，所以我不敢开口跟她学，只是听听而已。

我第一次开口说普通话，是在上大学的第一天。当时，我的家乡还没有通火车，父母又在外地务工，没人送我去学校，我就背着笨重的行李，准备好入学所需的一系列材料，几经周折才来到当地的长途汽车站。好不容易把一切安顿好了，躺在卧铺上就开始睡觉，因为我晕车，只有睡觉才没那么难受。就这么似睡非睡的，不知道过了多久，终于到站了。可下车时，我的鞋找不到了，车上所有乘客都已经下车了，只剩下我一个人在车上找鞋子。本来晕车就难受，大热天来到一个陌生的大城市，还发生了这样的事，我当时急得哭了。好在司机主动来问我出什么事了，我之前从没说过普通话，一时间有点难以启齿，说方言怕司机听不懂，说普通话又怕说不准，但又必须找到鞋子。于是，在无助地看了几秒司机后，终于还是逼着自己挤出了我人生的第一句普通话："我的鞋不见了。"在好心司机的帮助下，我才找到了鞋子。等我穿好鞋下车一看，行李也被先下车的人弄得一团糟，好在没有丢什么东西。我取出行李后，对司机说出了第二句普通话："谢谢！"然后，望着司机开车远去。

我第二次开口说普通话，是迎新时对学姐说的。我一个人背着行李站在那里四处张望，好不凄凉，好在接车的学姐看见了，很快就猜到我大概是外地来报到的新生。于是，她快步上前来问我是不是来上学的新生，我顿时就感觉到一股暖流涌上心头。学姐很贴心，帮我一起拖着行李办理完入学手续，又带我来到学校已经分好的寝室。在这个过程中，学姐耐心地给我讲解大学的日常生活、注意事项以及各种趣事，可以看出，接我的学姐是一个活泼开朗又热情大方的女孩。这让我放下芥蒂，慢慢地放松下来，时不时地应声几个"嗯""好""谢谢"等，但还是不怎么敢说普通话。当时是一种能少说话就少说话的心态，内心很快就接纳了她，她给了我亲人般的关怀与照顾。或许在这个学姐看来，我是一个少言寡语、不爱交谈的无趣之人，但我真的只是害怕说普通话而已，其实在我内心是非常感激她的，也愿意与她多多交流，还有很多很多关于新学校以及外面大城市的问题想问她呢，但最终还是没能开口。

我第三次开口说普通话，是在学校的寝室。学姐把我带到寝室后，放下我的行李，简单交代几句就走了，她还要去接待其他新生。我到寝室的时候，有几个室友已经早早地安顿下来了，她们都来自不同的地方，都很热情地跟我打招呼，还主动帮我收拾行李。但我还是不怎么说话，直到我收拾完行李时来了一个家乡的室友，虽然我们不是同一个县城的，之前也从未见过彼此，但从言语中知道彼此是同乡后，内心别提有多高兴了，跟见了亲人似的，一股暖流涌上心头。几乎不怎么说话的我开始用家乡话跟同乡室友说话，热情大方的其他室友见我们聊得热火朝天的，就不乐意了，她们一致要求我们用普通话讲话，不能与老乡独乐，要大家一起分享这份快乐，毕竟以后要一起生活几年呢。随着时间的推移，室友们彼此渐渐熟悉了，我也不再害怕开口说普通话了，但还是担心自己说不准，怕被室友们嘲笑，所以说话比较少。

果然，我担心的事还是发生了。没过多久，室友们互相熟悉之后，她们便时不时地笑话我方言似的普通话，虽是开玩笑般地打趣，但还是让我这个没见过世面、本就内向的姑娘感觉到自卑，这让我更害怕说普通话了。

可我不能这样一直害怕下去，我得努力说好普通话，这是我从小到大的愿望啊！于是，我便在一周一节的普通话课上很认真地学习，并用课余时间对着普通话教材练习，由于方言的影响，成效不佳。随着时间的推移，我慢慢总结出了自己说不准的地方，即我的普通话最大的问题是没有鼻音和翘舌音。经过之后的长期纠正，我的普通话水平慢慢有所提高，在普通话测试时达到了“二乙”。虽然这个水平达到了学校的要求，可没有达到我自己的期望值，我想至少应该达到“二甲”。此后，因忙于其他学科的学习，也没再把主要精力放在这上面了，但我也从没忘记提高自己的普通话水平，时刻提醒自己说话慢一点，尽量吐字清晰、准确。毕业后有幸走上了从教之路，这让我更加严格要求自己，决心把普通话说得更好、更准，不能让我的学生走我的老路。

由于职业的要求，学校要求普通话不达标的老师再次参加普通话测试。2021年上半年，我又报名参加了普通话测试。我虽然一直主教数学，对普通话的要求相对低一点，但我仍然用语文老师的标准来要求自己，时刻提醒自己要说好普通话，不能误导学生。本着用以身作则的态度上好每一堂课，说好每一句话，读准每一个字，我的普通话水平也在此过程中得到了提高。所以，我在这次普通话测试中很轻松就达到了“二甲”水平，要是再细心一点就达到“一乙”水平了。

作为中国人，我以说好普通话为荣，我为我能说好普通话感到自豪。

（作者单位：阳新县兴国镇前进完全小学）

我的三次普通话测试

李　燕

年届半百，我一共考过三次普通话。

第一次是在临近师专毕业时。不清楚那时的相关规定，现在想来应该是师范专业的学生毕业前的一项测试吧。班主任朱老师拿着一本《汪国真诗集》，指着其中一篇让我们读。其实，那时候学校课程里没有普通话课，临考前也没有集中培训，当然也没有专用的学习材料。凭着一直以来的拼音功底，我镇定了一下，注意克服方言中平翘舌及鼻边音不分、前后鼻音弄混等问题，站在老师面前，尽量抑扬顿挫地朗读了“没有比脚更长的路，没有比人更高的山。既然选择了远方，便只顾风雨兼程”这一节诗。结果不仅通过了测试（后来拿到了一个学校发的普通话合格证），还被老师指定为班级测试员之一。老师把那本《汪国真诗集》拆成几部分，分给几位小测试员，帮着测试班上的其他同学。我一边认真地按老师的要求，请同学读诗，一边还给他们纠正一些方言。当然，也挺心疼那本被拆分的《汪国真诗集》，甚至一直保存着，后来还带回家了。

毕业后，我回到家乡，参加了工作。当时并没有严格强调课堂上必须讲普通话，但我一走进课堂，在那种氛围里，总是每次都用普通话讲课。由于我任教学科是英语，所以在课堂上讲汉语的时间有限，特别是大段的汉语讲话就更少了。学校地处郊区农村，缺乏讲普通话的语言环境，课后跟领导和同事们交流都是讲方言，跟学生谈话、交流，也都是感觉方言更顺口，特别是批评学生，更觉得只有方言才能更畅快淋漓、直抒胸臆。因此，平时根本也没想着注意讲好普通话，提高普通话水平。

转眼到了 2003 年，上级要为我们补办教师资格证。参加了学校组织的集体体检后，普通话测试就提上了日程。每人发了一本普通话培训教材，镇里还组织了测试前的培训，培训老师讲解了一些需要特别注意的发音和一些易错易混的字词。我还是对鼻边音的区分没有自信，找机会问了培训老师，老师让我读几个词语，我重点读了“老农、龙头、刘半农”等，老师说读的全对。得到老师的肯定，我悬着的心才稍微放下一点，竟然跟学生时期一样，很有得了表扬的喜悦之情。课余时间，我也翻开书本，认真地把其中的字词和段落读给孩子听。这一方面我练习了自己的发音，另一方面，其中的文章也是饱含深情，我百读不厌。

暑假里，普通话测试时间终于到了。排在前面的同事进考室了，一会儿又出来了。我一面看看教材和自己准备的话题，临时抱抱佛脚，一面心里还是免不了有些许忐忑。终于轮到我进考室了，深吸一口气，坐在测试员面前，镇静地读单音节字词、多音节字词、朗读短文，到命题说话时有点紧张了，但我看后发现是自己准备过的“小时候的家乡”，顿时，家乡老屋后的池塘、塘边的柳树、塘里的水草、春天的蝌蚪和青蛙、雨季的小路……幼年和少年时代的场景一幕幕浮现。考试结束之后，两位测试员对视了一下，点了下头。然后其中一个问我：“你平时是不是普通话讲得不太多?”我老老实实地回答：“嗯，基本上就是上课用，课后都讲方言。”老师说“可以了”，我转身走出了考场。

第二次考试的普通话等级证书拿到了，我一看，91.6 分，“二甲”。差 0.4 分，我没考到“一乙”。回想起测试员眼中闪过的那一丝遗憾，我想应该就是平时普通话说得少了，测试时口语还是不够流畅通顺。心中难免遗憾，总想着有机会一定再考一次，看自己到底能不能拿到一级证书。为达成这个心愿，平时我就多注意了一些讲话中的细节，如区分方言与普通话的读音等。在英语课堂上，我也注意培养自己讲普通话的好习惯。

一晃到了 2015 年，学校工作群里发了个报名参加普通话测试的通知。尽管年逾不惑，我还是自费报名了。我不光交了参加测试的费用，还交了资料费和培训费。我就是想看看，自己到底能不能比上次多考 0.4 分。我按时参加培训，认真做好笔记，考前加强复习，尽可能为参加测试做足准备。到了测试时间，我带着资料和准考证，来到襄阳市第九中学的考点。临进考室，还有个小姑娘问我一个字怎么读。轮到我了，进考室后发现跟以前不一样了，代替测试员的是一台笔记本电脑。对面没有人，我感觉自己轻松了好多。深呼吸一下，我从容不迫、口齿清晰、一题一题地往下读。到了命题说话这个大题，我也是有条不紊，不重复，不加减字词，按自己的思路一句一句地说出来。考试结束后，我心里想，就算考不到“一乙”，也没有遗憾了，因为又试过一次了。

日子又跟以前一样，在宿舍与学校两点一线的忙碌中过去。有一天，同事递给我一个湖北省普通话测试的证书，上面有“分数：92.6”“等级：一级乙等”，赫然在目。一时间，心里还是有些触动：努力终究没有白费，梦想若在，终究会实现。

后来的课堂中，有时我还是会借机会给学生讲我参加普通话测试的体会：有梦想还是要努力，梦想才可能变为现实。如今已近知天命之年，或许参加普通话测试已成过去，但个中的经历，仍是我职业生涯中值得回味的一段。这段经历告诉我：苦心人，天不负。只是不服输是不够的，拿出成绩才能证明能力。

（作者单位：襄阳市樊城区牛首镇实验小学）

我的“二甲”之路

李思琴

我生于20世纪90年代，正是普通话全国性推广的时代。我从小学到高中，能用标准普通话上课的老师没有几人。在这样的环境下，当时的我并未意识到普通话的重要性，普通话的水平便可想而知。

上大学之前，我接触的都是周边地区的同学，并未发觉自己的“普通土话”有什么不妥。上大学之后，与我同住一间宿舍的，有山西太原的、江苏常州的、浙江金华的，也有与我一样同是湖北但不同地区的，这是我人生中第一次与这么多外地同学一起生活。在遇到她们之前，我一直自信地以为自己讲的就是标准普通话。

对于讲了快20年“普通土话”的我来说，最大的问题是前鼻音和后鼻音不分、平舌音和翘舌音不分、口音太重等。当局者迷，这些都是后来室友告诉我的。几个室友在一起住久了，便也经常互开玩笑，每次当我喊“梁霖玲(liang lin lin)”时，室友便会学着我的发音重复喊一次“梁霖玲”的名字，有时我纳闷地问：“这几个字到底应该怎么发音?”她们便认真地教我：第一个“霖”和第二个“玲”发音是不同的，说着就给我示范几次。可这两个字从我嘴里说出来始终都是“lin”，尝试多次无果后，大伙也就哄堂一笑。当时，我根本意识不到我们读的有什么区别。

大学期间像这样由发音闹出的笑话还不少。每次室友调侃我发音的时候，我都会自我安慰：没关系，我又不是播音主持专业的，能与人交流就行。就这样，在懵懵懂懂中结束了我的学校学习生涯。直到后来我为了考“二甲”，专门研究普通话发音，才真正理解大学室友调侃的核心问题在哪里。

认识了问题，再解决问题就有了明确的方向。想要拿小学语文教师资格证，必须要有“二甲”才行，这可真是太为难我了。我的教师资格笔试和面试都是一次通过，而这个“二甲”我却考了四次。

第一次考试 86.4 分，离“二甲”只有 0.6 分的差距。虽然没有过“二甲”线，但经过这次测试，我对自己的普通话水平有了准确的了解。说实话，我当时对这个成绩很满意，因为这个成绩可以证明我的普通话没有室友说得那么差，只需要稍微努力一点，“二甲”证很快就可以拿到。在第二次备考普通话期间，我与人讲话就显得格外小心，每一个字吐出来感觉都很吃力、很刻意。那段时间，我自己都认为自己讲的普通话特别奇怪，可能越想做好的事情就越难做好吧，第二次考试只有 83.8 分。这个分数对我的打击特别大，让我一度怀疑自己可能与“二甲”无缘了。恍恍惚惚的我就进行了第三次考试，成绩只不过比第二次稍微好一点点。只剩最后一次考试机会了，因为我的教师资格笔试成绩和面试成绩还有半年就要过期了。这次普通话要是再达不到“二甲”，以后想拿到教师资格证就更难了。

思前想后，不服输的我决定振作精神，再次专心备考普通话。我给自己定了三个月的学习目标：第一阶段，坚持读带拼音的常用汉字，并且录音，循环听自己的朗读，找出不足之处，再次反复练习，直到自我满意。第二阶段，正确、流利、有感情地朗读普通话考试中的 60 篇短文，先做到自我满意，再读给身边普通话比较好的人听，让他们帮忙找不足，并纠正发音问题。第三阶段，与人交流时全部用普通话，哪怕是与家人交流。功夫不负有心人，第四次普通话考试，我的成绩达到 90 分，终于看到了努力的成效。查到成绩的那一刻，内心感慨万千。

在我看来，学习普通话就是聚沙成塔，想要学好，需要有足够的耐心。对于从小有普通话环境的孩子来说，这可能是一件微不足道的小事，反之，确实是一件非常锻炼人意志、催人上进的事。我学习普通话最大的一点感受就是要坚持：坚持练习发音，坚持查拼音，坚持听优秀的朗读……这些不仅仅需要耐心，还需要细心，注意每个细节才能避免重复犯错。

如今，我已如愿成为一名合格的乡镇教师。现在，校园里百分之九十五的老师和学生可以讲标准的普通话，虽然未达到百分百，但这近三十年的变化可以说明：不论是从国家推广普通话来看，还是从个人学习普通话来说，普通话的推广和学习是一个持续的过程，不可中断。世上无难事，只怕有心人。

（作者单位：云梦县隔蒲潭镇中心小学）

声的炼化

陆晗昱

呱呱坠地时，因哭声响亮，父母为我起了乳名——玲玲，以“玲”之音协“铃铛”之“铃”。当我还在襁褓中时，母亲就常常绘声绘色地为我讲一个个或益智或有趣或动人的故事，她的声音温柔、字正腔圆，模仿故事中各种角色的话语趣味横生，令人回味无穷。因母亲的影响和天性对韵律的喜爱，我常常拿着歌本唱歌、跳舞，我的姥姥用东北老话形容我的声音有“膛音儿”，意思大概是声音中有某种共鸣音。

启蒙我诵读意识的是小学三年级的班主任吴丽华老师。在小学三年级的一次语文公开课上，吴老师安排我在课堂上朗读整篇课文。此前，我并不经常在课堂上朗读课文，突然被委以读课文的重任，令我感到既意外又惊喜。为不辜负老师的信任，我加倍练习，一遍遍诵读这篇令我至今难以忘怀的小学语文课文——《海滨仲夏夜》。投入感情地朗读这篇文笔朴实而气质悠扬的散文时，我感到文中那霞光染红的天空、细软的沙滩和漫步沙滩上人们的欢声笑语等场景仿佛一帧帧图像在我的眼前铺展开来，我努力用声音勾勒着那美好的景象和流动在字里行间的徜徉情感，一点点地体会到原来朗读似一支画笔，可勾勒图景；似一支乐曲，可展现情境。在用嗓音和情绪创作出的景象世界里，朗读者可以尽情释放情感，时而恣意泼洒情绪，时而拿捏、控制气息和音色，令流淌的声线、情绪与文意浑然一体；一番朗诵是对汉字背后意蕴的深切体会，是对语音所代表语意的淋漓诠释，是寄予人生体验的生命旅程。

一经启蒙，我便喜爱上了朗读，开始抓住各种机会感受声音的创造力。在语文和各科课堂上，我频频举手，朗读课文；在家复习阅读时，我大声朗诵各种文体的篇章。此外，我还报名参加学校举办的演讲、朗诵与讲故事比赛，锻炼着走上舞台，用普通话与更多人分享体会；我还在黑河市第六小学广播站担任小广播员，把播送声音作为日常学习生活的一部分……多样的活动使我受到老师们更多的指导，与爱朗读的同学有了更多的交流。在这样的促进下，我对“声”的认知一步步提高。

在初中和高中异常紧张的学习中，我对诵读的兴趣仍很高。我已把诵读当成一个好朋友，面对情感层次更为丰富的文学作品，通过琢磨诵读方法，一次次尝试触摸作者的创作心声，探寻诗意。

到了大学，军训的一个午后，我在图书馆旁侧绿草如茵的山坡上小憩，耳边传来了“珞珈之声”广播台的播音，那青春的声音瞬间流动在我的心间，我仿佛被召唤着，于是我报考了广播台的招新考试。经过三轮考试后，我如愿以偿地进入其中，并在大学期间为之奋斗多年。那时我才知道了自己普通话发音中的一些“痼疾”，这些问题是不经指点恐怕一辈子都不会意识到的。比如过去我发“w”音有些咬唇，圆唇的动作不充分，发音不标准；再比如我发声跳动性太强，气息不平稳，在广播的电声中尤为明显。经“老播”们指出这些问题后，我便有意识地进行改正，如边走路边数“葫芦”，日复一日地训练，以提升气息的稳定性。每次发有问题的音时便刻意夸张口型，塑造新的口腔肌肉记忆。经过第一年部内同仁们不辞辛劳的指教，我逐步意识到各种发音小毛病，同时也开阔了视野，见识了各有所长的“老播”们的播音境界和水平。渐渐地，我努力继承着他们完成播音的工作风格和态度，把这项爱好逐渐发展成为我在大学生涯执着的事业。后来随着我被选为武汉大学“珞珈之声”广播台播音部部长、广播台台长，我不仅需要播音、做节目，还要忙于台内的各项事务。我得到带我一步步成长的“老播”们的引领和培养，与他们一样倾情广播、热爱广播。在大学四年和研究生第一年里，几乎所有的课余时间无怨无悔地奉献给了“珞珈之声”广播台。

除了朴素的诵读热情，我在专业上也与普通话十分结缘。大学期间，我所学的专业为汉语言文学。因专业的学习，我对语音、词汇、语法都有着不断增强的意识和体会。我喜爱学习“古代汉语”和“现代汉语”课程，还选修了“音韵学”。在志同道合朋友的影响下，我考取了本校文学院国学与汉学专业研究生，主要方向是音韵学，对中古语音发展的历史有了更深入的理解和体会。就这样，我从一个热爱朗读、感受语音的体验者向研究语音流变问题的研究生转变，我对语言的态度越来越严肃而专业。

2009年硕士毕业后，我留在本校工作。2013年，我参加了普通话测试员培训班学习。经过国家级普通话测试员的专业指导和训练，我成为一名光荣的省级普通话测试员。作为一名普通话工作者，我感受到的是使命，是对自己一直热爱的事业的坚持，所以我坚持着这份热爱，引以为豪地前行着，并愿与“声”终生为伴。

（作者单位：武汉大学）

我在新疆推广普通话

黄 勇

我当普通话水平测试员已有20多年了，同时也从事了20多年的普通话教学工作。我热爱推广普通话的工作，一有机会就喜欢干一干，且不计任何报酬，这个习惯比较容易受欢迎。当然，我有些习惯不一定受欢迎，比如，当测试员时间长了，老是自觉不自觉地用耳朵去“抓”别人嘴巴里的毛病。每次到外地出差，我都爱听听当地电视台的节目，除了了解当地的新闻事件之外，还想听听当地的播音员的普通话说得怎么样，有时还习惯性地在心里给他们打打分。

2017年夏天，我来到新疆和田地区洛浦县从事法律援助工作，发现当地特别重视普通话的推广工作。比如，从幼儿园到高中，所有的教师普通话都要达标，否则就要下岗培训，培训后经过考试合格后才能再上岗。对那些多次考试也不达标的，就不让当教师了。再比如，当地的农牧民白天干活，晚上还要到村民夜校学习普通话和规范汉字，并且经常考试，成绩好的有奖励。县里还常常举办普通话演讲比赛，大家参加的热情非常高。

法律援助工作的一项重要内容就是到处开展普法讲座，上面的要求是普法讲座要做到“五进”——进机关、进企业、进农村、进军营、进学校。我操着一口标准流利的普通话，宣讲了一个多月，所到之处好评如潮。大家不仅说我法律知识讲得深入浅出、通俗易懂，而且对我的普通话水平也是赞不绝口。许多单位向我发出邀请，在不影响正常工作的前提下指导一下他们单位的普通话推广工作。

能够在新疆受到如此热烈的欢迎，是我始料未及的，我理所当然地答应了他们的要求。于是，白天我正常上班；吃过晚饭后，就有某个单位的车来接我。一般来讲，学校老师学习普通话的积极性往往比较高，我首先在县城的几所学校开起了讲座。那些暂时没有达到普通话等级要求的教师学习积极性最高，也有一些达到普通话等级要求的老师想往上再冲一冲，学习积极性也不低。我首先对他们的普通话水平摸了摸底，发现普通话未达标的老师，普遍在声调和语调方面存在的问题比较多，突出的毛病就是上声调降不下来，直通通地往上飘，这就意味着考试的时候，仅这一个方面的问题就有可能丢20%左右的分，要达到教师职业普通话等级的最低要求——二级乙等就有点儿悬了。于是，我就要求他们一定要把上声调练好，起音点一定要找到2度，然后降到1度，再自然地向上滑到4度。我形象地比喻说：这个上声调的运动轨迹就像蛙泳运动员的头部动作，先下沉，再扬起来，要像波浪一般自然流畅。听了我形象的描述，有的老师一边读着上声调，一边模仿蛙泳动作，让人忍俊不禁。过了几天，有一个老师对我说："黄老师，我为了把上声调降下去，肚子都憋疼了，不过，我觉得现在比过去标准多了。不信，我读几个上声调的字给你听听。"我听了后对他说："你确实进步很大，但是要注意训练方法，不要刻意憋气，这样会不自然。"

在和老师们相处的过程中，我发现有的老师在课堂上说普通话，出了课堂又说起了方言。我劝大家说，为了让普通话在心里和嘴巴里"扎根"，最好全天候都说普通话，这样才能保持好说普通话的语感，张口就来，越说越标准。我们当教师的，普通话就像是一个干活儿的工具，要经常打磨，越磨越光。老师们听了我的话，慢慢养成了好习惯，不仅把普通话作为工作语言，还把它当作生活语言。

对那些即将参加普通话等级测试的老师，我往往会特别关照。首先，我结合自己多年来的测试经验，教他们如何注意细节，不要因为一些细节问题没注意而丢分。比如，读文章的时候，读错了一个字，最好不要去回读，那样有可能失分更多。"说话"时一定不要去"背稿子"，那样也容易丢分。另外，我特别强调要下真功夫，不能有侥幸心理，普通话等级测试是无法"照抄"的，你不可能把别人的声音搬到你的嘴巴里来。你平时下多少功夫，才能有多少收获。为了"测试"出好成绩，我要求他们参加测试前要下"笨功夫"。比如，我提出了"三个一百"的训练方法：在参加测试前的一百天里，天天说普通话而不说方言；要每天用普通话读一篇文章，读够一百篇；每天训练一套样题，练够一百遍。

在我的指导下，许多老师通过了普通话测试，拿到了合格的等级证书。令我感到惊奇的是，洛浦县的农牧民学习普通话的热情，丝毫不亚于那些国家干部和老师们。他们白天辛勤劳动，晚上还要在各个村委会布置的村民夜校学习普通话和规范汉字。巴什恰帕勒村的党支部书记余玉花，在咨询了我一个法律问题后，对我标准流利的普通话印象深刻，并主动邀请我去她所在的村子看看。一天，我吃过晚饭，乘坐余玉花书记的车来到村民夜校，立刻就被村民们学习的热情感动了。上百名维吾尔族的村民，手中捧着课本，眼睛看着电视屏幕，跟着电视里的老师大声读着普通话句子。虽然读得不标准，但那认真的样子确实很让人感动。我一方面被村民们学习普通话的热情所感动，一方面又对当地农村缺乏师资力量而感到遗憾。我深深知道，面对面的教学比看电视教学效果要好得多。于是，我就先在这个村进行一下教学实验。我先以教材上的对话材料为基础，挑出两个口语较好的村民上台来进行“情景对话”练习，先照着教材对话，然后再突破教材的束缚，自己编一些话进行对话。村民们听了以后，都觉得后一种对话方式更接地气，学习效果更好。于是我总结说：教材只是个例子，我们要举一反三，结合生活实际，学好普通话。在学习过程中，我发现维吾尔族同胞学普通话有一个经常出现的问题，就是容易丢掉介音“i”，比如把“六”读成“漏”，把“令”读成“楞”。于是，我就用两拼法进行训练，先带大家连续读“li、li、li”，等大家把“li”读稳以后，再连续读“ling、ling、ling”，这样就不会丢掉介音“i”了。

维吾尔族同胞会说话就会唱歌，会走路就会跳舞，他们对声音的高低、节奏的变化有着天生的敏感。我把他们的这些优点运用到普通话声调和语调的学习中，取得了较好的学习效果。

在一次县里举办的农牧民普通话演讲比赛中，我教的一名选手获得了一等奖。县领导对我在村民中推广普通话的工作予以了表彰，并希望我在驻村干部中培训一部分教员，以促进全县农牧民的普通话教学工作。

我在洛浦县一干就是三年，和当地的干部群众建立了深厚的友谊。临别时，县领导对我的工作给予了中肯的评价，其中有这样的话语：“他不仅把法律的阳光播撒在边疆的土地，还把他标准的普通话留在了我们大家的心中。”

（作者单位：湖北文理学院）

一个农村女孩的普通话学习之路

张永珍

在我读小学的时候，虽然是正规学习普通话的起始阶段，但因为我是农村孩子，在农村小学就读，所以没有真正学习普通话。20 世纪七八十年代，农村教师鲜有普通话说得标准的。他们大多是民办教师，多数用方言上课，即使用普通话上课，大都带有浓厚的乡土音。我家境贫穷，姊妹七个，生活条件异常艰苦。我总是受周围没有文化的大人们的影响："农村女娃子读书认几个字就行了，长大了还不一样是嫁给别人！"

上了初中以后，我开始有了自己最初的人生目标。因为我想摆脱贫穷的状况，想跳出农门，所以希望自己能够考上一所中专，早点参加工作，早点帮助家里分担一些负担。在 20 世纪 80 年代，初中生想要考上中专，必须各科成绩名列前茅。初中课程的设置越来越多，像我这样智力平常的女生，虽然在语文、英语、政治、地理、历史等学科上有一定的优势，但数学、物理、化学这些理科的学习，每天要花费我大量的时间去钻研吃透，大大小小的测试和做不完的作业，忙得我根本没有时间来专门潜心研究我的普通话。只是在语文课堂上为应付考试，才学一些生字的读音，规范一下自己的写作。

造化弄人，由于我心理素质极差，考前吃不下饭，睡不着觉，尤其是每场的最后 15 分钟时，心理紧张得手发抖，甚至写不了字，每场考试试卷都没有写完。还好，前面做完的题目准确率极高。我的中考没有达到我的理想，也就是没考上中专，而是被县一中录入高分班。对别的孩子来说，上重点高中高分班是多么高兴的事，而对我而言，因为家里交不起学费，需要我这个劳动力，加上父亲又中风偏瘫了，母亲既要照顾生病的父亲，又要下地干活养活我们姊妹几个。尽管条件异常艰苦，善良坚强的母亲借钱也让我把高中念完。母亲自己是个文盲，她不想让她的孩子们也是文盲。就这样，我忐忑不安地念上了高中。高中学习更加忙碌了，物理、化学也更难了，我有点吃不消。没钱买食堂的菜，我一个月只吃一瓶咸菜，每顿只有两小口咸菜，营养跟不上，眼睛也近视了。买不起眼镜，看不清老师们的演示板书，无心听课，上课像听天书一般，前途一片茫然。好在高二时文理分科了，我选择了文科，舅舅寄给我 60 元钱，让我买了一副眼镜，我的学习生活一下子又充满了希望。

我科学地安排时间学习，上课认真听讲，课下反复训练，勤学好问。没有物理、化学的烦恼，其他学科变得轻松了许多。一有时间，我就借同学们的经典美文来提升我的写作水平。高考能改变我贫穷的命运，我全力以赴地学习语文、数学、英语、政治、地理、历史这些学科。“天生我材必有用”“直挂云帆济沧海”是我努力学习的座右铭。考上理想的大学，跳出农门是我前进的动力。在高中阶段，我最佩服我的数学老师包老师，尽管他的普通话带有浓厚的天门口音，但是通过他简明扼要、深入浅出的讲解，我对学习平面几何和代数产生了浓厚的兴趣。每堂数学课我都学有所获，获有所感。我总是在回味着他所讲的知识，并总是换个角色，把自己想象成老师，并仿照他的样子来想象我自己当老师上课会是怎么样。在县一中读书，很多同学是县城里的，他们比农村孩子的家庭条件好得多。跟她们结交朋友，休息日我到她们家里玩儿，帮助她们打扫卫生，做一些力所能及的事情。我也有机会在她们家读到《红楼梦》《西游记》《三国演义》《水浒传》等书籍，让我体会到中华文化的博大精深。高中阶段，我的普通话水平达到了一定的高度。

由于我考试时心理素质不行，高考只考上了襄阳师范高等专科学校。由于是师范院校，国家每个月给师范生发 44 元的生活费。对于我这个靠吃咸菜过来的学生而言，这待遇简直是天堂般的优厚了，整个人身心愉悦了许多。大学学习没有高中那样紧张，课余时间也就多了一些。我在完成学业任务的同时，利用休息时间当家庭教师，一方面能提前体验当教师的感觉，总结经验，吸取教训，另一方面也能稍微有点收入。在大学期间，我靠勤工俭学，还清了我上高中所借的所有费用，并能稍微补贴家用。大学期间，只要一有时间，我就去图书馆享受读书的快乐，或者去体育馆锻炼身体。

三年时间一晃而过，1994 年 7 月我顺利毕业，9 月被分配到襄阳市第三十一中学教英语。我爱岗敬业，爱生如子，珍惜这来之不易的工作机会。

2000 年 5 月，经湖北省普通话培训测试中心考试，我的普通话成绩为 82.10 分，确认我的普通话水平为二级乙等，并领到普通话合格证书。

在教学工作中，我继续学习，教学相长，比如我在讲课过程中遇到普通话说得不准的时候，有学生帮我纠正，我表示感谢并当堂更正。念学生名字时也是提高普通话水平的良机，这样既融洽了教师与学生的关系，也提高了我的普通话水平。学无止境，人生就是一个不断学习、不断提高的过程。

（作者单位：襄阳市第三十一中学）

普通话温暖我的人生

夏翠仙

2005年，我们学校组织老师们参加普通话水平测试。老师们一个个积极准备，平时聊天习惯用方言，现在改成了普通话，偶尔又夹杂着方言，成了孝感普通话。比如把“肚子痛”说成“豆子痛”，把“我的鞋子”说成“我的孩子”，把“吃土豆”说成“七头肚”，把“下面条”说成“下命条”，把“办公室”说成“傍公室”等。有个老师上街买菜，对老婆婆说：“我买一斤茭白，一斤苋菜。”老太太根本不知道卖什么，原来我们这里把“茭白”叫“篙包”，“苋菜”叫“旱菜”。老师们还每个人买了一本普通话测试课本，天天在一起练习，相互学习，相互纠正。到了考试那一天，老师们在赶去参考的车上还拿着书读。苍天不负苦心人，大部分老师拿到了相应的等级证书。我作为一个物理老师，考了89分，拿到了“二甲”，也算是超标了。这个成绩的取得，并非偶然。

我是一个“70后”。小时候，我家比别人家更穷，吃不饱，穿不暖，肚子里面总是空荡荡的。冬天的时候，手脚冻得皮开肉绽；夏天的时候，被蚊子咬得浑身是包。我的身体也很不好，三天两头打针吃药，我爸说，要不是社会主义的合作医疗制度好，看病只要五分钱的挂号费，我早就死掉了。

我生活在农村，家中只有四口人。由于身体差，干不得体力活，全家都养着我。我一心一意地只管读书，仅仅做点家务事，一边做家务事，一边听一个小小的收音机，听“小喇叭开始广播了”“广播剧连播”和《新闻和报纸摘要》《小说连播》。所以，虽然那时我从来不说普通话，但是我受到了普通话潜移默化的熏陶。

好在我的成绩还好，顺利地考上了师范学校。在师范学校里，我们农村的孩子都说着自己的家乡话，南腔北调。老师要求我们学说普通话，于是我们慢慢地学着说，逐渐适应了，并且普通话水平也得到了提高。

1989年，我毕业后成了一名乡村中学教师。我满怀激情地用普通话给学生讲课，但发现学生在下面偷偷地笑，而且不管我是让他们齐答，还是单独回答问题，他们都用方言。课后，我问他们为什么不说普通话，他们说不习惯，而且觉得说普通话好丑。尽管我跟他们讲了一番道理，也坚持用普通话讲了一学期，他们仍然不说普通话，我只好放弃说普通话，改用方言。

三年之后，学校的年轻老师多起来，他们都用普通话讲课，我也用普通话讲课，学生能用普通话读书，能在课堂上与老师互动了。现在不仅在课堂上，整个校园里也处处听到的是普通话。走在大街上听到的，买菜时听到的，问路时听到的，全都是普通话。现在的孩子，从刚开始学说话时说的就是普通话，人们以说普通话为荣，就连不会说普通话的老人，也都说着蹩脚的普通话。

2015年，我由于天生体弱，加上长期的劳累，患上了子宫内膜非典型增生，这是一种癌前病变，必须手术。手术后身体更差了，之后又患病并做了两次手术。2019年又查出患了结肠癌，又做了一次手术，而且化疗了三次。因为身体太差，耐受不了副作用，终止了化疗。休息半年后，坚持继续上班。我现在的心态很好。遇到不顺心的事，我用“世间本无事，庸人自扰之”来开导自己；对于病痛的折磨，我用“千磨万击还坚劲，任尔东西南北风”来鼓励自己；面对死亡，我用“竹杖芒鞋轻胜马，谁怕？一蓑烟雨任平生”来坦然应对。认认真真做好每一件事，锻炼锻炼身体，开开心心过好每一天。希望能在有生之年，看到我们伟大的祖国更加繁荣昌盛，看到普通话更加普及，人们的生活更加幸福。

（作者单位：孝感市孝南区杨店中学）

追寻心灵震撼的时刻

许　劲

生命中，总有一些时刻会让人震撼，留下刻骨铭心的印记。“在苍茫的大海上，狂风卷集着乌云。在乌云和大海之间，海燕像黑色的闪电，在高傲地飞翔……”语文老师用好听的男中音在课堂上饱含感情地朗读着高尔基的《海燕》。那一年，我 13 岁，还在上初中，一个懵懂少年的心灵被震撼了。原来语言可以是这样鲜活的，有质感的，有生命的。原来，课文可以读得这样好听，这样美。美好的文字加上有质感的声音，原来能产生如此奇妙的化学反应。

感谢我的语文老师，是他开启了我的心扉，让我爱上了朗读，爱上了文学。我开始寻找更多好听的声音：乔榛、丁建华、童自荣……我开始接触更多美好的作品：《简·爱》《撒哈拉的故事》《无怨的青春》……我梦想着有一天，我也可以用标准的普通话，用动人的声音去读书，去朗诵，去演讲，去做一些有意思、有意义的事情，让生活变得绚丽多彩。我的中学语文老师一定不会知道，正是因为他的影响，我在 30 岁的那一年，选择成为一名普通话测试员，也成为一名普通话教师，从此开启了我的普通话人生。

普通话测试员，很多人并不清楚它是个什么职务、什么头衔。在 2004 年以前，我也不知道。直到 2004 年的 7 月，我参加了湖北省普通话测试员培训班之后才知道，这是一种资格，也是一份责任。国家推广全国通用的普通话，需要通过普通话水平测试这样一个手段来检验人们的普通话水平，于是就产生了普通话水平测试这样一个全国性的考试，普通话测试员则是为这个考试进行评分的考官。2013 年以前，普通话水平测试还是人工测试。周末，省培训测试中心会安排测试员到指定的学校参与测试工作，一测就是一天。上午从 8 点开始，到 12 点结束；下午从 1 点开始，到 5 点结束。上午测 20 个考生，下午测 20 个考生。一天下来，感觉紧张而疲惫。在湖北省，普通话人工测试到 2013 年就被计算机辅助普通话水平测试取代了。从此，普通话测试工作进入了高速发展的时代。

2009 年，我取得了国家级普通话水平测试员资格，2016 年、2018 年两次赴香港参加普通话测试工作，令我印象深刻。

2016 年第一次去香港测试的时候，我发现，受粤语方言发音习惯的影响，当地考生的普通话水平整体还比较低，很多考生只能达到 60 分（三级乙等）水平，还有一些考生甚至不入级，连 60 分都达不到。能够考到 80 分（二级乙等）以上那是极少数，92 分（一级乙等）以上更是凤毛麟角。通过和当地测试员聊天，我还发现，香港人只在实体商店买东西，很多人都不会在网上购物。原因当然和香港的物流服务不配套有一定的关系，像我们熟知的菜鸟驿站，他们都不知道是什么。而我们什么都在网上买，从家电到服装到吃的。

我第二次到香港测试是在 2018 年的 10 月。与 2016 年相比，香港考生的普通话水平明显进步了很多，大部分考生普通话水平都在 70 分（三级甲等）以上，没有出现 60 分以下的不入级考生。考生中，青年学生的语音面貌较好，80 分以上的考生比较多，92 分的考生也不再是极少数。测试中，考生第一题和第二题的错误除了受方言发音习惯影响之外，主要表现为不认识字，说明香港考生对汉字的学习和掌握还有欠缺。考生都参加过培训，态度非常认真。

和我搭档的香港测试员有两位都是六七十岁的老人，可是她们表现出来的精神状态和敬业精神真是令我汗颜。其中一位姓李的老师给我留下了非常深刻的印象。作为一名香港人，她时刻关注着祖国的发展。对于普通话培训和测试工作，她更是颇有心得。她对我说，朗读训练可以提高考生的语感，第三题作品朗读是最容易拿分也是最容易丢分的，如果在培训考生时，能在作品朗读上多下点功夫，会让考生的分数提高很多。

受新冠肺炎疫情影响，2020 年以来，港澳地区的普通话水平测试已经转为线上测试，我在 2021 年 4 月参加了澳门的普通话线上测试工作，更明显感觉到考生的普通话水平又有了进步。

作为一名普通话测试员，我经历和见证了普通话水平测试的发展；而作为一名普通话教师，我更感到自己的工作特别有意义。我有一个男学生，他是计算机专业的本科生。2008 年 9 月，我带他参加了湖北省第三届高校大学生普通话大赛决赛，那是我第一次带学生参加全省的普通话大赛。我还清楚地记得他的朗诵作品是《废墟上的敬礼》，是歌颂在汶川地震中英勇无畏的人民解放军战士的作品。作为工科院校的理工科学生，他能够在高手众多的全省决赛中突出重围，取得第四名（二等奖）的好成绩，非常难得。要知道像华中师范大学、武汉大学等高校，是有播音主持专业的。但是，他很努力，也很投入。在舞台上，他完全进入角色，感情充沛、自然，爆发力强。通过参加这个比赛，他让更多的人看到了他的才华，也对自己有了重新的认识。大学毕业之后，他去了北京工作，有时候会在微信上给我留言。他告诉我，他的人生因为有过那次高光时刻而变得不同了。他变得自信了，变得更有冲劲和闯劲，变得更加热爱生活。我在想，我对他做了什么呢？也许只是纠正了几个字的发音？也许只是鼓励他做他想做的事情？但是，我真的为他感到骄傲。我在他身上看到了少年的我因为《海燕》而被点燃的激情。

那以后，我每年都会担任学校里各种级别的朗诵比赛、演讲比赛、辩论赛的评委，也不断地带领学生参加省级的“大学生艺术节”“普通话大赛”“百生讲坛”“主持人大赛”“爱我国防演讲比赛”“学宪法演讲比赛”“民族团结演讲比赛”。他们中有获得一等奖甚至特等奖的，但是，我更看重他们在一步步努力的过程中，变得越来越优秀；我更看重他们在追梦的过程中，成为更好的自己。看着一张张青春的、充满朝气的面孔，因为朗诵、因为演讲、因为主持大型活动而熠熠生辉，我很欣慰能够在他们的成长道路上为他们打开一扇窗，让他们的世界变得与众不同。

有人说，好的文学，好的艺术，一定具有直接从生命里所爆发出来的力量。而在我成为一名普通话测试员以后，在我成为一名普通话教师之后，我更加深刻地体会到汉语之美、文学之美。我为自己能够成为一名语言文字工作者感到骄傲和自豪。我想做那个帮助学生打开心灵之窗的人，就像当年我的初中老师一样。

希望每一个人的生命中，都会有心灵震撼的时刻，而那些美好的时刻，会伴随他们一生，让生命照进梦想的光芒。

（作者单位：武汉工程大学）

一片灿烂的天空

邬桂花

我 1979 年出生在农村，也算是“70 后”吧。那时候，为了维持正常的生活，大人们都在庄稼地里辛苦劳作，几乎没有闲工夫管教家里的孩子。孩子们也是随性得很，经常绕着村子跑，或是一群孩子在村里躲猫猫，一玩就是几个小时，时常忘了回家，直到夜深，父母大着嗓门呼喊，才恋恋不舍地离开。

我的童年生活，学习是轻松的，玩乐是自由的。记得那时候一个村子只有一台电视机，大人、孩子们经常会在空闲时聚在一起，蹭别家的电视看节目。我最爱看的动画片就是《圣斗士星矢》，剧中情节至今仍依稀记得。有时候不方便蹭电视看，就蹭爷爷的收音机听，听新闻、听戏曲、听小说、听相声小品。电视机、收音机真是好东西，能让我足不出户就可以观世界，知天下事，能感受音乐和语言的美感。也就是在那个时候，我对屏幕后面的那种洋气的声音产生了崇敬之情，爸爸、妈妈、亲朋好友都说我有演员的天赋，因此我就想学电视机、收音机里的那些播音的声音，为今后的演员之路做好准备。

我的小学生活，是在几个操着孝感方言的代课老师的带领下完成的。我的中学生活，也是在一群操着方言的代课老师和“铁饭碗”老师的带领下完成的。身边没有说普通话的大环境，我也没觉得有什么异样，只是我的演员梦需要准备，我必须练习啊！于是在上学路上、放学路上，只有我一个人的时候，我都会自言自语，模仿电视里的情节说话，学广告词，学收音机里的节目。有一次，我在偷偷练习广告词的时候被爸爸听见了，爸爸没说什么，但他对身边的人说，女儿广告词说得特别溜。爸爸很少夸我的，那一次，我感动了，也增强了我演说的信心。

后来，我就读师范学校，在这里有来自不同地区的学生，如河南、广东等地的，他们都操持着他们的地方口音，与他们交流的时候，我几乎是一句话都听不懂。正好学校大力推广普通话，我才深刻地认识到，普通话就像一个紧紧缠绕的中国结，把56个民族紧紧地联系在一起，让大家的沟通没有障碍。正因为有了普通话，同学之间的距离更近了一步。在短短的时间内，我认识了来自不同地区的同学，结交了不同的朋友。我用普通话交流，外地朋友听得很清楚；但他们的普通话水平却还是很低，哪怕他们很认真，很用心，但是说出来的话还是很难懂。

校园到处都张贴着推广普通话的标语，学校的语言环境给我们说普通话提供了条件。开学初，学校挑选播音员，我鼓起勇气报了名，后来很幸运地被选中了。主考老师说我的声音很好听，音色纯正干净，我又一次被认可了。在后来的学习生活中，在播音主持老师的带领下，我开始天天看新闻，听那些字正腔圆的播报，然后跟着学。课余时间，我选读各种优美的散文、押韵的诗歌。在读的过程中，不仅普通话更加流畅了，而且体味到了那些美文所蕴含的美好情感。我更加活泼开朗、自信乐观。我知道，这是学习普通话给我带来的变化。当我带着紧张的心情来到学校广播台准备播音时，才真正领略到英雄有用武之地的自豪感和满足感。此时，校园里到处都洋溢着我的声音，我看到好多同学在认真聆听我的播音，时不时还有三五好友对我主持的文学栏目发出赞赏和好评。那时那刻，一股暖流涌上了我的心田。

经过在广播台一两年的历练，我成了一名优秀的播音员。主播文学篇，也有自己的播音风格。当时我在想，一个农村出来的没见过世面的女孩，能在普通话方面给同学们助一把力，在学校推广一下普通话，真的很光荣，很满足。

光阴似箭，日月如梭。一晃，三年的师范生活就这样悄悄逝去，在毕业普通话考试中，我取得了一级乙等的好成绩，听说距离赵忠祥仅一个档次，这也算我在师范学校三年中的最大收获吧！

离开充满奋斗梦想和汗水的学校，我便踏上了三尺讲台，来到了曾经的母校，一个没有老师用普通话教学的学校。在这里，我尽可能用普通话上好每一节课，尽可能和孩子们用普通话交流，尽可能和我的同事以及曾经的老师用普通话交流，哪怕有时遭到了非议，说我怪怪的，我也无所谓。我深刻地认识到，作为一名老师，特别是一名语文老师，说好普通话、教好普通话、推广好普通话是多么重要。我想，我不仅要自己说好普通话，也要让我的学生，我的同事，乃至身边的人，都说好普通话，我要肩负起推广普通话的责任。

就这样，我在教坛辛勤耕耘了八年。一次偶然的机会，我被指派到武汉进行测试员培训，当我丢下嗷嗷待哺的孩子，离开心爱的老公，放下身边有序的工作和琐碎的家务时，我深刻认识到这次的培训对我的特殊意义。这不仅是领导对我的认可，更是我能力水平提升和追逐梦想的一次机会。在12天的培训过程当中，虽然离家离孩子好多天，有很多思念与牵挂，还有饮食、住宿方面的不习惯，但是由于每天的学习任务很重，为了练好普通话，读好每个字，发好每个音，有时候我会熬夜到凌晨一点多钟，也会在天刚蒙蒙亮时起床，继续练习字词的发音。一分耕耘，一分收获。在这次培训的考核过程中，我顺利地通过了测试员考试，光荣地加入到湖北省测试员这个团队。当工作人员念到我的名字的时候，当我拿到鲜红的证书的那一刻，我的眼睛都湿润了。我觉得，虽然我没有当上一名演员，但是我能获得省级测试员的殊荣，真的很开心。我会好好珍惜这一殊荣的。

在获得省级测试员资格之后，我先后多次被市测试机构派到周边县市参与普通话测试工作。在每次的测试工作中，也会遇到一些有趣的事情和为难的事情。时至今日，当我想起那些人、那些事的时候，心里都会产生各种情愫，有开心也有伤心，有泪水也有汗水。

作为一名语文老师，说好普通话和推广普通话已进入我工作和生活的每一天。在平时的语文教学中，我会在孩子面前示范朗读，尽量做到普通话标准，感情充沛。当我朗读完毕，教室里时常会响起雷鸣般的掌声，我知道这是孩子们对老师的认可，是孩子们对老师普通话的认可。所以孩子们在我的带领下，都爱上了语文课，都爱上了阅读，而且朗读的技巧很高，个个能说会道，班级的“金话筒”和领读员层出不穷。我工作的幸福感油然而生，那时那刻，我是自豪的。身为一个老师，我做到了应该做的一切。

当然，除了工作之外，我还喜欢在静静的夜里听一段情感主播或是微信公众号里的美文，跟着其中的节奏和音乐去训练语境语意的表达，给自己充电，提升普通话的表达能力。因为普通话，我对自己的评价更高了，自信心更强了。

没有蓝天的深邃，可以有白云的飘逸；没有大河的壮阔，可以有小溪的优雅；没有原野的芬芳，可以有小草的翠绿。我没有特别出众的才华，却同样可以拥有一片灿烂的天空。因为普通话，我如此自信。因为拥有学习普通话的经历，每一个小小的瞬间，都让人回味无穷。它承载了我的童年和我在那个时代的喜怒哀乐，它承载了我走过一半的人生。

（作者单位：孝感市孝南区三汊镇中心小学）

我和妈妈的普通话成长记

侯艳霞

我读师范时，弟弟也在读中学，妈妈迫于家里的经济压力，到北京打工。可她年纪太大，一般的工厂进不了，后来在一个远房亲戚的帮助下，支起了一个小摊儿卖水果。可一连几天，她一单生意都没有做成，原因是她不会说普通话。好不容易盼到客人来买水果，可妈妈只会说我们本地的方言，顾客听不懂，只好摆摆手走了。看着眼前快要烂掉的水果，妈妈默默地下了一个坚定的决心：学说普通话。晚上，妈妈给我发视频说："雨（女）儿，教我说普通话!"然后她把事情的来龙去脉告诉了我。那一刻，我被眼前这个不怕困难、爱学习的妈妈感动了。其实，我的普通话水平也不高，当时我们班里的语工委员说，我讲普通话带有口音，我自己也知道，我经常 f、h 不分，鼻音 n、边音 l 不分，前鼻音、后鼻音不分，平舌音、翘舌音不分，但不管怎样，教妈妈这个普通话菜鸟是绰绰有余的。我从常用的水果名称以及她和客人的常用沟通语开始，一个词、一句话地教起，妈妈学得可认真了。学了一段时间后，妈妈感叹道："学了普通话之后才觉得，普通话确实'瘪'我们的方言好听一些。"我笑着纠正妈妈说，不是"bie"而是"bi"。那一刻，我和妈妈两个人都是携手走在普通话路上的前行者。

直到有一天，妈妈惊喜地告诉我，她当天卖出去了四斤苹果，还有三斤橘子。"看来学习普通话还真是有用啊!"我调侃道。"那是，我现在觉得吧，学好普通话，走遍天下也不怕!"妈妈像个小孩子一样得意扬扬地说。

我一边为妈妈高兴，一边又自我惭愧起来，因为在学校刚刚结束的普通话测试中，我只考了 85.5 分，只是一个二级乙等水平。作为一名师范生，这个成绩只能算勉强合格。当时我们班大部分同学都是"二甲"，有好几个同学还是"一乙"呢。我有些沮丧。这时，我想起了我的妈妈，她那么大年纪了，为了生活还在努力学习普通话，我又怎么能向普通话认输呢？我也像妈妈一样，默默在心里下了一个坚定的决心，一定要说一口字正腔圆的流利的普通话。于是，我每天都很认真地练习，坚持读字、读词语、读课文。我请班上的语工委员帮助纠正发音，请同学们监督自己，还经常把自己朗读的课文用手机先录下来，再躺在床上一遍又一遍地听，终于，在我毕业的时候得了个二级甲等证书。

毕业后，我回到家乡，做了一名乡村语文老师。回到了家乡，受身边环境的影响，不知不觉地又回到了方言上，只在课堂上使用普通话。我以为普通话“二甲”已经足够了，可是有一次，我的普通话却让我出了一个大洋相。那是我刚上讲台不久，校长要听新老师的展示课，我紧张了好几天，做了充分的准备。可是，当我在课堂上读到“风儿轻轻吹，鸟儿齐欢唱”时，一个平时非常活跃的小女孩突然站起来说：“老师，是‘feng’，不是‘fong’。”我被这猝不及防的声音弄得惊慌失措，只好自我解嘲道：“哦，老师的普通话不是很标准，谢谢张雯小朋友帮助老师指出了问题。”谁曾想，一石激起千层浪，又一个小男孩说：“‘轻轻’是后鼻韵母。”他还特意把“轻轻”这个词的后鼻音读得很夸张。“老师，鸟儿的‘鸟’要发鼻音 n。”我一脸窘态，站在讲台上尴尬极了。课后，宽容慈爱的校长安慰我说：“小孩子就是这样天真烂漫、心直口快，你不要介意！”我怎么会介意呢，我只是惭愧。晚上，我又跟妈妈视频，她早已从以前的“雨儿”变成了“女儿”，在北京卖水果的这几年，她的普通话说得越来越好，也愈发地道了。妈妈鼓励我说：“女儿，你现在当了老师，就更应该努力地说好普通话了，否则，像今天这样的事情以后还会发生，那么那些家长又怎么放心把自己的孩子交到你的手上呢？”妈妈的话让我在心里再次下定决心：我一定要勤于练习，摆脱口音，攻克难关，说出一口纯正的普通话。妈妈还耐心地告诉我，学习语言不仅需要每天练习，还需要一个良好的语言环境。如果你周边的人都说方言，那你的口音就很难改正。我恍然大悟，以后，我不仅在课堂上说普通话，回到办公室，也要跟其他老师宣传，大家都应该用普通话进行交流，即便在生活中，别人用方言和我交流，我也礼貌地回以普通话，我要用自己的实际行动在我的家乡慢慢地推广普通话。

经过一年多的不断练习，我第三次报名参加了普通话水平测试，终于取得了 95.66 分的成绩。我手捧着一级乙等的普通话证书，不禁感慨：这一路走来，可真是不容易啊！现在，我终于可以说出一口流利纯正的普通话了。孩子们都说："老师您朗读课文真好听，就像电视里的播音员。"我无比高兴，笑着说："那你们可要跟着老师好好学习，学好普通话。"而且在我的倡导之下，现在这个农村校园里的各个角落都飞扬着普通话。以前师生们只有在课堂上才说普通话，现在办公室里的老师们都用普通话交流了，操场上孩子们也用普通话进行对话。校长为此还表扬我了，说我是这所农村小学的普通话推广大使。

是的，普通话不仅是一种文明的象征，还是一座连接你我他的桥梁。妈妈有一次还问过我一个特别有趣的问题，她说这普通话是谁发明的呀，可真了不起，它让我们这样一个多民族的国家交流起来无障碍了，它让我们来自五湖四海的人民交流起来更方便了。我还真回答不上来妈妈的这个问题。但我知道，在我们伟大祖国日益繁荣富强的今天，普通话也被越来越多的世界人民所接受。

（作者单位：安陆市接官乡中心小学）

无声的约定

田淑林

我出生在孝感桃花古驿小镇杨店。这里风景优美，民风淳朴。我的祖祖辈辈都生活在这里，大家见面都说方言。那时在学校里上学，遇上年纪大的老师上课，全程也是用家乡方言讲课，我们也都能听得懂，并没有觉得哪里不妥。2000年，我如愿考上了市里的师范院校。当时住在一个寝室里的，还有外省考入的学生。见面打个招呼："七了波?"（吃了吗?）"才响搞么事翘?"（刚才干什么去了?）话音落时，她们面面相觑。那时的情景，现在想起来都还觉得有些尴尬。于是，马上改口用普通话，大家这才明白过来。后来，大家也随着彼此了解的深入，成了亲密的朋友。新学期结束，回到久别的家里，家人嘘寒问暖，说话间，一碗热气腾腾的鸡蛋面端上桌。"七命。"（吃面。）妈妈一边在围裙上擦着手，一边招呼我。我知道妈妈是让我吃面条，可心里还是咯噔了一下，我应声去了。呼哧呼哧，一碗面条连汤带水全进我肚里了。"还要命波?"（还要面吗?）妈妈见我吃完，想再添一些给我。"miàn"和"mìng"，"ian"和"in"，"in"和"ing"不分，从小听到大的话，第一次让我觉得有些怪怪的。我知道，那是因为我在学校里待久了，和自己的同学都是在用普通话交流。在尝到了普通话清楚、准确、规范和优美的甜头后，再听家乡的方言，反倒不太适应了。那次之后，我开始在各种场合尽量说普通话。在我的带动下，从没上过学的妈妈也开始学着说普通话。2003年，我的普通话水平测试只拿到了二级乙等，教师资格证上只能被定为数学老师。乡音难改，尽管后来我付出了很大的努力，可那些家乡方言里的发音硬伤成了我语言关里的瓶颈。每次发音时总要特别注意，努力避开方言的干扰。也是在那个时候，我深深地意识到：普通话要从娃娃抓起，从婴幼儿学说话时开始，甚至更早。抚养孩子的成年人更要讲普通话。在普通话环境中成长起来的孩子，将来也必定会说一口流利的普通话。

如今，妈妈随弟弟一家定居武汉，带孙子、买菜购物、邻里交往都很顺利。她经常说："幸亏那时跟你学了普通话！"现在，我也成了一名光荣的人民教师。分配时，我填报了出生地的村小。在村小任教后，我发现学生在课堂上说普通话，但是一到课间休息时就又开始说家乡方言。作业中，语文科字词的注音这一类题目受方言干扰，失分现象普遍，各个年级都有，尤其是爷爷奶奶带的留守儿童。于是，我开始在我们班提要求：课间也要像在课堂上一样坚持说普通话，甚至回家了也一样。经过一段时间的试行，学生的语言面貌有了明显的改变：学生娇声娇气的说话声不见了，粗鲁的、不文明的说话声音不见了，学生之间变得更加礼貌了。看到这些喜人的变化，学校开始在全校推广这一做法。整个学校的风气开始向好的方面转变，学生们开始变得更加礼貌，校园开始变得更加文明。上课了，同学们回答问题的声音清楚、洪亮，充满自信。家长都反映孩子的语言表达能力明显提高了，性格活泼开朗了。"请讲普通话"已经成为我们无声的约定。学校每月还举行普通话示范班评选，哪个班级如果在普通话打分栏中得分最多，就会发一面锦旗。现在的校园书声琅琅，整洁明亮。

（作者单位：孝感市杨店镇高新小学）

我和普通话的故事

罗　兮

我是湖北人。一个南方人，普通话确实是受地方影响，平舌音和翘舌音不分，前鼻音和后鼻音分不清。当一个南方人去了北方生活之后，那么语言的故事就来了。

我 20 岁之前，从未离开我的故土，离开我的家。之后，在宁静的初冬，我穿着军装，背着行囊，亲人目送我离开家乡，踏上前往北国的列车。寒冷的冬天，胸前“入伍光荣”的红花格外耀眼。

在新兵营中，印象最深刻的不是摸爬滚打的战术，不是严酷的体能考核，而是一首歌词特别简单的军歌。“练练练，练就战，练成了精兵才是好汉。练练练，练为战，练成那个打得赢的好儿男……”我一声一声地学着，突然，排长走到我面前，纠正我说：“练练练，练为战。”我跟着继续唱：“黏黏黏，黏为战。”排长又说：“练练练，练为战。”我跟着继续唱：“黏黏黏，黏为战。”排长直接大声地喊道：“班长带回去教一下。”我满脑袋想着是不是我哪个音调没唱准，跑调了。回去后，班长让另一位同年兵教我。同年兵一声声地教着我，我一声声地学着“黏黏黏，黏为战”，班内同年兵轮番上阵教我，我丈二和尚摸不着头，不知道哪里错了。大家的耐心消磨得差不多了，同年兵们放弃了教学，班长也放弃了。这事就这样不了了之了。直到以后下连队，看到这首歌的歌词时，我愣了半天，才恍然大悟，原来是边音 l，不是鼻音 n。

下连队后，我被分到通信部，成了一名通信兵，主要任务就是军线接转查询。要成为一名合格的通信兵，上岗前要通过严格的考核和筛选，需要较快的背记号码的速度和五笔打字速度，还要会说标准流利的普通话。在筛选的第一关，是让我们读报纸。还好，没有结巴，很清晰。接着来第二关，是说一下“六个六”。我开口就是“纽个纽”。她们在笑，我的脸涨得通红，感觉脖子在发烧。我想纠正一下，但不知道哪里错了。接着说“四个零”，我说成了“四个您”。又是哄堂大笑。我仍觉茫然，不知道该说些什么。但心里暗暗发誓，我一定会说好的。于是，那三四个月，我每天早上五点钟起床，晚上一两点睡觉，不是读报纸就是在打字。或许是我努力读报纸的原因，也或许是周围语言环境的影响，我的普通话不再被人嘲笑，慢慢地被接纳了。

通信业务熟练后，我正式踏上了值班岗位。日复一日地坚守着岗位，这时一个电话打破了往常的宁静。电话那头是某部的参谋，要将传真转给下属单位的李宁干事。我再确认信息的时候，问：“是李林干事吗？”对方说：“不是，是李宁。”我说：“好的，是李林干事。”对方又说：“不是李林，是李宁。”我说：“我知道了，是李林。”对方有些不耐烦地说：“那个字念‘宁’。”我说：“好的，领导。”等我挂完电话，班长在旁边语重心长地说：“你这地道的湖北音又跑出来了。”我没有说什么，只是默默拿着我的小笔记本记下了这个字的发音。这个本子上已经记录了好多我发音需要注意的字词。

又是一个寒冷的冬季，北国到处白雪皑皑，银装素裹。带着万分的不舍，我离开了这片土地，回到故乡。胸前“退伍光荣”的红花染红了我的眼睛，眼泪控制不住地往下流。

回到家后，踏上工作岗位。接着我报考了普通话等级考试。考前紧张的我害怕考不好，考完后才发现，我的普通话达到了二级甲等。接着，我考取了高中的教师资格证。

现在，我成了一名农村小学的老师。因为学生大多是留守儿童，父母长年不在家，普通话基本没说过，都是地方方言，所以他们普通话学习的进程比较慢，而且很多发音得反复纠正。我深知普通话学习非一日之功，所以在教学中及时纠正学生的发音，要求学生课外多读多练，每日填写读书卡。通过一段时间的学习，他们的普通话发音比之前进步了很多。

我和普通话的故事就先到这里了，后面肯定还会继续。

（作者单位：云梦县清明河中心小学）

我的普通话之旅

蒋燕群

我 15 岁踏入县高中。开学报名那天，宿舍里几位家长与自家孩子的交谈很快就使我意识到一个问题（忘了介绍，我来自“十里不同音”的江西省）：今后在校的日子，我需要时刻讲普通话，否则，无法与同学进行交流。可是在这之前我极少说普通话，也说不好普通话。

一天，为了和室友们相互了解，增进感情，可委屈了我的舌头。我说着蹩脚的普通话向室友们介绍自己，我的舌头一会儿捋直，一会儿卷曲，晚上躺在床上，感觉自己的舌头都要痉挛了。我暗暗给自己鼓劲，接下来的日子多说说就会好的。

很快，语文课上我们迎来了诗歌《再别康桥》的学习，犹记得曹老师让我们在读中悟情感，所以采用了多种多样的朗读形式：老师示范读，男女混读，分小组读，自由组合读，个人朗读……我有幸被老师点名展示个人朗读。自信满满的我酝酿了饱满的情感后站起来，没想到刚读完作者“徐志摩”，教室里就有些许议论声：“原来是个大舌头，‘zhi’‘zi’不分。”我意识到自己把“志”的音读成平舌了，顿感尴尬，但也只能佯装未听到，继续声情并茂地读着：“轻轻地我走了，正如我轻轻地来……”越读，下面的议论声越大，我知道原因所在，我所说的方言没有翘舌音。知道自己这方面的问题后，我便一直格外注意，又由于过度紧张，导致越想注意越是弄巧成拙，最后把“挥一挥衣袖”错读成“飞一飞衣袖”了，我恨自己不争气，真想找个地洞钻进去。我低着头，等着批评，曹老师却第一个给我鼓起了掌，她右手轻搭我的肩膀，用手指拍了拍，示意我坐下，并用温和的语气鼓励我说：“情感把握特别到位，至于平翘舌音和 f、h 音，慢慢练习就好了。老师最开始也跟你一样，分不清楚。”曹老师的话，如春风般抚摸着我，温暖着我，让我紧张的心瞬间放松下来，我感觉自己像找到了知音一样。从那天起，我就喜欢上了曹老师，也爱上了她的语文课。我想后来我对教育专业的选择以及对普通话始终不放弃的态度，与这堂课上曹老师对我的鼓励是有一定关系的。

为了以后上课不再出现类似尴尬的场面，也为了不辜负曹老师的鼓励与支持，我暗下决心要好好练习普通话。每天的早读，我都会捧着书本大声练习，请同学帮我纠正错误读音，遇到平翘舌音和 f、h 音，便稍微放慢速度读，慢慢地，我的普通话水平提高了。高一下学期我们分文理科了，同学换了，老师也都换了。普通话水平有所提升的我很快就发现，其实平翘舌音和 f、h 音不分的人不少，这应该跟我们县的方言有关，并且大多是县城的同学能说出一口较流利的普通话。这一发现让我挺满足于自己目前的普通话水平。加之其他学科刷题量的增大，英语听力训练量的加大等，繁重的学业让我找到了没有时间苦练普通话的借口。现在想想，那时真是枉费了曹老师对我的鼓励啊！

刚迈入大学校园的我，并没有意识到普通话的重要性，尤其是在有海南和广西舍友的宿舍内，曾一度觉得自己的普通话还是不错的。之后，教我们普通话的陈老师谈到，学语文教育专业的普通话水平测试等级必须在二级甲等及以上，其他学科教育只需二级乙等及以上，我依旧没在意，甚至觉得自己的普通话水平，虽然与陈老师那流利标准的普通话相差甚远，但是二级甲等肯定是没问题的。

上天就是喜欢捉弄自大的人。第一次普通话上机考试，我的测试结果是 81 分，二级乙等，这成绩对于学习语文教育专业的我来说是不合格的。我们宿舍六个人是同专业且同班，这次测试只有我和海南、广西的两位舍友未通过，其他三个舍友都是江西的，他们都通过了，且还有一个是一级乙等水平。只有我没过，感觉自己给江西人丢脸了。痛定思痛，我决定改变自己，努力练习普通话。

普通话课上，我总是找机会请教陈老师如何发音，她每次都很细致地给我讲解发音部位。对于个别几个我有困难的发音，陈老师则多次示范唇齿位置给我看，直至我能模仿着发出正确的音为止。并且陈老师还帮忙在我的 MP3 上下载了普通话朗读音频文件，方便我跟读练习。每晚睡前我都会用心倾听录音。每天清晨，我会来到校园湖畔大声练习，在宿舍时也经常会与舍友们进行情景对话，并请他们帮我指出错误，反复练习、纠正。平时说话，我也会刻意注重自己的易错音，把错误的发音记下来，反复练习，加以改正。功夫不负有心人，终于，再次普通话上机测试时，我取得了88分的成绩，获得了二级甲等普通话证书。但我学习普通话的征程并没有因此停下，我深知自己的普通话水平距离标准普通话还差得远。不管是在课堂上还是在课下与同学交流，我依旧坚持使用普通话，深信要讲好普通话，就一定要有好的环境。我明白学习任何一种语言都取决于环境，而这个环境必须由自己来创造：坚持使用普通话进行日常交流。

2013年我通过湖北省新机制教师考试，来到了襄阳市保康县的一个高山小镇教书。来之后发现，这里的老师和同学们只在课堂上使用普通话，课后全部讲的是方言。还记得第一次教师例会上，我听得眉头紧锁，因为校长和其他科室主任用的都是方言，我一句也听不懂，只能不断地扭头看旁边同事的会议记录。会后，我找到校领导，提出自己的困难，以及希望下次会议用普通话的诉求，校领导欣然同意了。就这样，学校的老师只要与我交谈都用普通话了，同学们除了课堂上使用普通话外，课后使用普通话也多了起来。

现在的我早已为人妻、为人母了，但始终坚持使用普通话沟通交流。我小孩刚学习说话时，就学的是普通话。我也坚持做到在自身说好普通话的同时，带动身边更多的人说好普通话。正如推普公益宣传片中所言：为了更多人的铭记，为了更广阔的天地，为了更美好的生活，为了更向往的明天，我们必须要学好普通话。

（作者单位：襄阳市保康县龙坪镇中心学校）

普通话伴我成长

陈昕陈

有一种语言我们很熟悉，那是乡音乡情，它是家乡话；还有一种语言，不管相隔多远，都能把我们拉到一起，它就是普通话。

在20世纪80年代初，我出生在一户普通人家，是典型的“80后”。父母都是普通职工，在那个物资匮乏的年代，国家实行的是计划经济，买啥都靠票，买米买面凭粮票，买油得要油票，买衣服要布票……得亏我的祖父是军队转业干部，父亲也是一名军人，母亲当时又在粮店工作，使得我度过了衣食无忧的童年。

许是生来遗传了父亲的口齿伶俐，母亲说我不足一岁便学会了走路和说话。自从会说话，每天小嘴叭叭地到处喊人，当时生活在机关大院，我是远近闻名的小喇叭，左邻右舍的爷爷奶奶、叔叔阿姨特别欢喜我，见了我就要抱起来亲亲。那会儿周围的邻居都是部队上退下来的老干部及家属，少有人说地方话，大家都用普通话交流，我就这样听着普通话成长起来。

我与普通话还有一个渊源，那就是源自我的母亲。母亲出生于“文革”时期，那会儿她只念到高中就辍学了，随军同远房的叔叔去了东北生活，记忆中母亲在东北度过了她的青春时代。北方的生活不仅给母亲造就了语言环境，同时也练就了她做面食、包饺子的手艺。母亲回到家乡便参加了工作，我出生后在父母的语言氛围中接触了普通话，可那时的我并不知道自己说的就是普通话。

上学后，我的语文成绩格外好，语文老师虽然是个刚从师范毕业的小青年，但入学后他就教我们写书法，说一口流利的普通话。老师说学语文得注重读和写，要会说普通话，做到准确、明白、生动、形象，得有条理、有吸引力。老师在向我们传授知识、讲明道理之时，我们就爱听，愿听，由此我迷上了读书和写字。小学阶段，我常担任班级的语文课代表，这可能跟会说普通话有关系。周围的同学都还纳闷，诧异地问："你是荆门本地人吗?"我不敢骄傲，便羞怯地点点头。

普通话对我产生较大影响，还是在大学里。当时高考失利，没能考入理想的院校，只能就读省内的一所三本学校，父母觉得女孩子学师范专业好就业，我就顺理成章地进入了当时的孝感学院（现湖北工程学院）教育系。记得当时军训结束后，系里成立学生会，挑选部分学生干部，许多人毛遂自荐，我看有个推普委员的位置还空着，于是偷偷去问辅导员推普委员是干啥的，辅导员说就是选择普通话说得较好的同学在每年推普周组织相关活动的人员，我觉得这个位置还能和自己的专长搭上边，立马报了名。当上推普委员的我开始频繁参加学院组织的推普活动，有一回甚至还客串了一把学院广播站的播音员。这些校园活动，极大地提升了我的普通话水平。普通话是交际和教学语言，说一口流利或比较流利的普通话是一名合格教师的必备条件。那时没有专业的考前培训机构，也没任何可参考的复习资料，大家都是裸考。结果我一不留神取得了一级乙等的成绩，同学们都对我刮目相看，这也增强了我继续推广普通话的决心。

大学毕业后，因机缘巧合，我被安排到学校工作，也算是顺利对口就业。我任教的学校可不是普通的学校，而是市里一所特殊学校，教的都是听障学生。起初，面对这些学生，我的内心是极不平静的。为了能上好学生的课，我只有闭上嘴，开始埋头学习手语。我把往日的成绩悄悄埋藏起来，从零开始，决心在特殊教育领域开辟新的天地。当时，网络购物不像现在这样便利，为了购买学习手语的书籍，我跑遍了市里大大小小的书店，别人都说没有卖的。我又上网去查资料，得知北京西单书城有最新版的手语学习资料，我便利用假期专程去北京购买回来，夜以继日地认真学习。一边看书学习，一边向有经验的老教师请教，甚至还跟学生学，这样理论联系实践，我的手语水平逐渐有了起色。

不知不觉我从事特殊教育工作也近二十个年头，当年意气风发的小姑娘已为人母。现今已是信息时代，传递信息的工具和手段越来越现代化，但语言仍是教师向学生传递信息的主要手段。我深知语言环境的重要性，从孩子呱呱坠地开始，我就用普通话与她沟通交流，使孩子从小学说普通话，养成良好的读说习惯，现在孩子的普通话也说得有模有样了。

（作者单位：荆门市特殊教育学校）

普通话改变我的人生

张 艳

上小学一年级时，我完全看不懂汉语拼音，更不会做试卷上的看拼音写汉字，老师见了我就头疼。一段时间，我天天做噩梦，梦见老师点我起来读拼音，我不会，同学们嘲笑我，我自卑得无地自容，想找个地洞钻下去。梦里哭醒了，我就在去学校的路上玩，一直玩到早自习下了再进校门。因为迟到，天天被班主任批评。

上二年级时，因为我爱笑，样子可爱，意外被老师选中，成为学校集体诗歌朗诵比赛中的一员。不知道那时候我的普通话说得怎么样，反正站在升旗台上向全校两千多名师生朗诵，非常开心自豪。

后来，家里买了一部收音机，每天晚上八点半，我就偷偷地把收音机藏在枕头底下，收听“小喇叭开始广播了”，听故事，听评书，我想我的普通话语感就是那个时候培养出来的。

小学三年级，我无意中被大队辅导员柴老师“碰见”，经过学校、市、地区层层选拔，最后我居然战胜了所有的对手，作为地区代表参加了全省环保知识竞赛和讲故事比赛。四年级时还代表学校参加了全市的演讲比赛。这段经历让全校师生都认识了我，班上的同学和老师对我刮目相看，使我对普通话有了空前的好感。

说来奇怪，从三年级我第一次讲故事战胜了大队部的两名播音员后，我瞬间就读懂了拼音，也学会了写作文。五年级，我每天带同学们晨读，午自习给大家读报纸、儿童文学和《少年文艺》，并且通过竞职演说，高票当选为中队长。可以说，这是普通话带给我的自信和一系列改变。

初中一年级下学期，我们的语文老师突然病了，初三的熊平翔老师临时空降到我们班代课。第一堂课，他抑扬顿挫、声情并茂地为我们朗诵了一首

《再别康桥》，全班同学目不转睛，听得如痴如醉，立马成了他的粉丝。那一刻，我也被诗歌朗诵艺术的气场和魅力深深感染。整个初中，我陆陆续续摘抄了不少诗，也尝试着自己朗诵诗歌。可惜，熊老师只给我们代了一个月的课，初二就换了一个女老师。这位语文老师居然用方言给我们上课。虽然我依然是语文课代表，可感觉自己对语文越来越不喜欢了，也不再说普通话了。

上师范后，学校硬性规定每天早上必须进行普通话朝读训练。推普员是我的下铺，一口标准流利的普通话，非常好听。那个时候，我才发现我的普通话发音是如此的不标准，平翘舌音不分，前后鼻音不分。经过三年的训练，我的普通话终于做到了字正腔圆，自我感觉是好听了不少，普通话测试考了一级乙等。

参加工作以后，我主持过不少大型活动，也训练过许多孩子参加演讲比赛，获得过市一等奖的好成绩。2018 年 9 月，我被湖北省语委办聘为“湖北省县域居民普通话普及情况调查员”。

正在我洋洋得意、意气风发时，学校来了一个播音传媒专业的女代课教师。她的普通话归音到位，咬字格外清晰，朗诵音色、节奏多变，感觉每一句都有戏，给人身临其境的感觉。她聊天讲的都是标准普通话，声音有磁性和质感，而且幽默风趣，和她一起工作简直太幸福了。后来，我与她密切合作，训练学生参加全市经典诵读比赛，训练教师参加地区成人组朗诵比赛。我负责内容编排、情景设计、舞台设计，她负责训练普通话，我们一起打造了一个又一个优秀作品。

普通话，我一次次被它打动，一次次被它点燃，一次次被它改变。下一步，我的梦想是学好普通话配音，带出一个学生配音社团，帮我更好地推广普通话。

（作者单位：应城市蒲阳小学）

普通话点燃我生命的火花

黄丽珍

我出生在武汉农村的一个普通家庭。据说这里以前是一片荒泽。1958 年，政府一声令下，河南和湖北等地的建设者组成几十万大军开赴东西湖区，艰苦创业，把一片荒泽地变成了鱼肥蟹美的鱼米乡。我的父辈们从孝感市搬迁到了东西湖国营东山农场。1978 年，不满 7 岁的我到场部的中心小学上了一年级。我和我的父辈们一样，说的是孝感方言。起初，不会说普通话的我经常被同班的淘气鬼嘲笑"弯管子普通话"，他们会故意翘着舌尖学我说孝感"方言普通话"。这让初来乍到的我更加不自信了，但我心里暗暗憋着一股子劲儿，就是要让他们刮目相看。

我的语文启蒙老师罗老师是一位和蔼可亲的中年女教师，中等身材，梳着齐耳短发，说一口标准的普通话。她教我们从"ɑ、o、e"学起，到流利地拼读、识字。不到一学期，我掌握了汉语拼音这个工具，又学会了查字典，终于可以自己识字、阅读文章了。不久，罗老师让我代表班级在学校朗读大会上诵读课文，我有些兴奋、紧张，但看到同学们羡慕的目光，内心又充满了自豪感。虽然结果只拿了个二等奖，但对于我来说是莫大的肯定和鼓舞，使我对学习普通话产生了浓厚的兴趣。我们生产队有一个大喇叭，立在我家屋后的一根高高的木杆上。每天晨起，我被一档标准的播音节目——《新闻和报纸摘要》吸引。个子小小的我侧耳伏贴在木杆上，以期待听到播音员更清晰的声音。这个"爱好"，我一直坚持到小学毕业。中学的时候，因一口流利的普通话，我经常被语文老师点名范读课文。语文课是我最热衷的科目，语文老师是我最喜欢的老师。兴许是每天听新闻，我的听力在不知不觉中得到了锻炼，英语成绩也享受到了"红利"，还发展了声乐的爱好。中考的时候，这些小小的特长帮助我以全区总分第一的成绩进入师范学校。

在我的职业生涯中，前20年是语文教师。初入职场，还是因为普通话标准，我经常被学校推选上语文公开课，因而积累了丰富的教学经验，迅速成长为学校教学骨干。有一次，学校要制作宣传片，我客串当了一次幕后解说员。这部宣传片供参观者观摩学习，后作为学校珍贵的历史档案留存。在我的示范和影响下，我的学生也语音标准，热爱朗诵和阅读。国旗下讲话、主题班会、名人故事会、演讲……我总是变换方式培养他们的语文素养，提高他们的普通话水平和表达能力。多年以后，凭借出色的语言能力，他们当中涌现出一批培训师、播音员、教师……

2009年，我调入区语委办工作，内心欣喜无比，因为我的爱好成了事业。我重整旗鼓，满怀豪情地踏上新的征程。语委办有管理全区语言文字工作的职责，新的工作岗位要有更高的资质才能游刃有余地开展工作。通过省、市测试中心普通话提高班的学习，我的普通话水平从二级甲等提升到了一级乙等。之后，我又抱着尝试的心态报名参加了省测试中心举办的省级普通话测试员培训。在老师们高水准的授课和严格要求下，一周紧张而充实的学习结束后，我如愿取得了省级普通话测试员的资格。这次学习经历给了我莫大的鼓舞。之后，我在普通话学习的路上一路前行，不曾停歇，从优秀测试员到礼仪培训师。再到青少儿口才培训师。虽然没有什么丰功伟绩，但是我感受到了学习带来的收获和乐趣。

一个偶然的机会，我加入了湖北省朗诵艺术家协会。犹如打开了一扇门，我仿佛迈入艺术的殿堂，如饥似渴地汲取着文学的养分。这是一群对朗诵艺术情有独钟的群体，有播音主持专业出身的电视台主播，有英姿飒爽的公安干警，有活跃在民间的文化工作者，也有大专院校的教授、学生……大家为了一个共同的目标而来，那就是热爱的朗诵艺术。朗诵除了语音标准外，对表演有一定的要求，是一门语言的艺术。为了提高每位会员的朗诵水平，省朗协不定期举办线下和线上的培训活动。在我们的会员群里，老师们轮流为我们培训理论知识、示范领读和诊断语音。到了传统节日和有纪念意义的日子，省朗协会举办线下的展示、表演活动。为庆祝中国共产党成立100周年，省朗协举办了大型的演出活动。我有幸作为朗诵作品《江汉关的钟声》中的群演参与其中，与喜爱的雷峻和江霞老师同台。虽然我不是主要演员，但是能作为其中的一员，为党的生日出一份力，内心充满了幸福感。

近几年，我利用区语委得天独厚的条件，每年组织青少年诵读比赛活动，吸引了大批的朗诵爱好者参加。暑假的时候，我把课堂延伸到社区，开办了暑期夏令营朗诵班，受到家长和孩子们的欢迎。汇报演出时，一首首优美的乐曲和着一篇篇经典的美文，引人入胜的画面加上朗诵者深情的朗诵，那绚丽的舞台、悦耳的声音感染着每一个人。

回想过往，是普通话点燃了我生命的火花，让我有了生活的意义。普通话为我的人生旅途增添了无穷的乐趣，是我永远的精神支柱和不断追求的梦想。

（作者单位：武汉市东西湖区教师进修学校）

我和普通话的相遇、相识、相知

沈玉婷

我是个地道的农村娃。20世纪90年代的乡村教师，会说普通话的不多。清晨，长满青草的操场上空，还萦绕着一层未被阳光褪去的薄雾，校门口高大的老松树好似一位慈祥的门卫大爷，守着一个个拎着餐盒、背着书包前前后后来到学校的孩子们。记忆中，狭长的教室里不太整齐地摆着高矮不一的桌椅板凳，一块老旧的刷了黑色油漆的木板便是我们的黑板。每每上课铃声敲响后，身材瘦小的李老师便迈着轻快的步伐进入教室，随着他标准的一声“上课”，我们就开始了一天的学习。

李老师是会一些普通话的，虽不是标准的发音，但比起其他年级直接用方言讲课的老师，要厉害太多了。通过跟李老师学习，在乡村一隅能讲一种与方言不一样的话语，回家后再展示给身边的长辈听，总能获得一些表扬与夸赞。在表扬与夸赞声中，我有了要学好普通话的决心。能做李老师的学生，这在当时也是我们整个班同学的骄傲。现在想来，也许是因为一年级学拼音，所以会一点普通话的李老师一直被安排教一年级。尽管李老师只教了我一年，但我依旧开心，并在二年级的学习中坚持使用那蹩脚的普通话，还特别引以为傲。这便是我和普通话的第一次相遇。

三年级时我便随着做生意的父母来到了县城读书。清晨，水泥铺平的大操场上再也不会看到薄纱般的雾气，教室里整齐漂亮的桌椅和宽大的黑板让人耳目一新。怀揣着激动与兴奋，我迫不及待地想要加入新的大集体。然而，一切憧憬从一个小小的自我介绍引得哄堂大笑开始，发生了一百八十度大转变。“g”和“k”区分不开，平翘舌音也不标准，我把一句“我想在新的学校开始新的学习”中的“开始”念成了“该死”，直接引得同学们笑得前仰后合。我局促地结束了自我介绍，回到座位上猫成一团，恨不得即刻隐身，谁也看不见我。

自那次笑话之后，再用普通话讲话，我就变得小心翼翼了。进出校园，看着校门口赫然标注的“请做文明人，请讲普通话”的标语，总是默默低下头，内心泛起的是惶恐不安，甚至一度害怕去学校，生怕一张口再闹出大笑话。好在母亲发现我的小秘密之后，找到老师帮我从最基础的拼音抓起，加之母亲的耐心鞭策、鼓励，渐渐地，我才重拾讲普通话的信心。

再次和普通话对视，就是大学期间需要通过普通话水平测试。

我的大学是在长沙读的，但同学来自五湖四海。有发音和声调极其标准的北方同学，也有“h、f”不分的福建同学，当然我也“不赖”，传承两湖人民的通病，即“n、l”不分。想要在考试中取得较好的成绩，当时的我显然是存在很多问题的。轻声、儿化音的读法以及准确通顺地读完一段文章等方面，我或多或少都存在些问题。为保证取得想要的成绩，我当时确实花了不少心思，早上早起早读，分辨鼻音“n”和边音“l”的绕口令，午休前听《新闻联播》里的发音，下午上网查询常用字词的特殊发音，晚上请普通话优秀的北方同学给自己指正。终于，在我的不懈努力下，拿到了二级甲等的成绩。虽不是特别优秀，但在有限的准备时间里，我做了最大的努力。在拿到成绩的同时，我惊喜地发现，我收获的并不仅仅是一张考核通过的证书，而且还收获了一口更为标准的普通话，这让我在日常说话交流中，更加注重标准普通话的使用，感受着说好普通话的魅力。

如今的我，已经是一名人民教师。三年前，我承担了一年级语文教学任务。我深知拼音基础不好，对说好普通话的障碍有多大；深知第一印象出现偏差，对学习的影响有多根深蒂固；深知老师的标准示范，对学生正确地掌握知识有多重要。因此，在教学中，我努力尝试用标准的发音引领学生，用规范的书写作业辅助学生，用不厌其烦的强调来提醒学生。或许是我对他们说好普通话存有一定的执念，在我的这份执念的作用下，那一届的学生在拼音使用和语言发音上，让接手那个班级的好几位同事都夸赞过。

普通话就像一位深沉的老友，将伴我教学生涯的全程，帮我教导好每一个求知的学生；更像一根鲜红的纽带，将我和我爱的教育事业绑得更紧。除了教学上需要时常与普通话打交道，我最享受的大概是选择一个阳光温和的午后，翻开一本未看完的书，有声地读给自己听。我想，窗外沙沙作响的树叶，站在电线上小憩的鸟儿，还有经过的风，应该也都听得见。

从与普通话的相遇、相识、相知中我感受到，推广和普及普通话，需要我们用热爱去滚烫每一个发音，用执着去唤活每一个声调，用信心去讲好每一句话。

（作者单位：安陆市府城办事处泰合小学）

我是一名光荣的普通话测试员

冉艳丽

与普通话的缘分要从小学说起。六年级时，学校成立了红领巾广播站，老师教我使用设备，告诉我广播开始的时间及稿件内容后，就把广播室的钥匙交给了我。当时的我很紧张，也很光荣。在那个山乡小镇的校园里飘荡着自己的声音，这是一件多么神圣的事情啊！

从那以后，我扬起自信的风帆，语文课上，朗读课文成为我的专属。现在回想，那时的普通话一点儿也不标准，带着明显的地方方言，但荡漾在心里的，全是骄傲的回忆。

后来，我上了师范学校。入学后的第一次讲故事比赛，至今记忆犹新。我讲的故事题目是“下金蛋的母鸡”，就是这个故事，把我普通话方面的问题暴露无遗，翘舌音不到位，后鼻音过后，有尖音。接下来的三年，“尖音”是我心中抹不去的痛，一张嘴就担心它跑出来，经常找同学听音，越紧张越乱。感谢口语老师耐心教给我方法，一遍遍纠正我的发音。师范三年，我练就了过硬的普通话基本功，为后面的继续学习奠定了坚实的基础。

参加工作后，一位同事通过了省级普通话测试员考试，我那个羡慕啊，想着自己也有这个机会该多好呀！盼着盼着，机会来了。在武汉培训的一周，至今历历在目。这是我第一次参加普通话系统培训。我如饥似渴地学习，不知疲倦，同寝室的老师和我一样，很珍惜这次来之不易的学习机会。每天下课后，我们相伴学习到深夜，互相正音，一遍遍练习朗读范文，一个个练说说话题目。功夫不负有心人，当我接过省级普通话测试员的证书时，心中的喜悦与激动无以言表。那次培训给了我一个崭新的起点，激励自己要不断学习，努力提高普通话水平，同时精准测评，不能有丝毫差错。

普通话测试工作是一名测试员的核心工作。测试员在熟练掌握普通话水平测试的方式、方法、要求和评分标准后，凭借耳朵敏锐判断应试者的发音，捕捉应试者的语音错误和语音缺陷，迅速有效地记录下来，作为科学评定应试者实际语言等级的依据。这项工作非常严密，要求测试员既要有较高的普通话水平，又要有严谨的工作态度。如果工作稍有疏忽，就会影响应试者的成绩。这是一项高强度、高难度的劳动，需要投入大量的时间和精力，不能有丝毫的马虎与懈怠。

永远记得我第一次参加普通话测试，尽管做了充足的准备，但来到现场还是手忙脚乱。那时一个考场两名测试员，一台录音机，我总是跟不上节奏，听音不太敏感，打分、算分慢，同组的老师总是等我，我自己急得直冒汗。老测试员李艳梅老师耐心地教我评分、填表，至今我仍心存感激。开始因为测评不熟练，每次总是最后交成绩，心里很过意不去，后来经常测评，将测评细则牢记心间，测评工作也越来越熟练了。随着理论和实践的不断积累，我经历了一个从量变到质变的过程，我的操作技能由生疏到熟练，再到游刃有余，逐步形成结构化、层次化的良好测评策略，并上升到系统的理论，能够顺利自如地完成复杂的测试任务。如今，我的测试水平不断提高，测试时的心理压力不断减小，测试结果也越来越趋于稳定。实行机辅测试后，我每年大约完成二百名应试者的普通话测试。看着应试者的普通话水平越来越高，看着一位位应试者通过测试取得优异的等级，我也很高兴，因为我是一名光荣的普通话测试员。

在业务能力慢慢进步、提升的同时，我没有放松对自己的要求。在学校，我担任学生社团朗诵班的指导教师，经常参加学校的各项朗诵、演讲比赛。通过对学生的朗读训练，我能够准确把握文章的停顿与流畅度，同时语音、词汇、语法也更加规范了。每当参加朗诵、演讲的时候，我都不由自主地想到，我是一名普通话测试员，我要为我们这个优秀的团队争光，所以不敢有丝毫的懈怠，总是精益求精，以求达到最好的效果。记得有一次代表学校参加市里的一个文艺节目比赛，我的朗诵内容排在最前面。表演加朗诵，这是我的第一次。朗诵要有感情，表演要有感染力，这对我来说是个挑战。排练，练习，再排练，再练习。每次独自反复练习，排练时按时参加，一次次请导演指导，一遍遍模拟正式演出。平时脸皮薄的我也不在意别人的看法了，只想呈现最好的自己，圆满完成任务。正如华罗庚说的那样："只有不怕在能者面前暴露自己的弱点，才能不断前进。”导演悉心指导，自己孜孜不倦地练习，我对自己越来越有信心。后来，这个节目在全市比赛中获得了特等奖。我为我的团队骄傲，也为自己的坚持和努力自豪。以后，我还要继续练习普通话，学习发声技巧，提高专业技能，迈向更高的台阶。

我是一名普通话测试员，积极参加市测试站组织的培训与测试工作，牢记使命。每次接受测试任务，我做的第一件事情一定是重温《湖北省普通话水平测试评分细则》，做到胸中有细则，评分按标准，测评尽责任。测评过程中，有的录音文件听两三遍是常事。不断磨炼，不断学习，不断提高，这是我们普通话测试员的责任与担当。

（作者单位：荆门市实验小学）

成长路上的坚持

高 蔷

提起普通话，我记得还是上小学的时候，课堂上听着老师们说着和我们不一样的话，很好奇。语文梁老师告诉我们，老师们说的是普通话。于是，我也像梁老师一样，模仿着说普通话，好似小孩子牙牙学语。每次上课回答问题时，也试着用普通话回答，那可以说是我最早学说普通话了。

上了初三，由于父母工作调动，我和他们来到了襄阳，我也因此转学到了襄阳的一所学校。这所学校不同于我原来的学校，在这里，师生们无论是在课堂上还是课后都说普通话。我一下子很难适应，但是每天还是硬着头皮说着蹩脚的普通话，夹杂着方言，说的话别人都听不懂，好多时候因为同学没有听懂，我还得再重复一下自己说的，甚至有时候还要重复好几遍，边说边比画，甚是尴尬。不过，我也因此交了一些热心的朋友，有时她们会利用课余时间教我说普通话，帮我纠正发音。我感觉自己的普通话水平有了很大的提高，可以比较流畅地和同学们、老师们用普通话进行交流了，渐渐地也不再尴尬了。

上大学时，我选择了英语专业。为了更好地练习双语发音，每天无论课上还是课下我都说普通话，一方面练习普通话，另一方面练习说英语。由于大学的课余时间较多，我利用课余时间看新闻，收听字正腔圆的新闻播报，跟着新闻学说普通话。我还自己尝试用普通话朗读各种文章，比如优美的散文、押韵的诗歌等。在朗读文章的过程中，我的普通话不仅逐渐流利起来，而且我还真正体味到了那些美文所蕴含的情感。我虽然胆子小，不怎么敢说话，但为了练习普通话，我逼着自己开口说，并且不断克服自己胆怯的缺点。久而久之，我欣喜地发现胆怯的感觉慢慢消失了。到了大三的时候，老师和同学们都说我变得乐观自信了。我知道，这是学习普通话带来的变化，也只有我知道，这过程苦乐参半。我感受到的是努力带来的变化，内心充满喜悦。记得有一次在课堂上，汤老师给我们上了一节演讲课，他标准的普通话，吐词清晰，语言流畅，给我留下了深深的印象。我觉得自己的普通话还有提升的空间，于是每节课都认真地跟着汤老师学习如何用普通话进行演讲。学期结束时，由于我的努力，汤老师让我上台展示，我激动不已，决心不辜负老师的期盼。为了那次展示，我精心准备，反复打磨，每天对着镜子反复用普通话练习自己的演讲稿，最后赢得了同学们和老师们的掌声。大二的时候，我们外语系学生会要进行干部竞选，一向胆小的我，鼓足勇气，大胆走上讲台，参加了学生会干部的竞选。我用普通话陈述自己要竞选的职务以及竞选原因，竞选的最后，我向大家大声承诺，我一定会为大家服好务，此时满场响起了热烈的掌声。我知道，我又一次克服了恐惧，战胜了自己。大学毕业时，被选为优秀毕业生的我，参加了全校的公开答辩。虽然这次答辩全部使用英语完成，但是我知道正是由于自己平时下功夫，用心练习普通话，自己的英语水平才逐步有了提高。

1996 年，我大学毕业后进入了襄阳市诸葛亮中学（原襄樊市 32 中），光荣地成为一名人民教师。由于工作的需要，我开始用普通话和同事、学生交流。因为教学生英语，我发现引导学生说好普通话，能够帮助他们更好地讲英语，因此，我也经常和学生切磋如何说好普通话。不仅如此，当老师还要考取普通话证书，我又开始了普通话考试的准备。这时的我发现要想真正把普通话说标准，还是要下一番功夫的，比如“l”和“n”的发音，声调的变化，平舌还是翘舌等，都经常让我头痛。可是有了前几年的经验，我想，不就是每天多练习发音吗？没有什么大不了的。于是，我买了一本练习普通话的书，把自己读得不准的字及其发音写在一大张白纸上，每天边抄边读，这一张白纸居然写满了。我把这张纸贴在家里最显眼的地方，只要抬头看见，我就及时朗读，不断琢磨正确的发音。我还把自己的读音录下来，自己听一听，再思考自己读音的问题，不断纠正错误发音。最终，我的普通话达到了二级甲等，我知道付出一定会有回报。在一次班会课上，我和学生们交流了自己利用工作之余学习普通话的故事，学生们深受启发，也都讲了自己面对困难的故事，以及自己的想法和今后的做法。有梦就去追，不怕梦遥远，只要勇于追梦，终有一天会到达梦的彼岸。从那次班会孩子们所说的和以后他们的行动，我深切地感受到他们在学习方面较之前有了一些变化，他们也为了实现自己的目标开始努力学习，不断进步了。我感到十分欣慰，我的故事能够感染我班里的每一个孩子。这不正是我想看到的吗？我在普通话学习方面的努力，不仅使自己得到了成长，还促进了班里的孩子们的成长。

每一次学习普通话，都是一次自我修炼；每一段学习普通话的旅程，都是一次自我成长。且行且珍惜，人生就会无限美好；且行且领悟，生活就会无尽温润。我和我的孩子们一起在追梦的跑道上，一起仰望着那片星空。奔跑的是永不变的初心，追梦的是成长路上的坚持。

（作者单位：襄阳市诸葛亮中学教育集团）

我与普通话

万华玲

我出生在湖北云梦，因为父亲在北方当兵，所以不到三岁的时候就和家人一起随父亲去了北方居住。三岁至六岁正是学习语言的重要时期，我从小就会说一口流利、标准的普通话，而且是全家普通话说得最好的。而在北方待了二十多年的父亲，也只能说几句“云普”。

我的小学——学说家乡话

读小学二年级的时候，父亲复员，我们一家随父亲转业回到了家乡云梦。20世纪80年代，普通话的普及程度不高，操着一口普通话的我，还不知道云梦的学校，不管是老师还是学生，不管是课上还是课下，说的都是一口云梦方言。记得刚回到家乡的时候，第一天上学，全班同学都嘲笑我的口音，我一气之下哭着从学校跑回了家，母亲问我为什么从学校跑回来，我抽泣着说：“他们嘲笑我不会说云梦方言，还学我说话……”母亲一听，差点笑喷了：“你就因为这个哭，还气得跑回家吗？哈哈！”看着母亲哈哈大笑，我一下子愣了：“那不然呢？”母亲笑着说：“你学着说云梦方言不就行了吗？”于是，语言天赋还不错的我在一个星期内快速学会了云梦方言，连我都有点佩服自己，虽然不是非常地道，但和同学们交流完全没有问题。

我的中学——重拾普通话

升入中学后，由于我的语文成绩优异，语文老师对我格外偏爱。有一次上语文课，老师想请一名同学把课文诵读一遍，于是语文课代表当仁不让地站了起来，可语文课代表才念两句，语文老师就让他坐下，因为语文课代表的普通话实在是不敢恭维，语文老师怕再让他念下去，全班同学都会忍不住哄堂大笑。“来，你来试一下！”语文老师看着我这个英语课代表说道。我只记得我朗诵课文的时候，全班鸦雀无声，等我朗诵完，全班响起了热烈的掌声。语文老师笑眯眯地看着我说：“没想到你不仅语文成绩好，普通话也说得这么好，不错！”从此以后，每次上语文课，如果要示范朗读课文，语文老师都会让我来带领全班同学朗读。为了不辜负语文老师对我的厚望，我经常利用课余时间练习朗读，因此，我的朗读水平在中学时期就打下了坚实的基础。

我的中专——学习普通话

中学毕业后，原本想上大学的我机缘巧合地进入了湖北省实验幼儿师范学校学习。我的同学来自湖北的各个地方，同寝室的 7 个同学，来自 7 个不同的县市，除了我来自云梦外，其余 6 个，一个来自汉阳、一个来自广水、一个来自松滋、一个来自恩施、一个来自崇阳，还有一个来自蕲春。这些地方我都是第一次听说。特别是崇阳的室友，我第一次听她说方言，再加上她那“卡哇伊”的长相，我还以为我们学校来了一个日本同学呢！因为方言实在听不懂，所以我们都自觉地用普通话进行交流。

开学第二天，班主任让大家推荐班干部和课代表，因为没有按自己的意愿上高中、考大学，我正郁闷至极，对任何事都提不起兴趣，一听说要推荐班干部和课代表，我连忙把头埋进了胳膊里，生怕别人推荐我。当班主任问到“谁来当‘语言基础知识’课代表”时，我们寝室的陈雅琪喊道：“万华玲，她的普通话说得特别好！”同寝室的其他同学也都应声和道：“是的！是的！她的普通话说得特别好！她最适合！”还没等我回过神儿来，班主任就决定了：“好！就万华玲来当！”于是，我就这么稀里糊涂地当上了“语言基础知识”课代表。因为是课代表，在上“语言基础知识”这门课时，我格外用心。

也正是因为这门“语言基础知识”，在中专的三年时间里，我和同学们系统地学习到了很多普通话的专业知识。通过学习，我们发现，原来我们的普通话并不是那么标准。于是，每天晚自习的时候，我带领同学们练习普通话，帮助同学们纠正普通话的发音。同学们的普通话越说越好，我自己的普通话也越说越标准，越说越规范，普通话知识也越来越丰富。

我的工作——推广普通话

毕业后，我被分配到云梦县实验幼儿园工作。参加工作前，我在中国地质大学附属幼儿园实习。实习期间不管是教学活动还是日常活动，我和班级老师以及小朋友之间都是使用普通话交流，感觉普通话已经非常自然地成为我们的日常用语。回到家乡云梦以后，我以为也是如此。还记得刚上班的第一天，孩子们午睡的时候，我用普通话轻声地说："小朋友们，请你们安安静静地在床上躺好，闭上眼睛……"可是没有一个小朋友听我的，全部都在床上跳来跳去，有的小朋友还兴奋地大喊大叫。就在我差点崩溃、眼泪都要流出来的时候，隔壁班的一位老师听到吵闹声过来了，看到我还在温柔地用普通话跟小朋友们说话，她忍不住笑了："你上课的时候用普通话，这个时候怎么还用普通话呀?"接着，这位老师用云梦方言说了一句："都快点躺下来!"说也奇怪，刚才还吵吵闹闹的孩子们，一下子就都躺了下来，马上安静了。"我们这里除了教学的时候用普通话，平时都说方言，小朋友们习惯了，看来你以后也要适应才行。"隔壁班的老师笑着说。我这才知道，我们幼儿园的保育老师都不会说普通话，教学老师在教学的时候使用普通话已经算是做得非常不错了，云梦当时的小学、初中、高中很多老师在上课时都还在使用方言。

因为普通话说得标准，幼儿园推荐我参加了湖北省普通话水平测试员的培训，并顺利地拿到了湖北省普通话测试员的资格证书。成为普通话测试员，我感觉肩上也多了一份责任，那就是推广普通话。为了能够让普通话成为我们幼儿园的校园语言，进一步提高教师、幼儿及家长说好普通话的能力，促进语言文字的规范化，我在幼儿园开展了一系列的活动，如为了营造宣传氛围，强化环境建设，通过幼儿园入口处的电子屏展示普通话宣传标语，宣传橱窗开设普通话知识专栏和在幼儿园各处张贴推普提示语等进行广泛的宣传活动；通过"国旗下讲话"，向全体教职工、幼儿及家长宣讲说好普通话的重要意义，并提出积极参与"推普周"活动的倡议；组织全体教职工一起学习推广普通话的相关文件，让每位教职工意识到说好普通话的重要性；按照《普通话水平测试等级标准》进行普通话培训，每天带领老师们练习普通话，提高普通话水平；鼓励所有的教职工平时在和幼儿、同事、家长交流的时候坚持使用普通话。记得有一次幼儿园在收取生活费的时候，一位孩子的爷爷感叹道："实验幼儿园真是不错，连后勤岗位的会计都在和家长说普通话！我虽然说得不好，但也要坚持说普通话。"

此外，我还结合幼儿园不同年龄阶段孩子的能力水平和发展特点开展各种各样的活动，让小班年组的老师们充分利用一日生活各环节，鼓励幼儿主动说普通话，激发小班幼儿学说普通话的兴趣，努力创设自由、宽松的语言交往环境，支持、鼓励、吸引幼儿与教师、同伴或其他人用普通话交谈，培养幼儿听说普通话的习惯，体验语言交流的乐趣。在中班年组开展"我和爸爸妈妈说普通话"活动，发动家长和幼儿在家一起进行亲子阅读，同时鼓励幼儿向家长讲述在园的活动、感受、趣事等，让家长坚持与幼儿用普通话回应、互动。大班的老师们在班上增加和丰富图书角内图书的数量和种类，培养幼儿的阅读兴趣，并讲述图书的内容，从而培养幼儿的普通话表达能力。

随着各种推普活动的开展，全园每一位教师、家长和孩子都十分热情地加入推广普通话的行列中来。老师们、家长们、孩子们觉得当一口流利的、标准的普通话从自己嘴里缓缓说出的时候，深切地感受到了一种自豪感。实验幼儿园"说好普通话"的氛围越来越浓。很多年前，有一次上级领导来我们幼儿园检查普通话的推广工作，本来是要随机到一个班上去查看老师是否在用普通话教学，结果还没有走到要抽查的班级，领导就笑着说："不用检查了，你们幼儿园的推普工作做得非常好！"原来这位领导在去往这个班级的过程中，听到了各班传来教师用普通话教学的声音，还偶然听到孩子们在走廊上放美术作品时，自然地用普通话交流的话语。

十几年过去了，我工作的云梦县实验幼儿园的教师与教师之间、教师与家长之间、教师与幼儿之间、幼儿与幼儿之间已经养成了用普通话交流的习惯。处处都坚持讲普通话，处处都讲文明礼貌，文明礼仪在幼儿园随处可见。文明、和谐、活泼、快乐在幼儿园处处洋溢，文明向上的幼儿园氛围日益浓厚。

（作者单位：孝感市云梦县实验幼儿园）

普通话，丰盈着我的生命

于长华

我是一名语文教师。我天天用普通话教学、朗读课文，学生总是听得入迷；讲授课文，学生总是学得起劲；和家长沟通，彼此总是愉快亲切。这一切都归功于我能说一口流利、标准的普通话。但能取得今天的成绩，也是经过了不懈的努力的，其间发生了不少难忘的故事。

我从小生长在一个革命家庭，家庭成员口音各不相同。爷爷、奶奶说的是山东原汁原味的方言，经常让人听不懂。爸爸自幼离家求学，普通话夹杂着浓浓的山东腔。妈妈是湖北广水人，字音中经常“ong”“eng”不分，闹了不少笑话。我和姐妹们出生在湖北孝感，生活在湖北孝感，说着一口纯正的孝感方言。走进我家的客人，经常戏称我家是“南腔北调”。虽然如此，我觉得这些对我的生活并没有什么影响。

进入学校以后，开始接受正规教育，我和姐妹们也渐渐说起了普通话。经过努力，我拿到了普通话二级甲等证书。踏上讲台，自认为普通话说得不错，在课堂上喜欢范读课文。但有一天，我正带着学生有滋有味地朗读课文——“蓝蓝的天空里，一群燕子从南方飞回来了……”突然一位学生大声的话语打断了我的朗读：“老师，您的字音读错了。‘蓝’的声母是‘l’，‘南’的声母是鼻音‘n’，我们昨天才学过这两个生字。您把‘南’也读成了‘蓝’。”我不由得又羞又恼，羞的是自己竟然在课堂上出现教学“硬伤”，恼的是这个学生也太不给我这个语文老师面子了。学生们也停止了朗读，瞪着眼睛看着我，仿佛在说，于老师也会有犯错的时候。还有学生甚至捂着嘴，偷偷地笑。我正要训斥学生，上课随意插嘴，但转念一想，这不正是一个极好的在课堂上普及普通话知识的机会吗？于是，我笑着对同学们说：“谢谢小轩同学指出于老师的读音错误，因为我们是湖北人，我们的普通话受方言影响，所以，有时很容易将声母‘n’和‘l’的字音弄混淆。同学们，学习好普通话，要从小打下扎实的基础。以后，我们互相学习，互相提醒，共同进步。你们也可以当老师的小老师哟！”学生们高兴地点点头。从此，很多孩子随身带着一本《新华字典》，碰到不认识的生字或不确定读音的字，都会翻开字典查一查，听到有的同学讲话字音不准确也会互相提醒，班级掀起了认真学习普通话的高潮。

随着学生们的年级不断升高，他们的表现能力和表演欲望越来越强。我适时地成立了兴趣小组——童心朗读小组。很多喜欢朗读的同学，纷纷报名参加。平时，他们会自己选择一些经典诗篇练习朗诵，课间总能看到他们互相比着吟诵的画面，不知不觉间，班级同学的朗读水平极快提高。每逢大型活动或重要节日，学生们都会选择自己喜爱的表演形式——朗诵，展现自己的风采。每次他们的表演咬字清晰，吐字正确，情感充沛，声音动听，获得好评。有一次，排练《延安颂》，同学们对自己的要求特别严格，经常为了一个字的读音争得脸红脖子粗。原句中有一个句子：“有劲头的劲旅最勇猛……”同学们为这一句中“劲旅”一词中“劲”字的读音争论不休，有的说是后鼻音，有的说应该读前鼻音，最后一查字典，选择义项应该是坚强有力，所以读后鼻音最合适。事情虽小，但这样的探究精神会影响着他们一生。

学生们如此上进，身为师者的我又怎能落后呢？从此，我每天抽时间坚持收听《新闻联播》。开车途中，打开电台，调好频道，跟着主持人一句一句地复述新闻；下班回家，打开电视，找到央视一台，仔细地倾听里面节目主持人的讲话。遇到自己没听过的生僻字，也会反复地多读几次。在家中，也坚持说普通话。我深知，环境对一个人的语言影响极大。即便是住在乡村，我也一直严格要求自己，少说或不说地方方言。渐渐地，我的普通话越来越标准，课堂上再也没有学生会突然指出我读音的错误。我也爱上了朗读，爱上了普通话，经常参加一些推广普通话的演出。用朗诵的形式，让更多的人知道，普通话不仅仅是一种交流的工具，更是一种表情达意的载体。遇到一些节气，我会给微信好友发送一些适合节令的短诗或小散文。我还经常会在班级群里，发布自己配乐的范读。班级的学生在我的带动下，也经常发布自己的朗读声频或视频。他们说，朗读让他们的生活变得更有乐趣，普通话让他们变得更加自信。

我不仅自己爱上了朗读，带领学生爱上了朗读，还影响着更多的人也爱上了朗读。我加入了孝感朗读者协会，担任副主任。在这里，我发现了更好的学习资源和学习平台。我经常收看中国播音网里的推文，跟着学习发音技巧，十分注重一些易错字的读音。功夫不负有心人，我的普通话越来越字正腔圆，朗读越来越声情并茂，展示的次数也越来越多，并带领着我们的团队多次进行学习交流，大家一起朗读古诗词，一起根据语境推敲字音，一起排练展示节目。我们每一次展示的成功，不仅是我们用努力凝结的甜蜜果实，更是我们用坚持不懈浇灌的幸福之花。是呀，热爱普通话，让我们的生活充满了乐趣，也让我们的生活更有获得感、成就感和幸福感。

在学习普通话的过程中，我结识了太多的朋友，不论是我的学生——小朋友，还是我的团队成员——大朋友们，他们都是我不断提升普通话水平路上的良师益友。正是有他们的提醒、帮助，我的普通话水平才得以日益提升。今后，我会继续说好普通话，让自己的人生不断丰盈。

（作者单位：孝感市实验小学）

我和普通话的事儿

刘青青

我6岁的时候，跟随妈妈从老家的乡村中学，来到厂矿子弟小学读书。妈妈那时35岁，是我记忆中最美的时候。现在家里还有一张妈妈那个时候的照片，饱满的脸庞，微笑的眼睛，微微烫卷的短发，穿着笔挺合身的烟灰色西服套装，一副知识分子的模样。妈妈在老家的初中教英语，一直教得挺不错的，要不是为了和复员转业的爸爸团聚，妈妈肯定是不会来到这所小学任教的。

当时的小学还没有开设英语学科，在学校的安排下，妈妈就顺其自然地教起三年级的数学。刚刚上了第一天课，就有家长跟校长反映："数学老师讲课不会用普通话，我们孩子听不懂!"这下可把妈妈气坏了，她是正经的师范毕业，已经在岗位上干了十多年，也取得不小的成绩，怎么可能不会讲普通话？学生怎么可能听不懂她的普通话？

周末，妈妈带我上街买新衣服，用普通话向老板问价，正想顺便讲个价。一开口，老板就热情地冲了过来，满脸笑容地和我们打招呼："大妹子，你是咱老家人吧？哎呀，我可有好些日子没有听到家乡话了，老乡呀!"妈妈一下愣住了，这才明白自己长久以来讲的普通话，是带着多么浓厚的家乡风味的普通话。

为了说上一口标准的能让孩子们听得懂的普通话，妈妈可下了功夫，除了每天晚上让全家一起陪着看《新闻联播》不说，还把单位的报纸拿回来，翻来覆去地读个不停。听完之后问我："妈妈的普通话标不标准?"见我点点头，便喜不自胜。只要见到我的脸色有点迟疑，妈妈就会把报纸扔过来："来，你读给我听听，让我听听你们语文老师是怎么读的!"妈妈就这样一直训练了一个学期的普通话。也不知道是因为妈妈的普通话越来越标准，还是学生们逐渐适应了妈妈的讲话方式，那一年的期末考试，妈妈教的学生在年级里名列前茅。妈妈在新单位里打了一个漂亮仗，再次让自己走上了自己职业的高峰。

在妈妈的影响下，我也对普通话产生了浓厚的兴趣。同样在妈妈的影响下，成年后我也踏上了教师工作岗位。

作为一名教师，我希望我的学生在我的影响下不仅仅能从普通话中感受到汉语的美感，感受到文字的意义，还能准确地运用普通话表达自己的想法，所以常常在班上开展普通话竞赛、经典诵读、自由辩论赛等活动。班上有一个女生，大概十二三岁的样子，平时很少说话，甚至可以说是沉默寡言，但只要让她朗读课文，就算脸涨得通红，嘴里吐出的声音却非常悦耳动听，也许发音还不标准，甚至是有些颤抖，但已经足够清脆圆润。通过了解，知道孩子父母长年在外地打工，很少回家，孩子就和奶奶相依为命，成了留守儿童，到我们班上之前根本不会说普通话，一张嘴就会让其他孩子们笑个不停。也许是因为长期没有父母的陪伴，个性内向，胆小羞涩，圆圆的脸上，一双大大的眼睛总是躲闪着。为了鼓励她，我对她进行单独辅导，一字一句地纠正她的发音，稍有进步就让她担任班级领读，负责每天的朝读；把她朗读的课文录下来，推荐到校园广播站去，后来甚至让她担任学校活动的主持人……她的笑容越来越甜，声音也越传越远，传到了初中，传到了高中，传到了大学，现在已经传进了一个省级经济广播电台。她成了一名专业的主播，正在让越来越多的人听到她的声音，也喜欢她的声音。

有一次带孩子出门旅游，正在车站的自动取票机上取票时，我听到旁边传来一声声熟悉而又急促的家乡话，循声望去，原来是一对老夫妻正在向工作人员打听转车的情况，但任凭两位老人比手画脚说了半天，那位年轻的工作人员也没有弄懂这两位老人说的目的地是哪里，双方都急得满头大汗。我走上前去："爷爷，您别着急，慢慢说，我来帮您问。"老爷爷就一把抓住了我的手臂："姑娘，你会说我那里的话，快帮我跟这位同志说一哈（下）!"工作人员也松了一口气："姐姐会说普通话吧？能帮我们翻译一下吗？"我乐了，三言两语地打听了老人的情况，这才明白老两口的孩子在外地生病了，此时要赶着去照顾，急匆匆地出了门，却又买错了车票，想向工作人员询问时，又因为语言不通，所以才这么着急。我把老人的诉求向工作人员说清楚，又帮工作人员把转车路线跟老两口好好交代了一番，终于将这对老夫妻送进了检票口。儿子在旁边紧紧拉着我的手，一脸敬佩：“妈妈，你的普通话不仅好听，而且有用!”

（作者单位：应城市开发区学校）

我和我的普通话

吴 争

我从小生活的地方——湖北大冶属于赣方言地区，此地方言的发音可谓与普通话差之甚远，同属一个市的乡镇之间的方言都存在着细微的差别，外地人鲜少有能听懂的。虽说如此，但由于父亲有一定的文化水平，所以我在两三岁时就能够用普通话背诵唐诗了。当然最先接触普通话还源于父亲从外面带回的一把扇子，扇面上一首《登鹳雀楼》引发了我对普通话最初的学习，也为我对文学的喜爱打下了一定的基础。

有了最初的印象，进入小学后，普通话的学习就顺理成章了。为了迁就家人，我自小就养成了在不同的地方说不同的话，跟亲戚朋友一起时就说方言，在学校或者比较正式的场合就说普通话。长期在两种不同的语言之间进行切换，我本还为此沾沾自喜，认为自己的普通话水平不错，在步入大学之后才发现原来的自己有多么可笑，井底之蛙竟不知天高地厚。

高中毕业后，不甘心“偏安一隅”的我选择了离家较远的浙江，来到陌生的城市杭州学习。从小喜欢文学的我毫无悬念地选择了师范类的汉语言文学专业，本来觉得拿到毕业证和教师资格证犹如囊中取物那样简单，结果没想到就在我自认为不错的普通话上摔了跟头。

经过一段时间的学习，我发现普通话并没有我想象中那么简单，仅仅会拼读声母和韵母还不行，说好普通话可不是一件轻而易举的事情。对北方人而言，他们说起来会更加容易和标准，其他地方则难免受方言的影响导致普通话不标准。对于我们这些受方言影响较大的南方欠发达地区，说标准普通话的难度自然会更大一些。

了解到这些情况后，我经历了一段时间的思想斗争，不知是否要下定决心在这里拿到“二甲”的普通话证书，最终自尊心战胜了懦弱。为了说好普通话，我用了各种方法。首先是自己熟悉字的发音，湖北人说普通话的特点是平翘舌音和前后鼻音不分，于是我针对这些问题勤加练习；接着找同寝室的北方同学帮我听音，让他们指出我的问题所在；最后对这些不标准的地方进行反复练习。当然通过那段时间的学习我也明白了一个道理：要将普通话融入自己的生活中去，每时每刻说标准的普通话，而不是为了应付考试而做一时的努力。

虽然通过三次考试，才拿到普通话二级甲等证书，但当我将那张证书拿到手上的时候，知道这里面有我的汗水和努力，更有我的坚定和执着。

大学毕业回家乡参加工作，已有八个年头，从最初的大冶乡镇学校到如今的黄石市中心学校，从教初中生到教小学生，我不仅明白了学习习惯需从小养成的道理，更明白了普通话学习应该从娃娃抓起。小学语文老师作为孩子说普通话的启蒙人，身上的责任和重担可想而知。因此，在语文课堂教学中，我总是严格要求自己，给孩子做最好的示范。在普通话的学习中，我与学生共同进步。

（作者单位：黄石市湖滨路小学）

处处都是追梦的舞台

程　静

普通话，在我的儿时里，只在课堂上从我的口中莲步轻移，在生活中，它基本不踏出我的唇齿间。

直到上高中，遇到了温柔的同桌凌，全班只有凌一直用普通话讲话，很特别。听凌很自然地用普通话与我们聊天，声音婉转动听，特别文雅。有次听凌生气地说话时，我突然发觉再怎么生气，普通话中就是没有一句骂人的粗俗语言。还好听着哩！我爱听极了！我情不自禁地也开始用普通话与凌聊天。还为了消除方言中平翘舌音不分的影响，对着课文，不停地查字典，标出平翘舌音，练习普通话。

到了大学，我进入了汉语言文学专业，继续学习普通话的各种发音技巧，每天晨读，勤加练习。通过不断练习，我练就了一口悦耳的普通话。

初入讲坛，在语文教学中，我感觉到朗读是引领学生和文本对话的最好手段，是最经常、最重要的阅读训练形式，也是理解课文内容、体会思想感情、培养审美旨趣的基本途径。因此，教师应将小学生朗读能力的培养放到教学的重要位置上。拥有娴熟的普通话技能，在语文朗读教学上就能如鱼得水。站在讲台上，只要在学生们面前秀一秀普通话，能立马收获学生们的喜爱与掌声。给学生们范读一段，再请学生们读上一段，老师范读，师生共读，学生都会自发地模仿老师的语气语调，爱上这字正腔圆、抑扬顿挫的普通话。

有人说：“所有的运气都藏在努力里。”这还真是的。我第一次参加区里的演讲主题是“讲述教育故事”。写好了初稿后，我每天利用早晨上班前的时间在家里练习。那时，我在黄石市西塞中学上班，学校在长江黄石段特别靠东的地方，而家住黄石港万达处，每天单程路上都要一个小时。我的这次演讲，给教育局领导留下了很好的印象，后来区里举行一些演讲活动，领导还想起派我参加。

当我一次次站在演讲台上，声情并茂、激情澎湃地演讲之后，看到同行老师们投给我关注的眼光，听到同事们赞赏的话语，内心感受到了愉悦。

我一直很喜欢泰戈尔的这句话：天空中没有翅膀的痕迹，但鸟儿已飞过。不论岁月如何流逝，工作生活多么烦琐平淡，而我总会在普通话追梦的天空中飞翔，还留下了一些痕迹。在学校、家庭这两点一线的小小天地里，我也开拓了光亮的工作和人生。

生活中，身边处处都是说普通话的人。孩子一出生，家人都自觉地跟孩子说普通话，我们从小培养他学绕口令、辨音、朗诵、演讲，表演戏剧，也开启了他的普通话艺术人生。在教学工作中，我将普通话学习技巧传授给学生，激发学生热爱祖国语言的兴趣，让风度在优雅的谈吐中体现，让风采在规范的语言里洋溢。我相信：在生活和工作的一方天地中，说好普通话，处处都是追梦的舞台。

（作者单位：黄石市磁湖小学）

我和普通话的“尴尬事”

张俊秀

我在鄂豫边界一个偏僻乡村长大，因为贫穷，童年的记忆里只有笨重的劳作和拼命的学习，初中毕业后自然报考了公费师范学校。

走进美丽的襄阳师范，开心的我整个人都想飞起来。晚上室友在一起，年轻的心总是尝试着碰撞，我的“你们是前半儿来的，还是后半儿来的?”引起室友热闹的欢笑。欢笑之后，南漳的一名女同学问：“你的‘前半儿、后半儿’是什么?”哦，我明白了：我的方言她们没听懂，我一下子尴尬了，默不作声。

快乐的时光总是短暂的，转眼期末测试结束，我的成绩班级第一，可是因为“口语”与“钢琴”两科不及格，奖学金被取消。我难过极了，懊恼自己：为什么在校园里遇到检查普通话的学生会干部就闭嘴？为什么上口语课不和同桌对话训练？为什么朗读课文的时候总是默不作声？所有的执拗与任性一瞬间消失了，方言土语难通话，心心相融普通话。于是，我开始讲普通话。

师范的化学课上，我发现化学老师口中出现了一种“新物质”，他总说我们初中学过，听了一节课我一头雾水，实在憋不住了，我举手提出异议：“刘老师，没学过。”刘老师认真地写下“氯气”二字。啊！我脑海里的“氯气”一直是“录气”，初中化学老师是这样念的。这让我尴尬极了。下课后刘老师问明原因，用书本拍拍我说：“好好说普通话，要让更多学生认识‘氯气’，不是‘录气’。”我重重地点点头。

当时正逢师范迎国检，“三字一话”基本功要人人过关。为了提升我的普通话水平，在寝室、教室，我都主动讲普通话，还参加了许多朗诵、演讲之类的活动，室友纠正过，老师让我重新读过。功夫不负有心人，终于在迎国检中，我的普通话测试过关——“二乙”。这份喜悦鼓励着我，夹杂河南、湖北方言的我终于可以不尴尬了。

回到家乡，喜爱理科的我踌躇满志，但阴差阳错地成了语文教师。教语文，普通话必须达到“二甲”，但我这个“二乙”要多尴尬有多尴尬。于是，我发奋学习普通话。课外时间听朗读录音，不停听，反复听；课堂上努力咬准平舌音、翘舌音，分清后鼻音、前鼻音，换气，重音，然后把自己朗读课文的声音录下来，发现不足，再读再录再听。有一次在课堂上放我的录音，学生竟然没有发现，我更有信心了，参加普通话水平测试，差 0.2 分与“一乙”擦肩而过，但我相信自己可以做得更好。

学普通话，一路走来，跌跌撞撞。普通话丰富了我的人生，增强了我的信念，给我带来了友情和信心，怎能让我不爱！

（作者单位：襄阳市襄州区古驿镇第二初级中学）

做更好的自己

关纯维

我出生在东北，但幼年时就随父母来到湖北，此后一直在这里学习、工作和生活。

我小时候住在一个部队大院里，部队里面训练、工作和生活中的语言都是普通话。父母的同事们来自天南海北，即便带有一定的地方口音，但他们都尽量说普通话。耳濡目染，我和小伙伴们从小就说普通话。

中学时，有位中年女老师，她是土生土长的武汉人，经常鼓励学生们多说普通话。为了说明普通话与武汉话在传达情感上的区别，她举过一个例子：有个人看起来身体不适，旁人用普通话问："您怎么了?"礼貌地表达关切。如果用武汉话表达相同意思，就是："你么样了啊?"听起来就不如普通话那么贴心。几十年过去了，我还记得老师当时绘声绘色地讲述这个例子的情景。同学们在学校里说的是普通话，但多数时候说的是带有明显方音的普通话，我们那时既没有形成学习标准普通话的意识，也没有学习标准普通话的氛围，大家主要忙于学习、考试，应对升学压力。

上大学时，同寝室的室友分别来自广东、广西、福建、河南、河北和湖北。我们日常交流都说普通话，只是普通话水平参差不齐。一位室友谈起蚊子会使用量词"头"，当她说"一头蚊子飞来了"时，展现在我眼前的虚拟场景是——至少和牛一个重量级的巨型蚊子，正在慢慢飞过。她这个用法不符合标准普通话的规则，经过我们多次提醒，慢慢地她便不再使用这个量词来形容蚊子了。我曾好奇地向广东同学学习粤语，却发现说方言比说普通话难多了。毕竟说普通话已成为自己的习惯，它已在语言意识中牢牢扎根。刚入学时，学校广播台招募播音员，有个室友跃跃欲试，她说自己在高中时曾在中学联欢会上担任过主持人。从广播台面试回来，她有些沮丧。面试时她先做自我介绍，然后按要求念地名“四川省成都市”和短句“你能奈我何”。她说她自己为了提高准确度，念得有些磕磕巴巴。这个地名和短句的发音中包含了平翘舌、后鼻音、鼻音，可以在短时间内考查应试者的普通话语音面貌，这考题不可谓不高明。我那时很胆小，以为播音员要求很高，便没敢报名参加面试，听她说了面试经历后，觉得也不太难，但已经错过了广播台招新的机会。

我有一个中学同学在师范院校上学，她跟我说她参加普通话测试并取得了二级甲等证书。在那之前，我只知道外语有等级考试，没想到母语也有等级考试。真正接触普通话测试是在参加工作之后了。依据相关规定，新入职教师获得教师资格证的条件之一是取得普通话二级乙等及以上的证书。学校师资部门从华中师范大学请来一位老师，为新入职的教师培训普通话，这位老师也是普通话测试员。老师在培训中介绍了许多与普通话有关的知识，在接受培训之前，我不知道普通话的语音语调有这么多规则，比如：上声发音要达到 214 调值才算到位，上声的发音在词语末尾和在句子中又有区别。测试那天，我有些紧张，不是担心自己达不到二级乙等，而是想考一个更高的等级。抽到测试题后，我浏览了一遍，没有生僻字，心中暗喜。再细看时，发现有一个“咆”字，我拿不准它的读音，但已无法查字典，只能瞎蒙了，我就念了“包”（bāo）。从考场出来后问其他同事，他们说是“咆哮”这个词语中的“咆”（páo）。我认识“咆哮”这个词，小学时就学过，但将词语拆开，就念错了。此后，我对这个字印象非常深刻。迈出考场时，我隐约听到考官在评价我的发音，年长的考官说我的后鼻音发音不到位，我有些疑惑：怎样发音才算到位呢？回忆起培训时老师讲过这个知识点，但自己当时没有重视。在此后的学习中，我明白了后鼻音发音的正确方法，也知道后鼻音发音不到位或发音过度都属于缺陷。

我在成为测试员之前，和一个当时已是测试员的同事聊起普通话，他指出我说话带有湖北腔，我很纳闷，不明白自己的湖北腔表现在哪方面，他给我举了个例子，比如：“电话”这个词语，它的重音在第二个字上。一般词语的轻重格式是中重格式，但是我有时念中重格式的词语，却把重音落在第一个字上。经他点拨之后，我掌握了这个发音要领。

我母亲说一口地道的东北话，我的普通话发音也受到她的影响。用

“chuàng”这个发音表达撞击或击打，是典型的东北方音。如果自己的头碰到了衣柜边角，我会说：我“chuàng”到衣柜上了。而实际上自己想表达的是：我“撞”到衣柜上了。有一回，我侄女指出我这个错误，她那时是一个小学生，已经认识了一些汉字，从那之后，我就改正了这个发音。

说普通话需要有良好的语言环境，我的大学室友毕业后回家乡工作，若干年后同学聚会时，我发现她的普通话退步很多，她的解释是因为在工作和生活中频繁使用方言，说普通话的机会很少。学习语言是需要经常练习的，所以在日常生活和工作中，我要求自己应该说标准普通话。一次和同事说到“召开会议”，我将“召”发成阴平（zhāo），这是多数人也能听懂的读音。我意识到自己将声调念错了，这个字应该是去声（zhào），马上又补充到：是“zhào”开会议。同事调侃我：“知道你是测试员，也不用这么吹毛求疵啊!”我觉得学习语言和使用语言应当本着精益求精的态度，及时纠正错误，力求发音准确。

在工作和生活中，我周围的人都说普通话，可能有时会带有不同地域的方音，我还没有遇到过语言交流有障碍的情况，所以对普通话的重要性没有足够的认知，直到一次旅游中的经历，让我体会到普通话的重要性。几年前，我坐火车去南方某城市旅游，下车后找不到预订宾馆的路线，那时还没有先进的网络地图，只能问路。我正巧看到车站内一个年长的乘务员在走动，忙上前问路，他听完我的描述之后，开始用方言给我指路，我听不懂他说的话，他又不会说普通话，看出我的失望和焦急，他开始四处张望，然后指向更远处一个乘务员，我猜他是让我换个人问路。幸好后一个乘务员会说普通话。我总算问到了去往宾馆的路线，心想：问路真不容易，尤其是当语言不通的时候；如果都说普通话，交流将会更方便。

大约十年前，学校选派我和其他几位同事去参加普通话测试员培训。那是我自从毕业以后最辛苦的一次学习历程，上课、备考、应考。备考时有种侥幸心理，觉得自己不会抽到60篇短文中靠后的篇目，就把备考重心放在前面的篇目上。考试的时候，我抽到的短文是第55篇《站在历史的枝头微笑》，当时就有点儿懵了，因为自己不太熟悉这篇短文，但是已没有足够的时间去熟读它。这篇短文中涉及很多“一”的音变，我已无暇顾及，总算比较流畅地念完了。当时有点儿懊悔：如果备考时认真些就好了。虽然在考试时有失误，但所幸还是通过了考试，成为 一名普通话测试员。

最近，一个与我同龄的朋友谈起她打算学习普通话，我很奇怪，问她为什么到了工作、生活稳定的中年还想学习普通话，她说是为了提升素质，丰富生活。她的回答给了我很多触动：学无止境，通过不断学习，去做更好的自己。

（作者单位：武汉工程大学）

"说"尽生活趣事 "话"出自信人生

周 黎

有一种语言，我们很熟悉，那是印记在骨子里的乡音乡情，它就是家乡话。

作为20世纪90年代农村出生的孩子，我从牙牙学语起，听到最多的是妈妈嘴中说的"恩气了么"（你吃了吗），见一次外婆就听她说一次"列伢又嗖了"（这孩子又瘦了）……前塘后山，满村游玩，都能看到乡亲们亲切的笑容，听到的是浓浓的乡音。

入学了，在师资力量缺乏的村头小学，也只能在课堂上听到老教师蹩脚的普通话："来，我们一起来读（dóu）一读（dóu）这道题目。"老师怎么教我们就怎么学，对说普通话毫无意识，只觉得那是一种跟我们平常说的话不一样但好像又有点一样的语言。课下，方言还是在教室的上空回荡。

说普通话的意识，还是读高三时产生的。那时，一群青春懵懂的女孩儿在课下幻想大学生活，不知谁突然提到，以后到了大学不会说普通话多尴尬啊，那岂不是跟哑巴差不多？如果别人听到我们蹩脚的"安普话"岂不是要笑死？于是，我们几个女生互相约定，以后不管是在课上还是在课下，都要说普通话。刚开始说的时候特别不适应，还怕被其他同学听到笑话，所以经常闹出"半普半方"的"夹生话"，闹出了很多的笑话。

在同学嬉笑声中，我们结束了紧张而充实的高中生活，步入了自由而有活力的大学校园。乡下娃来到这广阔的天地，看到什么都是新奇的。跟着学姐奔波在校园，办理烦琐的入学手续，什么都想问，但什么也不敢问，怕自己表述不清，内心满是自卑。我和来自黄梅的一个女孩分到了同系编导专业大二学姐的宿舍。她们来自五湖四海，南腔北调，多才多艺。黄梅女孩的地方口音比我还重，她能把"三能超市"说成"三轮超市"，把"鞋子"说成

“孩子”。与她对比，我的普通话好像还不错，所以我可以放心大胆地在她面前“口若悬河”，时不时还像个小老师一样，纠正她的读音。但在一群艺术生学姐的面前，我也闹出了一些笑话，还因此得了个亲切的绰号，被她们叫了三年。因为我喜欢吃学生街那家有名的鸭脖，所以隔三岔五地就会邀伴儿出去“觅食”，每次我在宿舍说：“我们逛街去吧，买鸭脖儿。”“脖儿”的音上扬而绵长，我的儿化音特别重，所以总能把学姐们逗笑，她们也学着我的发音，重复说着“鸭脖儿”“鸭脖儿”，于是，在411这个组合的宿舍里，我的名字就叫“鸭脖儿”了。因为“鸭脖儿”，我和学姐们的关系越来越融洽，我们一起看电影，一起逛街，一起吃饭，不再胆怯，不再害羞，想说什么就说什么，聊小时候爬树涉水的趣事，谈求学过程中的酸甜苦辣，说生活里的家长里短……说错了也不要紧，普通话一级乙等水平的湖南学姐和恩施学姐会及时给我纠正。我在谈笑风生中度过了迷茫而新鲜的大一生活。

大二了，要考各种证书了，普通话就是其中一个，没有普通话证是拿不到学位的。正好那年，迎来了普通话水平测试的改革，人测变成了机测，更加严格和公正，对我这个鼻边音和前后鼻音不分的湖北人来说，压力很大。但想想同为湖北恩施的学姐能拿到一级乙等证书，不就是因为她每天不停地练习，不断地纠正吗？所以，必须练起来。于是，清晨的早上，在弥漫青草香气的植物园里有我放声朗读的身影；休憩的午后，在安静的书桌前有我小声读名家作品的背影；闲暇的晚上，有学姐为我纠正发音的模拟考试场景。每天，我的嘴里反复说着“牛郎恋刘娘，刘娘念牛郎”，学姐不断地给我纠正着“chéng 功，而不是 chén 功”。

在不断的练习中，终于迎来了考试的那天。坐在计算机前，我小心地读着每个方块字，饱含深情地完成了命题说话。随着最后的提交试卷，整个人放松了下来，虽然我知道自己肯定达不到学姐的一级乙等水平，但考到二级甲等还是很有把握的。我自信地走出了考场。

接着，拿到计算机证、教师资格证、毕业证，一路都很顺畅，我走上三尺讲台，成为一名传道授业的语文教师。作为一名语言类教育者，我深知说好普通话的重要性，我的一言一行都会对学生产生影响，所以更加需要提高自身的专业素质，将中华上下五千年的文明、古今中外的文化精髓通过自己的言语传递给每一位学生，让他们感知文字的奥秘、书籍的芳香、语言的魅力。在一次次的演讲比赛中，在一张张的获奖证书中，我和我的学生们得到了肯定，收获了荣誉，也对说好普通话有了更深的认识。有一种自觉，叫作“我要说普通话”；有一种信念，叫作“我要说好普通话”；有一种自信，叫作“我能说好普通话”。

（作者单位：安陆市府城涢西小学）

学习普通话　筑梦教育路

程翠青

一提到普通话，我便不由自主地想到 30 年前踏进师范大门的开学典礼。班主任分享了一个故事，大意是，一个妇女在游船上突然大叫："我的 hái 子掉到水里啦！我的 hái 子掉到水里啦！""扑通！""扑通！"好几个人不约而同地跳进河里，捞了半天也没有捞到孩子，只捞上来一只鞋子，虚惊一场。当时我就在想，我们襄阳方言不就是把"鞋子"说成"hái 子"吗！另一位老师讲到，用普通话就骂不了人，说普通话能让人不知不觉地做文明人。我们新生就试着用普通话说骂人的话，可真是骂不成，那语调语气真的被削弱了。还有学生代表发言，讲他们村里方言惹出的事件。后来，我将这些事例写成感悟，还发表在普通话推广校报上呢。

真正体会到普通话的美，也是在上师范期间。每天清晨，或浓或淡的雾浸润着教学楼，缭绕着杉树林，缠绵着桂花香。教室里灯光从窗户射出，穿过薄雾，斜斜地从杉树枝叶间泻下，朦朦胧胧洒向地面。整个校园像蓬莱仙岛，似仙山楼阁。我们师范生踏着整齐的步伐，喊着响亮的口号。晨跑就像徜徉在云的海洋，晨读就像飘荡的天籁之音。看毕业留校任教的学长学姐们夹着书，戴着红袖箍，宣传推广普通话，听学弟学妹们朗诵诗词，新的一天以晨雾拉开序幕。那时那景，使我不由提笔写了篇散文《晨雾》，交到了校广播室。同桌说，写得不咋样，但从广播里传出来的普通话，却显得文字那么优美，意境那么醉人，柔美中充满浪漫，仙气飘飘，又催人奋进。原来普通话可以"精装修"文字。

中师期间，忘不了被抽到名字参与普通话竞赛的欣喜雀跃，忘不了从图书室借《语言基础知识》书过目不忘的韧劲，忘不了随身携带手抄常用 3000 字及音节随时练读的毅力。

一提到普通话，我便不由自主地想到普通话水平测试。那是上班后才结婚时，我和丈夫第一次同赴考场。命题说话，我讲的是师范开学时，民办教师大姑对我的叮咛：爷爷是40年代村里第一个师范毕业的教师，被人尊称为“先生”，继承教师“衣钵”的我要在师范院校获得真才实学，才不误人子弟。我在师范学习期间，文化课一直保持前三，获得奖学金，短跑、长跑、乒乓球、排球、武术操，样样取得名次。我讲话语言流畅，语音标准，语法规范。普通话测试员听得频频点头微笑。作品朗读，我抽到的是朱自清的《春》。走出考场，丈夫的一位同学对丈夫说：“这是你女朋友呀，人长得漂亮，普通话也读得好，我在教室门外听到她读朱自清的《春》，真让人陶醉!”

丈夫教九年级数学，他觉得教数学的，普通话二级乙等就够了。支教时，他到教学点教小学二年级语文，有一次上《秋天到》，把“高粱涨（zhàng）红了脸”读成了“zhǎng 红了脸”。二年级的小朋友对他直言不讳：“老师读错了。是‘zhàng’红了脸。还是从中学来的老师呢!”丈夫下班后告诉我，他当时感觉自己的脸火辣辣的。于是每晚放学回来，我都陪着丈夫读课文，纠正他的发音，指导他有感情地朗读。支教结束后，丈夫的同事们一致认为他的普通话今非昔比。在和丈夫切磋交流的过程中，我的朗读水平也得到一定程度的提高。感谢这些孩子们，教学相长，让我们找回了在匆匆步履中渐渐消退的工作激情。

工作之后，有一次父亲住院，医生发药，我随口说“头孢克肟（kuī）分散片”。医生说：“克肟（wò）分散片。”“一字之师”啊！都说活到老学到老，从事教学的我怎能停下学习的脚步。常用3000字远远不能满足学习的需要。感谢身边有缘人，让我再次燃起普通话学习的动力。

非师范专业毕业的侄女想从事教育工作。我叮嘱她，大学期间一定要考取教师资格证和普通话等级证书。侄女很争气，考取了高中教师资格证和一级乙等普通话证书，如愿以偿地进入了福建省教师队伍，成为我们家第四代教师。今年，我的女儿也考取了师范大学，真是一门师表，三尺讲台，代代相传。

如今我的床头又重新摆上了《普通话培训与测试》一书，我和女儿总是通过微信视频交流学习普通话的心得。温故而知新，重拾普通话，也使我发现了自己以前没有注意到的一些读音问题。

一家四代教书人，桃李天下家风传。普通话的学习，激起了我们严谨工作的热情，点燃了我们追求梦想的激情，促使我们家族永怀教育情怀，坚持教育精神，共同努力，一起进步。

踏上普通话学习之路，开启筑梦之路，开创积极人生，追求高品质生活。

（作者单位：襄阳市襄州区黄集镇中心小学）

坚　持

曹　洁

出生在 20 世纪 80 年代的我，接触普通话那是在电视里。身边要是能听到普通话，便觉得稀罕。那个时候，会讲普通话，高级感立马提升。如今的我是一名教师，已经用普通话从教 20 余年。

1988 年，我迈入了小学的门槛，一位漂亮温柔的女老师教我们拼音。她是全校老师中两位用普通话讲课当中的一位，虽说那个普通话拿现在来考核，绝对过不了关，可在那满口乡音的氛围中，这成为绝对的优势。尽管说着说着就变调了，就像唱着唱着跑调了一样，但对那时的我来说绝对是一种抑扬顿挫。还有一位会讲普通话的老师在三年级。后来，他成了我的语文老师。之前就听过他的大名，因为他是全校普通话讲得最流利、最标准的老师。果然，我信服，直到现在，我也认为他实至名归。要说第一位老师是启蒙老师，而真正在我心里播下普通话种子的便是我的这位陈老师。他纯亮的嗓音，富有情感，一度成为我崇拜的偶像。我的老师和电视上的人物一样，讲着标准的普通话。和其他老师所不同的是，他不仅坚持上课讲普通话，下课与我们交谈也用普通话。我们的大脑转换不过来，认为普通话乃是上课的专用语言，倘若平日里讲，那是在卖弄。陈老师给我们做了很好的示范。有了他的引导，我们用普通话交流不再别扭害羞，也不怕异样的目光，甚至还有种优越感。在班上，我感觉自己是最被优待的一个，因为陈老师在朗读、口语交际等方面特意引导我。记得在一次语文课上，就一段美文，陈老师先一步步引导全班朗读，接着他点兵点将，一直不尽如人意，轮到我读，老师紧皱的眉头舒展开来，露出了满意的笑容。应该是老师方法得当，也可能是孺子可教，总之，老师大为欣慰，要求全班同学为我鼓掌。随后，老师总是特地“培训”我。

进入中师，“请说普通话，请写规范字”已然成为我们学习的准则。在城乡差距明显的初始阶段，我因为可以吃点老本，所以还成为班里的普通话辅导员之一。那时，学习普通话的氛围很浓。我们无论课上课下都倡导讲普通话，谁不讲普通话，就觉得不合时宜。早上晚间还有专门的口语训练，连周六上午都安排训练普通话。经过一学期的勤学苦练，“城乡差距”“方言普通话”已经被消灭。这样的训练持续了三年，所以最后我们拿到的普通话证书，绝大多数都达到了二级甲等。

1999年毕业后，我回到了最初的母校。花园式楼房替代了我上学时的危房，大部分老师都能在课堂上用普通话讲课，只是有一点，因为这里是农村环境，学生还是不习惯讲普通话。我带的是二年级。我决定用当年陈老师影响我们的方式来影响他们。我和全班同学约定，无论课上课下、校内校外，坚持讲普通话。刚开始，孩子们还有点害羞，在我的引领下，慢慢地，一个、两个、三个……校园讲普通话的氛围就浓了起来，大家用普通话交流已经习以为常，不再被嘲笑，也没有了害羞，而是肯定与自信。

与此同时，我感觉学校、社会上推广普通话的力度越来越大，每年开展各级的普通话比赛。我作为语文老师，被学校举荐训练普通话，为学校培养讲普通话的苗子，然后参加校级、镇级、区级、市级的朗诵或演讲比赛，经常披星戴月，加班加点。虽说是农村学校的孩子，可是经过千锤百炼也能与城市的小孩站在同一个舞台，追逐梦想，还能抱得大奖而归。辛勤的汗水终究浇灌出了成功的花儿，每当此时，所有的付出和努力被鲜花和掌声笼罩着，内心所有的劳累、忐忑、紧张都在那一刻烟消云散。

在学习普通话的历程中，我真正感受到了教学相长。在教中学，在学中教。我自己也会参加大大小小的普通话比赛。那是2009年，区里要举行“做最好的自己”的演讲比赛，校长直接点名要我参加。说真的，当时在农村中学的我要去和市内的高手较量，一开始，我感觉有千斤重担压着，焦虑失眠，甚至产生了想弃赛的感觉，但转念一想：平日里我怎么鼓励学生的？难道我还不如自己的学生勇敢吗？无论如何要完成任务，绝不辜负校长对我的信任，一定要做学生的好榜样。于是，我开始认真练习，迎着朝阳，伴着晚霞，或睡前，或醒来，或空闲，都在演练。眼神对着镜子，从声到形再到神，把自己调到最佳状态。到比赛的前一天，我已经可以熟练驾驭，登台有了十分的信心。结果，当我走下台时，我收到了雷鸣般的掌声。三十几号人，我排名第四（一等奖设三名），有一点小遗憾，无缘一等奖。但这有什么关系呢？在走出教育局的那一刻，我立马给校长汇报战绩，当然收到了肯定和鼓励。放下电话那一刻，只觉得天很蓝，自己如同一朵白云悠悠于广袤的空中。

因为经常参加一些普通话比赛，慢慢地，自己的基本功和经验得到了积累，在紧要关头，我还是能够出色完成任务的。那是 2011 年一个秋季（我刚进入十中不久），中午放学的时间，书记找到我，要我第二天下午去参加演讲比赛，而且还要自创原稿。这么急，可是无论怎样，我必须接受这个任务。下午立马赶稿子，晚上背稿子。那个晚上，我大概就睡了三个小时。第二天上午，我反复尝试练习，但还是会卡壳。我第一次急哭了，后来书记安慰我、鼓励我，我才慢慢定下神来，在心里不断地给自己打气，告诉自己，一定要努力顶住。走向赛场的我犹如一位“壮士”，表现出背水一战的风范，最后居然很流利地完成了演讲，而且比以前任何一次演讲都好，也取得了不错的成绩。书记向我投来赞许的目光。捧着奖品，收获鲜花和掌声的那一刻，我热泪盈眶，因为这次比任何一次难度都高。

时间飞快，往事历历在目，那么清晰、真切。我继续在自己的岗位上，不忘初心追梦。我和我的孩子们已经完全能用普通话交流。家庭、学校、其他场所，大家也都可以自然地进行普通话交流，沟通已无障碍。我们已经形成了用普通话沟通的习惯，这大概也是几十年来国家大力推行普通话的结果吧！在普通话的路上，我不禁感叹：贵在坚持。

（作者单位：黄石市第十中学）

汉语拼音伴我行

彭先友

我是1966年出生的人，现已五旬有余。一提起全国通用的普通话，真可谓与它结下了不解之缘。从接受农村中小学基础教育不断学习汉语拼音，学练普通话，到大学中文专业系统学习汉语语音，苦练普通话，再到从事教育工作，运用普通话上课，我与汉语拼音相依相融，从未间断。汉语拼音伴我一路同行，还是有一些故事永生难忘。

一、学生时代必学普通话

小学低年级韵母表“a、o、e、i、u、ü……”，合读拼音方案；声韵表“a、b、c、d、e、f、g、h、i、j、k、l、m、n……”，诵唱拼音儿歌，如今时隔几十年，仍然回响在我的耳畔。

汉语拼音是我小学时期学习语文的好帮手，当我遇到不认识的汉字，总是拼音帮助我。汉语拼音是认汉字的基础，汉字的音、形、义是三位一体的，这个知识在那时我只能隐约感受到一点。有一天晚上，我正津津有味地朗读毛泽东的《论批评与自我批评》，突然遇到了一个不认识的字，就是“流水不腐，户枢不蠹”中的“蠹”，像吃饭哽噎似的，大叫起来：“爸爸，快来呀！你看，这个字念什么？”读过私塾的父亲走过来大声告诉我：“查一查你的《新华字典》，它就是你的识字老师。”我听了父亲的话，急忙查起了字典，找了半天，又叫了起来：“这个字的部首是什么呀？到底读什么音呢？”看到父亲默不作声的样子，我便大哭起来。后来，才明白字音与字形相互联系，两者都是有讲究的。

小学三年级的我，作为声音洪亮的拼音爱好者，被村小的校委会选中，担任全校的领操员。广播体操的口令——“第一节，伸展运动，一、二、三、四，五、六、七、八……”一字一顿，有板有眼的普通话，回荡在整个操场。当时我们村里的下乡知青开辟了村广播站，看中了我，邀我参加午间播音。我把《农业学大寨，工业学大庆》的专题节目广播得声情并茂，深受广大村民喜爱。在他们赞不绝口的鼓舞下，我更有动力投入到学习文化知识中。学校举行字词听写大赛，读拼音、写汉字、组词语的综合活动，我全都勇夺桂冠。五、六年级期中和期末语文、数学全乡调考，我的总成绩名列前茅，学校敲锣打鼓地送喜报到我家，那时的我别提有多高兴，这里面都有汉语拼音与普通话的功劳啊！

到了初中和高中，学业课程陡增，但课堂上总离不开朗读与口头说话，凭着小学阶段的基础，我读现代文《可爱的中国》、古诗《伐檀》朗朗上口，与同桌竞争朗诵，普通话字正腔圆。记得读中文系汉语言文学专业时，我被遴选担任诗朗诵的表演者，《青春之歌》的吟诵赢得了师生们的高度评价。

二、教师职业必讲普通话

自从走上教育工作岗位，我讲普通话便成为一种习惯。常言道：“普通话是教师的职业语言。”作为一名语文教师，更要说好普通话，使普通话不只是落实在教室内、课堂、演讲会上，而且要贯穿到课外每个角落。当初，我兼任学校共青团广播辅导教师，示范播音了《文苑漫步》《故事小品》《名人轶事》《广播评论》等栏目，学生播音员得到了长足的进步。当然，我的普通话训练经历了漫长的时间，由1990年的普通话理论知识测试过关，到1996年湖北省普通话水平测试二级乙等，再到1999年提高为二级甲等，真是功夫不负有心人，终于在普通话的追梦路上，梦想成真。其间，在一个暑假里，我参加了教师普通话等级提升的学习培训。当时我手捧湖北省普通话水平测试的统一教材，备感压力山大，于是从新华书店购买了西南大学出版社的训练磁带，反复聆听，大胆动口跟读，那8盒磁带不知重复播放了多少遍。培训课堂上，文梅生老师的教学示范标准有力，指点到位，但对我这个基础薄弱、起点较低的人来说，似乎要求过高，一下子难以增强口试能力。然而，文老师一对一地耐心指导我，鼓励我突破易错点、重难点，帮助我辨正易混声韵母、音变轻声，大幅度提高了我的朗读水平。课余回到家中，我加班加点参照《普通话知识与训练》（湖北省语言文字工作委员会组编）标准，重点练习说话环节，录音—矫正—再录音，直到能熟练运用为止。

后来，我在新世纪“中华魂”的教师演讲决赛中荣获第一名，在语文同题异构优质课比赛中取得一等奖。这些成绩的取得离不开汉语拼音和普通话的功底。

三、社会交际必用普通话

随着改革开放的春风吹遍神州大地，社会生活越来越快捷、高效和丰富，人们使用普通话的必要性和重要性愈显突出，使用普通话的自觉性愈发强烈。“说好普通话，方便你我他”早已成为人们的普遍共识。当今，各级各类学校重视普通话的素质教育，新闻媒体示范普通话的标准导向，公务机关、社会服务窗口发挥普通话的带头作用，“人同心，语同音”，使用汉语拼音，推广普通话有了更浓的氛围。

现在是21世纪，电脑、手机很普遍，汉语拼音走进了千万家。人们从中搜索文字资料，查找相关信息最常用、最普及的输入模式就是拼音输入法。普通老百姓进行QQ聊天、微信交流、微博对话等，总喜欢用拼音转化为汉字。汉语拼音为人们与汉字之间架起了一座桥梁。

诚然，随着社会信息化水平的不断提高，人们在日常交流和生活工作中使用汉语拼音与普通话显得尤为重要。普通话的熟练运用，既能提高工作效率，又能体现文明风貌。祝愿人们与汉语拼音、普通话一路同行！

（作者单位：汉川市实验高中）

突破自我

李子燕

作为“90后”的我，上小学时正是大力推广普通话的时候。当时，老师要求我们在校内必须讲普通话，也鼓励在校外讲普通话。一次班会，班主任专门组织了一场普通话大赛，以选拔班级普通话推广员。当时想当班干部，肩带徽章的小心思在萌动，在比赛前，我将朱自清的《背影》反复熟读，最后如愿以偿地当上了班级推普员。推普员除了要完成老师交代的任务外，还要自己做表率，时时刻刻要讲普通话，并监督班上的同学说普通话。记得有一次，班上有一个同学不讲普通话，还用方言骂人，较真的我上前拉住他的胳膊，一顿说教。那位同学立马用手一推，大声呵斥道：“你不就是个推普员吗？管得真多！我就不说，你奈我如何……”斯文小丫头和蛮横小子杠上了，于是闹到了办公室。班会课上，老师对那位不说普通话的同学进行了批评教育。后来，在学校和老师的号召下，在推普员的监督下，校园里说普通话成了一股风气。同学们都爱讲普通话，觉得很好听，又洋气。老师们上课也都说普通话，年轻教师的普通话更是吸引人。年纪大的教师说起普通话来带着浓浓的地方色彩，每次一开口，我们总是抑制不住地想笑，但时间长了，我们也就习惯了。

进入高中，学校招募校园广播员，蠢蠢欲动的我积极报名参加。评选时也是用普通话比拼朗诵功底。当时我抽到的是徐志摩的《再别康桥》，准备时间只有五分钟。由于上台表演时过于紧张，情感没表达出来，评委听完后觉得如同白开水般平淡，我这次的广播员评选失败了。我虽然有些失落，但这一次的经历印象深刻。在日后的学习中，我明白了说普通话不仅仅是咬字清晰，还要注意语调、感情的抒发。

我的大学是在外地读的。到学校报到是我第一次出远门，第一次坐火车。

火车上的乘客用各地方言、各种腔调聊天，有的听得懂，有的如同鸟语一般不知所云。我第一次感受到在中国还有听不明白的话，知道同样一句话还可以有不同的腔调。到了学校，同寝室的室友来自内蒙古乌海、浙江诸暨和湖北黄冈、洪湖、十堰、竹山等地，家乡话自然各有特色，有时还会闹一些笑话。记得有一次在浴室洗澡，洗完我才发现洗漱用品没带，于是就向在门外站着搓洗衣服的晶晶求助。晶晶问："干甚?"我在浴室里大喊："袱子，袱子！请把我的袱子递进来!"门外一脸懵的晶晶说："啥？袱子是什么?"着急的我强调说："擦身上用的，袱子。"晶晶还是没听明白，问："是身体乳吗?"反应过来的我解释说："不是，是擦干身上水的，毛巾!"听到"毛巾"二字，晶晶才豁然开朗，笑着打趣道："袱子，原来真的是毛巾呀!"像此类的囧事还有很多。

要说我的普通话水平能有质的飞跃，还得感谢大学时的语文老师艾老师。大二时学校开了一门普通话课，是针对师范生考普通话等级而设置的。那时艾老师像小学启蒙老师一样，耐心教我们每一个字词的吐音，课后给我们布置一些练习作业。为此，我每天睡前都会将字、词、句及文章拿来练习，请普通话说得好的室友帮忙听一听。日积月累，我的普通话水平有了很大的提高。后来，在普通话水平测试中，我考了 90.6 分，二级甲等。虽与"一乙"有一点差距，但达到了师范生的要求，突破了自我。

（作者单位：应城市田店镇中心小学）

激　励

刘　菲

儿时的我便对那些善于言语表达的人心生爱慕，会细细地听他们说，甚至偷偷地模仿起来。现在想来，那就是用普通话进行表达。正是基于这份热爱，我在普通话这条路上继续走着。

大学，我报考了语文教育专业。当时普通话考级，院里有两位同学上了“一乙”，我差1.8分。有差距，但总觉得自己也行。毕业后，通过湖北省农村教师招聘考试，我回到了校园，在生养自己的家乡当了一名老师。在这所村小，我作为一名新老师，得到的学习和锻炼的机会比较多。当一个人对你讲你的普通话说得好，你会微笑示以谢谢；可是当很多人都对你这样说时，你就会开始想：是不是真的挺好呢？能不能更进一步呢？带着这样的想法，也是为了弥补之前的遗憾，我又开始了考普通话之路。在日常教学中，我会有意识地规范自己的言语表达。私下得空，我就钻进《普通话培训测试指要》；耳机常常携带，时不时听听范读、练练耳朵，也绕绕自己的舌头。2018年，鄂州职业大学举办了一次短期的普通话测试培训，我参加了。跟着专业老师好好上了两天课，可能是老师的点拨，加之自己的积累，接下来的一次考试，我顺利地通过了“一乙”，感觉自己还真行呢。

再对自己有进一步要求时，是参加镇里举办的庆祝新中国成立70周年活动的演讲比赛。作为参赛选手，看到评委老师们，我感到了活动的隆重。评委中有我非常喜欢的一位老师——邱老师，她还有另外一个身份——省级普通话测试员。演讲比赛后，邱老师就当天选手们的表现做了一次点评，她在这样一个公开场合，倡议大家也可以像我一样尝试去考“一乙”，去规范自己的吐字发音和言语表达。我很讶异自己考级的事被关注了。当天活动结束后，邱老师鼓励我考普通话测试员。是呀！不是对语言文字的热爱，自己也不会这么执着。不是长期的努力和积累，也不会取得大家认可的成绩。我为什么不可以再试试呢？2020 年，在邱老师的推荐下，我获得了湖北省第 35 届普通话测试员培训的机会，为期 8 天的培训学习，我又顺利地获得了省级普通话测试员的资格。

很多时候会想自己很幸运，很多时候会想要感恩。感恩自己在这样一个温暖的教育系统，有前辈的提携，有单位的支持；感恩各级领导对语言文字的重视，让我们这些语言文字爱好者能有专业的学习机会。未来，我将珍惜每一次普通话测评，把手头的工作做扎实。同时，我也会在这个领域更好地为单位、为教育系统尽自己的绵薄之力。今年，学校开展经典诵读活动，我被推荐为组织者，义不容辞；镇里组织庆祝建党百年的大型活动，我被推荐为主持人，全力以赴；区里的诵读比赛，学校推荐我参加，我也会积极准备。

在这条路上，最幸福的是有同行相伴，亦师亦友。晚间 10 点，我得去听听我的老师读她的每日一诗了。明早的晨读，我也会为我的学生们继续读我的每日一文。老师说，她担心不练习，自己的舌头会不灵活，我知道，她对诗、对朗读是多么热爱。老师在引领和鞭策着我，我也会激励我的学生用规范的普通话朗读。想一想，自己笑了。

（作者单位：鄂州市鄂城区花湖镇新建小学）

普通话的温文尔雅

周子龙

小时候，印象最深刻的是我的语文启蒙老师，她是我心目中的偶像。我最喜欢的课，就是语文课了。每当她走进教室，仿佛一阵春风，带来了朝气与无限的生命力。听她讲语文课，我们满心欢喜。尤其是她的声音，让我感觉到是那么清脆，那样的温文尔雅，是她教会我识音、辨音和认字。生在农村的我，是听着父母口中的家乡话成长的，而语文老师这样标准的普通话让我再也不想讲方言了，同时也有一颗小小的种子在萌生、发芽——长大了我也要讲标准的普通话。

学习普通话，对于我并不是易事。我的语文启蒙教育很晚，我七岁之前都是跟着父母说地地道道的家乡话。家乡话“n”和“l”是分不清楚的，“z”和“zh”都念“z”，习惯以后想改过来就很难了。我很认真地去读每一个字，如果读得太快，舌头根本就捋不直，我很想放弃。幸得 2015 年的一次区团代会，我作为代表参会。第一次参加这种庄重而又严肃的会议，注意力非常集中。大会开始，我在现场听到了如电视里主持人讲话一般的声音，我肃然起敬。一个男生竟然可以将普通话说得这么好，他就坐在我的对面，一丝不苟地朗读着区政府的文件，显得庄严而肃穆。电视里的声音标准却很遥远，然而对面这个比我还小的男生，讲着标准的普通话，这种真实存在感让我非常羡慕，羡慕他的声音。于是，我便下决心考普通话资格证书。

我天生比较腼腆，但为了普通话，我拼了。一直不敢在众人面前大声朗读，这一次我鼓起勇气开始讲比较拗口的普通话，同事们笑话我，我没有退缩，慢慢地，我的普通话变得标准多了，后来也如愿拿到了普通话资格证书。有一个同事看到我的努力，深受感染，也开始练习普通话，最后也成功获得普通话资格证书。看着证书，我心里美滋滋的。它是努力换来的肯定。普通话的魅力也迫使我为之奋斗。感谢身边的遇见，是他们成就了我，我的语音因他们而改变。

有了教师资格证以后，我顺利地考上了我向往的职业——乡村教师。我刚到孝感的一所农村中学，这里的学生交流都用当地方言，教师上课也是一嘴的孝感腔调，我很不适应。有一次，我听一位老教师上课，学生们非常认真，可是这名老教师满口的方言，学生在下面跟着他用方言齐读文章，我的内心五味杂陈。于是，我下决心要改变这种状况。我极力向办公室主任提出推行“普通话进校园行动”。虽然开始效果不明显，但是我不放弃，无论在什么场合我都跟学生说普通话，即使他们开始不适应，后来也慢慢理解了我。我把我的故事讲给学生们听，学生们有了触动。经过努力，学校的“普通话进校园行动”如火如荼地开展起来。后来，学校要求教师必须用普通话上课，这样普通话进校园工作变得顺利了很多。现在我校教师基本上都用普通话上课，学生也发生了很大变化，我从他们眼中看到了我小时候见到的语文启蒙教师身上的那种温文尔雅。

当看到学生身上的那种温文尔雅，我更坚定了我脚下的路——留在农村，让学生说好普通话，让学生变得更好。

（作者单位：孝感市孝南区杨店中学）

我和普通话的情缘

陈华英

我和普通话的情缘要从上师范的时候说起。在这之前，我从没有接触过普通话，一直操着一口土生土长的方言，并不觉得我的人生有什么缺憾。直到1996年9月，我来到襄阳特殊教育师范学校，才第一次接触普通话。室友们来自五湖四海，河南、陕西、广东以及湖北省内各个地区的都有。其中，给我印象特别深的是一位宜昌的女同学，她的家境比较好，是在市中心上的学，不仅人长得漂亮，还讲一口流利的普通话。她说话似江南女子在浅吟低唱，悦耳至极，同学们都选她为班花。好羡慕老天为何如此宠爱她，不仅赐予她美貌，还给了她一副天籁般的嗓音，她在我心中就是仙女一样的存在。而我自己像一只丑小鸭，长相平平，成绩一般，浓重的乡音让我不敢轻易开口说话，那时，我就在心里默默定下一个目标，一定要说好普通话，能跟同学们顺畅地交流，让自己变得更自信。

说好普通话，说起来容易做起来难。我们应城方言和普通话真是天壤之别，不仅边音和鼻音不分，前鼻音和后鼻音不分，还平、翘舌音不分，“in”和“ian”不分，没有儿化音、轻声……还记得那时候每天早上推普委员会带领同学们读字、词，然后用录音机播放老师的示范朗读，每周晚自习都会有三分钟的即兴演讲。由于我勤学苦练，加上性格开朗，所以当同学们你推我阻的时候，我总是第一个自告奋勇地上台演讲。虽然出过很多丑，闹过不少笑话，但我惊喜地发现，我的这种初生牛犊不怕虎的精神不仅提高了表达能力，还锻炼了心理素质，着实让普通话长进了不少。

上师范三年级的时候，我迎来了学生时代的高光时刻。其貌不扬、学习成绩平平的我居然普通话等级测试考了个一级乙等，95.2分，全班第一。快到考试的前一周，同学们拼了命地抓紧时间练习普通话，由于用嗓子过度，一个个声音沙哑，教室到处充斥着金嗓子含片的味道。我却跟他们相反，担心考试的时候出状况而影响发挥，最后几天一直保护着嗓子，并没有加大训练的强度。考试当天，我抽到的说话题目是“学习普通话的体会”，心里不禁一阵窃喜，这个话题我真是有太多话可说了。从当初畏手畏脚地说着蹩脚的普通话，到现在能自信大方像主持人一样流利地表达，没有人比我自己更清楚其中的艰辛和痛楚。记得当时考完后，礼仪员送我出来的时候对我说：“祝贺你，同学！你一定可以得到一个好分数！”我惊喜地问她：“真的吗？”她说：“我看到你在说话的时候，考官一直微笑着，频频点头，所以请你相信我，回教室去等好消息吧！”我半信半疑地走回教室等待结果，一路上我觉得好遗憾，由于过度紧张，都没敢跟考官对视一眼，不知道他们是怎样的表情。

说到考试结果，当时还发生了一点小插曲。当所有的同学考试完毕之后，没过多久，班主任来教室叫了两位同学出去，说是要复试。同学们在教室里七嘴八舌地议论纷纷，他们说肯定是把成绩最好的和最差的带走了，其中就有我们班的班花，那个宜昌的女孩；还有一个武穴的同学，家乡口音不知道多重，平时周末的时候跟家里人打电话我们一句也听不懂，就算他和我们交流的时候讲普通话，我们也经常听不懂。我们一直在教室等结果，那个过程很煎熬，好想知道自己考了多少分，但又害怕知道结果，心里一直忐忑着。没过多长时间，那两个同学回教室了，班主任开始公布考试结果。虽然已经事隔二十多年了，但那天的场景仍然记忆犹新。我清晰地记得，当时老师没有念名字，而是念的序号，当我听到自己的分数是 90.5，达到一级乙等水平的时候，并没有过多的高兴，因为班上大约有三分之一的同学都考得非常好。等所有同学的成绩公布完之后，大家都在猜谁是最高分，班主任微笑着对大家说 17 号陈华英同学。不仅同学们很意外，就连我自己也不敢相信，我们都以为最高分会是那个宜昌的女孩（她是推普委员）。后来才缓过神来，由于过分紧张，我把自己的序号记成了学号 22 号，竟然不知道我的考号就是 17 号。好几个室友跑过来向我道贺，我不经意间看到那个宜昌女孩眼眶红红的，直接说不当推普委员了。虽然我是全班最高分，内心有些许激动和骄傲，但看到那个女孩情绪十分低落，就不好意思把这种喜悦表现在脸上，尽量保持表面的平静和淡定。

毕业前夕，下一届的学弟学妹们也要考普通话了，班主任选了我和宜昌的那个同学为学弟学妹们辅导一周，每天晚上带领他们一起朗读的时候，我又想起自己曾经备战普通话的点点滴滴。虽然自己只是年长一岁的学姐，但是站在台上的时候，我已经提前进入了角色，把自己当作一名老师了，我尽职尽责地辅导每一位同学，希望他们都能够考试过关，还热情地把我宿舍的电话告诉他们，让他们只要有不懂的随时叫我。中午和晚自习后，经常会有学弟学妹打电话来，室友们真是不堪其扰，只要电话铃一响，就集体把眼光投在我身上。看到我耐心地给他们讲解要领的时候，室友们既羡慕又忌妒，我的虚荣心得到了大大的满足。

工作没多久，我按部就班地结婚生子。2008 年 6 月的某一天，我平静的生活被投入一枚小石子，荡起了层层涟漪。聂校长把我叫到办公室，让我参加应城市中小学教师普通话大赛。其实，对于普通话，我一直是十分热爱的，但考虑到孩子太小，会分散我的精力，没有充足的时间来好好准备，加上毕业这么多年疏于练习，不知道当初的功底还在不在，所以有点惶恐，害怕不能够取得一个好成绩，给学校丢脸。可是经不住同事和校长的再三鼓励，校长说："我们特殊教育学校的老师能够和普校的老师同台竞技的机会并不多，这次是我跟教育局领导争取才要来的一个名额，你一定要珍惜这次机会，可不能浪费指标。"同事们说："你的普通话不会比普校的老师差，要有信心，等你比赛的那天，我们都去为你加油鼓劲。我们相信你一定能取得一个好成绩的！"就这样，在大家的鼓励下，我接受了这个光荣任务。因为我特别喜欢散文，所以选了朱自清的《春》。那段日子，我每天都会到校长办公室读给她听，几个学姐也轮番指导我的台风、体态、表情、眼神、气息……

等到正式比赛的那天，我紧张的手无处安放，一个劲儿地深呼吸，几位学姐同事都到场了，她们说尽力就好了，不要有太大的压力，就当是过来观摩学习的。细心的姐姐们还带了纸和笔，记了每一位选手的打分。虽然我的表现并不差，但无奈高手如云，一等奖名额有限，所以我仅得了个二等奖。本以为比赛结束后可以安心地休假了，没想到暑假的一天，我接到教育局领导的电话，让我好好准备一下去孝感参加中小学教师普通话比赛。我当时整个人都是懵的，因为我不是一等奖，只有前六名选手才有资格去孝感参加比赛，以为打错了电话。领导告诉我，实验小学有一位老师临时有事不能参加，所以我是替补的。领导说："那天预赛我是评委，你的表现我都看到了，音色不错，普通话也没有多大的问题，就是在语气和体态上拿捏得更到位就好了，才艺展示、手语歌也给我留下了深刻的印象，所以这次机会给你，你一定要好好珍惜。”挂完电话，我既兴奋又害怕，兴奋的是居然有人记得我，认可我；害怕的是，感冒咳嗽，嗓子十分沙哑，会影响效果。再说，孝感地区的比赛比应城市又高一个档次，我对自己参加决赛没什么信心。校长知道我生病后，亲自给我送来罗汉果、菊花茶、金银花……并且亲自指导每一个要领，连穿什么服装、梳什么发型都有严格的要求。她说：“要么不做，要做就做好。”比赛前的那一段时间，我每天都会去校长办公室朗读。校长本人也是一名普通话爱好者，当她觉得我读得不达标、不满意的时候，她会声情并茂地亲自示范，有时候还会加上手势动作和肢体语言，仿佛她就是即将参赛的选手。她要求我把每一次练习都当作正式比赛来对待。每一次诵读，她都为我计时，过快或者过慢都要挨批，才练习了一天，她就要求我脱稿。练习了一周后，我好像进入了瓶颈期，读三遍和读十遍的感觉是一样的，并没有明显的进步，校长看在眼里，急在心上，她说：“我只是朗诵爱好者，并不专业，我们不能再闭门造车了，必须请专业的人士来进行指导，这样才会有质的提升。”她不顾40度的高温，骑着自行车到处帮我请高人，把应城市最优秀的“金话筒”主持人请来给我单独辅导。经过行家的点拨，我的普通话水平确实有很大的提升。比赛那天，如果能够正常发挥，应该问题不大。不过，最令人担忧的还是我感冒引起的咽喉炎，要么喉咙奇痒无比，要么咳个不停，我的心情十分郁闷。聂校长鼓励我说：“沙哑也是一种美，会让你的音质更有磁性，周迅的嗓子就很沙哑，但是她唱歌却很动听啊！”我被她的幽默逗笑了，便放下了顾虑，如期参加比赛。虽然比赛结果我还是千年老二，但我觉得能够出来学习一下，见见世面也挺不错，只要全力以赴了，结果并不重要。

可能很多人不理解，“特校”老师普通话好不好有什么用呢？面对的不是听障孩子，就是多动症、孤独症孩子。如果认为这些孩子不愿与他人交流，那你就大错特错了，在我们这里学好普通话同样重要。我常年教语文，还带低年级学生的语文训练课，有极个别孩子听力受损情况不严重，有残余的听力可以感知外界的声音，我们会在语言康复科上对孩子进行反复训练。日常生活中，借助助听器或人工耳蜗，我们希望孩子经过语言训练后能过正常的生活，回归社会，所以我们更注重口语教学，手语仅是辅助而已。为了让他们学会“爸爸”“妈妈”这些简单的词语，我不知道带领他们练习了多少遍，每次上完“语训”课，嗓子都要冒烟，曾经的金嗓子一去不复返了。听障学生听不到声音，经常会发出一些尖叫声、怪叫声，刺激我的耳蜗，这些年下来，我的听力受损情况十分严重。由于每个孩子有个体差异，为了让他们学有所得，我还会因材施教，制定个性化教学目标，找来一些常用的词语或句子，给学生反复练习，因为课本上有的内容有难度，不是每个学生都能理解的。学生学习普通话，最后要应用到生活中去，所以日常用语更重要。低年级的孩子年龄小，自控能力差，反复的机械式练习会让他们厌倦和枯燥，不能达到很好的学习效果，所以我经常会穿插一些小游戏，来调动他们的积极性，让他们在学中玩、玩中学。对学生语言的练习，不仅仅是在“语训”课上，我的语文课也不例外。我会经常引导孩子们多问、多读、多说。听障孩子由于听力受损，语言发展缓慢，语句经常容易颠倒，不通顺，我会鼓励他们说完整的话，这对他们以后写作文、找工作都会有帮助。

随着时间的推移，慢慢地，我越来越觉得说好普通话很重要。普通话影响着我的人生。我有两个孩子，从他们刚出生我就坚持跟他们讲普通话，所以他们的早期语言发展跟同龄人相比要好很多。刚开始学习查字典，很多同学分不清平翘舌音、前后鼻音的时候，他们总能在最快最短的时间内查到；学习看图写话，不会写的字用拼音代替时，他们总能写得很标准；分角色朗读课文的时候，他们也能发音清晰，字正腔圆，经常得到老师的表扬。这都得益于我在家里营造的学习氛围。

在学习普通话的路上，我还有一个小小的愿望，就是成为普通话测试员，帮助更多的人讲好普通话。目前我已经重拾书本，日日练习，时刻准备着。我想，我和普通话之间的情缘会一直延续下去。它陪伴着我从少年走向成熟，见证了我的成长和蜕变，影响了我的工作、生活和家庭；它已经成为我人生中不可割舍的一部分，今后我将与它演绎更多的故事。

（作者单位：应城市特殊教育学校）

与普通话相伴

吴 瑶

作为一名“80 后”，我从小成长于方言的氛围中。除去语文课的学习和演练，我对普通话的第一次深刻印象，应该是源于初中时班上新转来的外省同学。当时十几岁的我们，下课聊天，大多还是用方言，而外省来的同学不会说方言，但我们仍然能正常交流。某天课间，我们几个人正聊得热火朝天，忽然有位同学说：“吴瑶，你来回切换语言不累吗?”我才突然意识到，原来不知不觉中普通话已经融入我们的交流。

后来渐渐长大，大学时我在杭州读书。远离家乡的日子里，普通话更是日常学习生活中不可或缺的存在。作为大家沟通交流重要工具的普通话，在来自天南海北的同学们从陌生到熟悉的过程中发挥着作用，也散发着魅力。原来不同地方长大的我们，普通话中也夹杂着我们的成长经历，各地人们带着各自乡音的普通话，听起来既亲切又多了几分味道。当然，随着相处时间的增长，在专业学习中，在彼此的交流间，我们渐渐修正了自己的发音，普通话说得越来越娴熟、准确，同时为自己以后的职业打好基础。

作为师范生，普通话是必备的技能，普通话能力测试也是必不可少的环节。说话，说普通话，谁不会呢?然而真正去了考场才发现，原来说话也让人如此紧张。其实，让人紧张的并不是说话或者普通话本身，而是对当下和未来的在乎。

大学四年，时光飞逝。毕业后，我回到家乡参加湖北省农村义务教育教师招考，成为一名平凡而光荣的人民教师。虽然在城市里大家已经习惯了用普通话交流，尤其是在对着小朋友们的时候，然而去农村学校报到才发现，大家还是习惯用方言，甚至很多老教师连上课都是用方言。而我无论是上课，还是课下与同事、孩子们交流，都坚持使用普通话。

在学校里，这些成长于农村方言氛围中的孩子们，面对着我这个无论课上还是课下都说普通话的老师，有点好奇又有点敬而远之。但长期的相处建立了情谊，孩子们不仅热爱我的课堂，也渐渐习惯了和我用普通话交流。虽然不够标准，虽然听得出有些许别扭，但已是非常可贵。不过，也有个别例外。有一位同学，特别不屑于我说普通话这件事，“老师格外能”是他对我的评价。在方言里，“格外能”就是臭显摆、故意和别人不一样的意思。但是当他从父母打工的外地回来时，一口的普通话，同学们都惊呆了，他脸一扬说道：“谁稀罕说普通话，随便说说而已。”然而他对我不再敌对的眼神和更加温和的交流暴露了他的口是心非。我没有追问那个假期他有怎样的经历，但是我想，他一定体会到了普通话存在和使用的意义。另外，还有位同学毕业四年后回校探望，我恰巧在她面前接了一位长辈的电话，是用方言交流的，待我放下电话，她用十分震惊的表情和语气说：“吴老师，你骗了我五年!”我说：“我从来没有说过我不会说方言，我只是觉得普通话会更加专业，也更加适合学校的氛围。”

刚开始时不少老师问我，普通话说起来那么温柔，对学生有不怒自威的管束效果吗？我微微一笑。方言有着自己的魅力和使用效果，也有很多普通话不能取代的词汇和感觉，但是我们对学生不一定要多威严，我们也可以温柔以待，以理服人。春风化雨，润物无声，时间证明了这一切。

从读书到工作，我最大的爱好就是旅行。我第一次独自旅行时，妈妈说“鼻子底下是大路”，我一直记得这句话，因为鼻子下面真的是大路，而负责帮我们问出大路的就是全国通用的普通话。这些年从南到北、从东到西走了不少地方，和不少人有过对话交流，听过不少方言，但最终都离不开普通话的陪伴。

普通话是全国通用的语言，它已融入我们的生活，融入我们的生命。愿我们在普通话的陪伴下，和祖国一起走向更加广阔的世界，走向更加灿烂、美好的未来。

（作者单位：襄阳市襄州区石桥镇中心学校）

人生精彩，因普通话而成就

王　锐

我的妈妈曾经是一名小学语文老师，自我牙牙学语起，就用一口流利的普通话教我。童年的记忆里，那是世界上最动听、最美好的声音。母亲的熏陶，让我的普通话从小就有模有样。

上师范时，我被推选为班上的语言文字工作委员会委员，每天领读词语，读文章，练口语，敦促大家练习普通话，帮助大家正音，因此，我的普通话水平也得到了很大提升。还记得第一次参加学校的普通话水平测试就进入了复试，取得了一级乙等的普通话等级证书，可把我高兴坏了。

1998 年师范毕业后，我被分配回家乡的一所农村小学教书。学校老师上课时常常是普通话和方言夹杂在一起，闹出许多笑话。那还是我第一次参加公开课的听课活动，一位近五十岁的男老师上科学公开课。他一开口，我差点儿笑出声来。前半句是普通话，后半句就自然过渡到了地方方言，而且他说得非常自然和顺畅，好像普通话就该这么说一样。我强忍着笑，仔细看看周围听课的老师和同学们，他们正聚精会神地听着课，没有一个人觉得异样。我终于明白，他们是已经习惯了这种夹带着大量方言的普通话。

推广普通话要从娃娃抓起。在这所农村小规模学校，我教孩子们标准的普通话发音，学播音腔，在他们幼小的心灵根植说好普通话的种子。在我的努力下，在这所小小的学校，普通话成了流行语言，老师和学生的普通话水平也大大提高。

2005 年我被调到镇初级中学任教，指导学生参加演讲比赛，获得湖北省一等奖。我参加湖北省广播电台举办的普通话比赛，获得优秀奖。此外，我还获得了很多普通话大赛和演讲比赛的荣誉证书。2003 年夏天，经过“魔鬼”

训练，我顺利拿到了省级普通话水平测试员的资格证书。

2009 年，我调到市语委办工作，负责指导全市推普工作。2013 年 12 月，安陆市启动湖北省三类城市语言文字达标创建工作。时间紧，任务重，压力大，如何才能顺利推动此项工作呢？思前想后，工作任务已经接下了，只能拼命往前冲。我立刻着手起草方案，向领导汇报，争取局领导重视和支持；再请局领导跑政府，争取市领导重视，以此来推动全市的语言文字工作。我们在极短的时间内成立了领导小组，组建了工作专班，召开了全市迎评工作动员大会，市政府印发了文件，分解了评估工作和职责任务，召开了各成员单位联席联动会议，组建了全市语言文字联络员 QQ 工作群；跑政府相关部门，在高速路口、重要街道上布置大型语言文字宣传标语、拉横幅、布置街道灯箱和路牌标语；创办了“安陆市语言文字网”；印制宣传手册，并在广场、路口、各成员单位发放和宣传；编印《安陆市语言文字工作简报》；制作迎检宣传片；在出租车灯箱上设置语言文字标语；去各单位和部门指导和督查语言文字工作资料的整理；负责市委市政府、各直属机关、相关部门、单位的普通话培训和指导，共举办普通话培训 15 场，培训人次达 3000 多，2900 多人参加了普通话水平测试，合格率达 97%；全市有省级语言文字示范校 3 所，孝感市级语言文字示范校 11 所，安陆市级语言文字示范校 14 所。经过全市上下共同努力，安陆市在 2014 年 12 月以较高的评估分数顺利通过湖北省三类城市语言文字达标评估验收，全市语言文字工作取得了阶段性的胜利。

2018 年 12 月，我有幸到北京参加了第 63 期国家级普通话水平测试员培训考核班的学习。经过努力学习，终于顺利拿到了国家级普通话水平测试员资格证书。捧着证书的那一刻，我时刻悬着的心才终于放下。这次国测考核相当严格，谁都没有百分百的把握，所有拿到证书的学员都激动万分，心潮澎湃。

“路漫漫其修远兮，吾将上下而求索。”推普工作始终在路上。我将不改初心，牢记使命，砥砺前行，不负韶华，成就精彩人生。

（作者单位：安陆市解放路初级中学）

我与普通话的美丽际遇

余秀云

我读初中的时候就喜欢诵读。最开始的时候是因为老师要求背重点课文。文言文背起来一点也不痛苦，朗朗上口。别的同学背课文很痛苦的时候，我却觉得特别快乐。所有的课文就在嘴边，根本不需要刻意地去背诵，读其音就能闻其意，脑海里就有对应的画面。读着读着，木兰对镜贴花黄的羞涩、卖炭翁冬日的凄苦都能体会到。再读着读着，单纯的文言文已经满足不了我了，我开始偷偷地读不要求背诵的现代诗了。每一句诗，无论是古代的，还是现代的，通过普通话诵读出来就是优美。因为爱读，所以爱看，所以爱写，所以爱上语文这门课，这些都是我成为语言工作者最初的际遇。

第一次真正感知到普通话的魅力，还是高一的时候。从小学、初中一路上来，都是在乡镇学校。任教的老师大多数用方言讲课，少数用普通话的也带着方音，我也习惯了这种语言环境。进入高中，主科以外的科目课堂上基本上都是埋头做作业。然而，埋头做作业的所有小科的课堂中，微机课老师的第一次露面让我惊讶。准确地说，是微机课老师一口流利标准的普通话让我惊讶。老师一开口，字正腔圆、标准有力的发音，一下就吸引了我。老师走到教室中间，开始自我介绍。平常这种不考试的科目，我们都是不抬头的。但他的声音一出来，是如此的特别，我立马从书堆中抬起头，因为老师的发音居然如此出众，讲课居然这么动听。老师讲的内容早就不记得了，但被声音和语言吸引我抬头的那一瞬间，依然还在我脑海里盘旋。

上大学是在福建厦门。在那里，以前自我感觉不是很好的普通话竟显得还挺标准，然而普通话课为我打开了新世界的大门。我们湖北的学生普遍“n”“l”不分，不会发卷舌音，更不会通过听来分辨了，美丽的老师给我们一次次地纠正。通过努力，我的普通话考试得到了二级甲等的好成绩。

后来，我有了女儿，她两三岁时特别爱让大人读故事。有段时间，我是敷衍的，因为每天下班回来再做家务，给孩子洗漱完很累了。可是每次读完约定的四本绘本，要关灯的时候，她都有点意犹未尽的意思，总是喊着："妈妈，再给我读一个吧，就读一个，好不好?"我最常做的也就是迅速地再念一个，再次催促她睡觉。她往往也就是噘着小嘴，不是很满意地盖上被子睡了。后来，一次偶然的机会，一个好友给我推荐了一本书——《职场女性怎么做个好妈妈》，在里面学习了一些技巧，其中情感方面有一个中心思想：家长不仅要陪伴孩子，而且还要有质量地陪伴。反思一下自己，在很多方面显得确实有些漫不经心。我尝试改变自己的心态，在陪伴孩子的时候不要想着陪伴是个任务，而是把其看成是积极的亲子行为，并把这种思想延伸至睡前亲子阅读。

我事先精心挑选适合孩子年龄段的绘本，数量不多，2至3本。就着柔和的灯光，对着书上的故事，联系绘本上的图片，把感情蕴含其中。读丑小鸭和白雪公主的故事，我会用天真的语气，读出小孩子稚气和成长的感觉；读卡梅利多和堂吉诃德的故事，我用坚定无比的语气，希望孩子能听出其中关于英雄的勇敢无畏的精神；读《神奇校车》科学部分，我会用探寻惊讶的语气，让孩子感觉到自然世界的神奇和奥妙。认真读书的时候，仿佛回到了自己当年诵读课文的时候，特别专注，注意曲折婉回，注意读字断句。

奇妙的是，我的态度改变，孩子的状态也有了改变。读书的时候，她仿佛在跟着我的语言前行，会惊讶，会皱眉，会跟着一起咯咯笑，会惊喜。更明显的是，她不再追着我再读一个，而是根据当天讲的故事，询问一个或两个问题。给她解答了以后，她自己便心满意足地盖上被子，等着我跟她道晚安，带着甜甜的浅笑睡了。我相信，这些都是优美、认真的语句带给她的情感，她不但能感觉到书中的故事，还能感知到母爱的温暖。自此，我对语言能带来的爱彻底信服了。

渐渐地我自己越读越熟练，读文章，第一遍能很流畅，也能越来越有感情。学校组织的演讲比赛，我也试着报了下名（以前这种活动，都是敬而远之的）。一个理工科老师居然还"凑巧"比一些语文老师分数高，拿了一等奖，这让我兴奋不已。这些都是不断精进的普通话带给我的。

热爱普通话，且恰好是一个语言工作者，何其有幸！我觉得我对普通话的感情会越来越深，也会在自己的工作岗位上继续发光发热。把普通话的推广看成自己工作的一部分，争取成为自己当年微机课老师一样的老师，并把爱的感情通过普通话传递给孩子们。

（作者单位：随州市曾都区万店镇中心学校）

我想说谢谢你，普通话

毛彩凤

我的启蒙老师是我的小姑。那时，她是一个我最不敢接近的人，每每碰到我妈半道截住她，我都会远远地躲起来，祈祷老妈不要说我的坏话，但远远地听到我妈中气十足地跟她拍胸脯："在学校不听话，不好好学习，你就打她，千万别客气……"此刻，我就寒毛直竖，想起她那节凶狠的教鞭，仿佛要闪出一道寒光向我袭来。但我又钟情于她，"离离原上草，一岁一枯荣……"她的朗读仿佛有巨大的魔力，能把我带到一片广袤的大草原。她的朗读总是能带给我无限的遐想，幼小的我多么想去看看她读出来的世界啊！在所有用家乡话教学的老师里，她的普通话教学让我无比喜欢、无比得意。每每放学回家，我都会学她的样子，双手捧着书，读给小我四岁的弟弟听，虽然他还不会说话，但看他咿呀呀地对着我招手，我总以为我的普通话被他听懂了，而且是觉得很好的。

我妈总说，我的课代表是她请小姑吃饭得来的，我很不服气，我要证明给她看，我是因为优秀才当上的。老师对我说："课代表每天早上要站在讲台上带领同学们读拼音、读课文，你必须晚上在家把要读的东西读熟。"要上台了，她也会在，越想心里越紧张，脑袋越发懵，细密的汗珠爬满脑门子。

幸好我有忠实的听众——我的小弟。胡乱地塞了几口饭，我要对着我的"小粉丝"念课文了，他歪着脑袋认真地听我读："江南鱼米香，小小船儿画中游……"多么美丽的地方啊！看着他手舞足蹈的样子，我想，我的普通话也一定让他看见了如画的江南吧。

站在67名同学的面前，一双双明眸大眼探索般地盯着我，老师手里捏着的教鞭不禁紧了又紧，我祈祷着这第一次的"表演"千万不要搞砸啊！老师站在角落里，仿佛也要看看我昨晚是不是真的用功读书了。在微微颤抖的空气里，我开始了我人生的“第一课”，心情逐渐平静，让我渐入佳境，声音也越来越洪亮。很幸运，我捕捉到了她投来的赞许的目光。此后，我也越来越自信。我也发现，站在讲台上原来如此美妙，我喜欢这种感觉。

感谢普通话，给我幼小的心灵埋下了一颗理想的种子，让我找到了人生目标，也给了我前进的力量，照亮了我前进的道路。

在偏僻小山村出生的我，出过最远的门，就是踏进大学的校园。我终于要走出去看看外面的世界了。当兴奋与新奇劲头过了之后，我才发现自己貌似与这里格格不入，同学们能歌善舞，都在用流利的普通话互相分享假期的旅行，和教官探讨紧凑而充实的军营生活，而从未将普通话融入日常生活的我却胆怯地不敢开口，生怕发音不标准被同学们嘲笑。直到怎么也逃不过的自我介绍时，我才忸怩不安地完整地讲了两分钟，听到了同学们的掌声，我才回过神来。就这样，我有惊无险地融入了大家。

从那以后，普通话变成了我唯一的语言，也成为我打开新世界大门的钥匙。我了解了更多有趣的知识。我不知道原来汉语也有语法，我不知道原来普通话的发音也有音标，我不知道原来还可以将计算机与语言联系起来。对它了解得越多，对它的喜爱也越多，越喜爱就越想了解。在此后的日子里，从普通话到文字，从古文到现代文，从中文到外文，我终于可以系统地把它们都学习一遍了。我如饥似渴地阅读这些知识，尽情享受了一场饕餮盛宴，让我原本干涸枯竭的内心得到丰沛的充盈，让我学会了思考，学会了追寻。

我找到了锻炼自我、提升自我的途径。和一帮喜欢文字的人一起加入读书办会，我们会一起演讲、一起辩论、一起朗诵、一起编剧……我获得了更多展现自我的机会。学生会竞选，标准的普通话以及较强的文字功底为我赢得了加入通讯社的机会，此后的校刊网稿让我被大家熟知。自信洋溢，愉悦满足，我度过了难忘、充实而又美好的大学时光。

初心不改，笃行致远。一次小小的邂逅，就会迎来心灵的归附。踏上了三尺讲台，成了语文老师，我无比欣喜。这一次，我与普通话已经是毫无距离了，因为我终于明白了它的意义是什么。

从教 7 年，心中的热爱从未减掉分毫，我有幸为我的学生们朗读我喜爱的文字，带领他们进入语言的奇妙世界。望着讲台下那些似曾相识的目光，我似乎明白了那些眼神里包含着的是什么，或许是多年前那一幕的交叠，或许是与多年前的自己心灵的互通。在那一瞬，我明白了我们语言工作者责任的重大，我们要借助普通话这个载体，向外界传递美好，激发渴望，塑造梦想。不忘初心，牢记使命，这是一场跨时空的对话，对过去我们在怀念，对未来我们在畅想。感谢普通话，让我领略到美好与神圣。普通话就像我心目中的“伊人”，值得我一生为它追寻，为它改变。

如果有一道光永燃不灭，那一定是普通话；如果有一扇门永敞不关，那一定是普通话；如果有一泓泉永流不停，那一定是普通话。它一定会以自己的方式照亮你前行，你只需要用心追随、不停探索、深入挖掘，一定会到达属于你自己的成功之境。

（作者单位：随州市曾都区两水学校）

用声音传递温暖　用雅言致敬人生

肖　艳

我的家乡是恩施少数民族自治州内一个美丽的山城——建始县。我的家乡山清水秀、气候宜人，家乡人热情好客、淳朴善良，但说普通话却有浓重的地方口音，被形容为“彩色普通话”，有边鼻音不分、前后鼻韵母不分、“in”和“ian”不分等问题。记忆中，在我们读小学的20世纪80年代初，学校里很多老师上课都不用普通话，有用普通话的也是一口让人啼笑皆非的“彩色普通话”。但幸运的是，我当时的小学语文老师欧阳老师是从武汉师范学院毕业后来的一位知青，在建始找到了志同道合的人，于是结婚生子留在了我们这个小山城。欧阳老师美丽大方，知书达理，温和亲切，深受学生们爱戴。欧阳老师能说一口标准流利的普通话，每次上课前，她会抽几分钟的时间，点同学起来用普通话背诵学过的古诗、散文，点我背诵《咏鹅》《早发白帝城》的情景还历历在目。耳濡目染中，我深深地爱上了语文课，陶醉在欧阳老师标准、好听的语言中。我模仿老师的发音、语调甚至神态，一字一字、一句一句、一页一页地朗读，普通话也渐渐说得标准起来，常常受到老师和同学们的称赞。

虽然当时学校里还没有形成用普通话教学、交流的氛围，但推广普通话的工作从那时起就慢慢开展起来。因为我的普通话说得好，从小学、初中到中专，我一直是学校的推普员，那枚小小的推普员徽章曾别在我的胸前让我自豪了很久。在那个山区小县城说普通话还不普及的时代，电视里播音员字正腔圆、铿锵有力、悦耳动听的播音，让我如痴如醉、羡慕不已，当时我的心愿就是日后也能成为一名播音主持人。

后来虽然没有如愿做播音主持，但做了一名光荣的人民教师。我也像欧阳老师那样，坚持用普通话教学，用字正腔圆、亲切优美的语言感染着孩子们。他们喜欢上我的课，喜欢说普通话，很多学生的家长笑着对我说："孩子回家给我当小老师，说我的普通话没说标准，还给我纠正发音了。"教孩子们学习的同时，我的普通话水平也有了更大的提高，被学校推荐参加了湖北省普通话测试员培训班学习，取得了省级普通话测试员资格。

2009 年至 2010 年，恩施州开展国家二类、三类城市语言文字评估工作，实现普通话"初步普及"、汉字的社会应用"基本规范"的工作目标。作为省级普通话测试员，我和其他测试员一起经常到山区乡镇参加州语委办组织的普通话培训测试工作。这项工作主要是利用假期和休息日，培训时一般是连着三天全天上课。三天下来，嗓子又疼又嘶哑，我们买来胖大海泡水喝，继续坚持。有时时间紧迫，我们时常在崎岖的山路上颠簸三四个小时才到达目的地，之后马上进行测试。山区乡镇住宿条件不太好，有的测试员晚上失眠，第二天依然一坐一整天，全神贯注地听音打分，没有丝毫分神。虽然疲倦辛苦，但我们乐此不疲，因为我们热爱这份工作。当结束完一整天的测试工作后，头脑感觉特别轻松，测试员们一边舒展筋骨，一边在一起谈论着测试中遇到的笑话，轻松快乐的欢笑声将我们的疲惫一扫而光。

从 2010 年开始，我正式调到县语委办工作。十几年来，我一直在基层从事语言文字工作，组织每年的全国推广普通话宣传周活动，组织开展农村教师普通话大赛、中国语言资源保护工程方言采集、县域普通话普及调查工作、创建语言文字示范校等工作。

记得开展县域普通话普及调查工作时，在建始偏远的高寒山区龙坪镇，我同其他两位省级普通话测试员都是女同志，本来只要两个多小时的车程，为了安全起见，驾车在崎岖的山路上足足行驶了四个多小时。到农户家里调查，需要录音，有的农户不配合，到他们家里说明来意后，他们一句"我不会说"便不再理睬我们。眼见难以完成 300 个调查目标的任务，我们找到乡镇中心学校，利用开家长会的机会选取调查人员，在学校的支持配合下终于完成调查任务。那一刻，看到小程序中代表完成任务的绿色条纹时，感到特别高兴，觉得所有的委屈和艰辛都是值得的。

在开展以上这些工作的同时，我坚持每天朗读文章，练习普通话，这已经成为我的习惯和爱好。朗读不仅使我的普通话更加自然娴熟，也让我从朗读的作品中觉醒了认知，滋养了灵魂，体味了人生哲理。2019 年，经恩施州语委办和湖北省语委办的推荐，我参加了国家级普通话水平测试员培训考核，取得了国家级普通话水平测试员资格，我的普通话人生也达到了一个更高的新起点。

我的生活因为追求普通话而更加充实，我的人生因为推广普通话而更加精彩。

（作者单位：建始县教学研究室）

我与普通话的二三事

曹香君

一口标准的普通话给人一种美感，给人一种无穷的享受。但是作为一个生在农村、长在农村的丫头来说，不知道标准的普通话是什么样的，更别提美的享受了。

记忆中的村小学只有语文老师用的是襄阳普通话，简称“襄普”。“襄普”也只有在读课文的时候才会说，平时说话、提问都是方言，孩子们也都用方言，读课文的时候也学着老师用别扭的“襄普”。到了镇上的初中，上课要求必须用普通话，但课下没有强制要求。老师们的普通话都比较标准了，除了年龄大一点儿的老师有一些口音外，大都坚持用普通话授课。

真正感受到普通话的重要是在高中了。市里的高中，老师都是说普通话，没有老师说方言，哪怕老师找人聊天都是用普通话。同学们在一起，大部分也都是说普通话。但关于普通话的语音、语调以及平翘舌之类的是不重视的，只要听得懂就可以了。高二的时候，我们已经文理分科了，我选择的文科，开始学习地理。学校从外地调过来一个地理老师给我们授课，从此我知道了普通话的重要性，知道标准的普通话能让交流更顺畅。这个地理老师上课也是说普通话，但因为是外地来的，有很严重的口音，导致一些地名我们都听不明白，有时他讲的是这个地名，我们理解的是另外一个地方。因为理解误差，听课质量大打折扣。印象最深的就是他说“北纬 40 度”，很像“北纬 14 度”，问我们是什么气候地区，我们都说是热带地区，结果他说我们学习不认真，40 度的地方怎么还是热带呢？我们就会把平翘舌音说得很重很慢，问到底是“40”还是“14”，有很多同学因为上课听不懂而非常苦恼。这让我知道了普通话的重要性，真的是“说好普通话，方便你我他”。

上大学之后，学校有各种各样的社团，以及各种活动和比赛。其中有一个是多人配音比赛，时间在3到5分钟。寝室里有个姑娘在高中是广播站的，对配音非常感兴趣，极力邀请我们和她一起参赛。之后我们就找了很多资料和视频学习，最后选择的是《西游记》中的女儿国片段。寝室5个人刚好配师徒4人的音，加上女儿国国王以及一些其他的人和旁白，差不多我们一个人要配两个声音。选好素材之后，我们在练习时发现一人分饰两角真的不容易，从一个声音变换成另一个声音是需要技巧的。经过我们不断练习，最后我们寝室获得了三等奖。我记得获得一等奖的是配音《海底总动员》的学长学姐，他们就两个人，但配音超级精彩，学长一人分饰几角，扮演了尼莫和尼莫的爸爸，把尼莫被渔网抓住的恐惧与爸爸的着急都表现得淋漓尽致，当时就获得阵阵掌声。我想，这就是语言之美吧。

到了大二、大三的时候，我们需要考普通话。专业要求普通话水平必须达到二级甲等，不然是没有教师资格证的。因此我们专门开了一门课，就是学习普通话的。记得给我们授课的黄老师是普通话测试员，他的水平是一级甲等，播音员的水平，每次听黄老师说话真的很舒服。从黄老师那里，我知道了普通话的由来以及发展过程，普通话和各个地区方言的差别，以及我们襄阳市在练习普通话方面需要注意的地方。

工作之后，我发现幼儿教师的普通话水平真的需要二级甲等及以上。孩子们三岁入园，表达能力有限，有些词语是说不清楚的，而老师就是孩子的榜样，老师的语音、语调会直接被“复制”到孩子身上去，这就要求老师的普通话极其标准，同时老师要具有推广普通话的意识，让孩子从小就说普通话。

从个人的经历来说，我觉得学习普通话是不容易的。作为幼儿教师，我希望孩子们从小就能说好普通话。在以后的工作中，我也会坚持说好普通话，为家长和孩子做好榜样，继续书写我和普通话的故事。

（作者单位：襄阳市樊西教工幼儿园）

大山里的声音

付国星

从小我就生活在恩施建始的大山之中，走出大山就用了将近二十年。山里的乡亲们大多文化程度不高，跟我年纪相仿的娃儿们要想走出大山，要么背起行囊远走他乡，要么靠知识跳出农门。

那时的我只有一个单纯的想法，早点进入社会，早点为家里减轻负担。后来我选择就读职高，也就是从那个时候起，我才真正接触普通话。每天傍晚时分，听着校广播台清爽的播音，我就幻想着有朝一日也能像广播台的主持人一样，用柔美的声音征服众人的听觉神经。

在父母的劝说下，我也开始找准方向，不再想着出门打工，不再想着外面的世界。我尝试写作，把生活中那些美好的故事记录下来，每到傍晚广播响起，人们总能听到我的那些动人的故事。后来学校广播台新老更替，我也荣幸地成为广播台的一员。起初，我只是负责审稿。过了一段时间，播音主持休学，正当大家不知所措的时候，广播台内部临时决定由我先试着主持一期，看看效果。我当时整个人都懵了。在众人的强力劝导和鼓励下，我只好硬着头皮试一次，哪怕被人笑话，也要勇敢地尝试自己喜欢的事。

“校园广播台开播啦！大家好，我是今天的主持人小星星，今天的主题是‘我的梦想’……”一个小时的播音，就有多个断断续续的地方，特别是受方言影响，读出来的句子都是前后鼻音不分，“梦想”读成了“mèn xiǎng”。然而，勇敢的尝试也收到了许多同学的称赞，他们都说我的声音好听。从那以后，我开始系统练习普通话，不认识的字就查字典，不会读的音就听收音机。每次放假回家，我都会看电视新闻，听收音广播，学着播音主持的腔调，字正腔圆地在父母面前表演。

正是因为对每件事都追求完美，在职高学习的三年里，我刻苦努力，以优异的成绩考上了大学。在大学里，我也一直保持着这份热爱，认真写好每一篇稿子，读好每一篇文章，做好每一件事情。

大二那年暑假，我随团队到某山区义务支教。来到山里既亲切又难受，亲切的是我也是从大山里走出来的，难受的是他们的教学环境实在是太差了。给孩子们上课，他们呆呆地听我讲大城市的新鲜事，看着他们求知若渴的表情，我深深感受到乡村孩子的不易和艰辛，我也下定决心成为一名教师，教书育人，传道授业。

后来我真的成了一名光荣的人民教师，来到了孝感应城最南部的湖区乡镇——天鹅中心学校。这里虽然没有大山里闭塞，但是孩子们的学习环境跟城里比，差距还很大。在这个偏僻的小镇上，我已经工作了四个年头，与其说教他们学业知识，还不如说教他们成人成才。班上有几名学生朗读发言不标准，下课后我就教他们如何读好普通话。我们一起编排朗诵节目，获得了一项项荣誉。

虽然乡镇条件艰苦，但是脑海里总是回响着大山里的声音，我想把美丽动人的声音传播到每一个角落，去温暖整个世界。

（作者单位：应城市天鹅中心学校）

漂洋过海教中文

龚 磊

我是土生土长的赤壁人，从小就喜欢中国的传统文化，像吹笛子、剪纸都是我的兴趣爱好。2009 年，通过国家汉办选拔，我光荣地成为一名国际汉语教师志愿者，被派到泰国董里府中华学校任教。

初到泰国，我只会一句“萨瓦迪卡”。外出就餐时，我只能看到别人吃什么，就跟老板比画着我也吃那个，或者站在食物冷藏柜前一边说“炒这个”，一边做烹饪动作，明明已经“表演”了“不放糖、少放辣椒”，可端上来的菜要么是辣得嘴唇通红，让人误以为我擦了口红，要么是汤甜得没法喝。买单时，老板还笑眯眯地问一串我一句也听不懂的话，后来才知道他是在问“好吃吗”。

为此，我发奋图强地自学泰语。三个月过后，终于可以与当地人进行沟通了。我还教会了几个饭馆老板一些简单的中文，并跟他们成了好朋友。离开泰国前，我给常去的几家饭馆赠送了一套自制的菜谱，上面印有中、英、泰三国语言，以方便后来的志愿者。有个饭店老板还特意请我将招牌名字也写上了中文，他说现在来泰国旅游的中国人越来越多，不会中文怎么跟中国人交流呀。前不久，一个赴泰国的志愿者在网上联系我，她说镇上的饭馆老板们还都记得我的名字，常常跟她讲起我当年不懂泰语的趣事。你看，传播中华文化，不仅是在课堂上，更在生活中的点点滴滴。

2013 年，我被派往美国特拉华州任教。在北星小学，我是唯一的中文老师，教 6 个年级的中文课，经常是忙得一上午都没空喝口水或上个厕所。刚开始的那两个星期，我简直像做了一场噩梦一样，下班后累得瘫在椅子上，不想说一句话。值得欣慰的是，我的付出得到了学生和家长的肯定。无论在哪里，学生们见到我总会亲热地用中文喊“龚老师”，家长们也会很友好地向我问好，说他们的孩子很喜欢我的中文课。

一天，我在商场里碰见一个华裔学生的妈妈，她一见到我就瞪大了眼睛："龚老师，你不得了了！"我吓了一跳，以为自己不小心惹出了什么麻烦。她转而开心地说："我家孩子现在吃饭规矩多了，不会用筷子敲碗了，也懂得谦让了。因为龚老师讲过：'在中国吃饭，家里的长辈如果没上桌，其他人是不能先吃的。'当天他爸爸加班，没能按时回家，孩子硬是不让我和他弟弟吃饭，一定要等到爸爸回来才行。谢谢你，龚老师，这都是你的功劳呀！"看到中国的传统礼仪在美国的孩子身上得到传播，我真的很开心。第一年的圣诞节前夕，我荣幸地被推评为全校"最受欢迎的老师"。

在美国的教学生活中，给我印象最深的是一个叫Andy的三年级男孩。学校每学期都要举行校园开放日活动，学生和家长都会来学校参观。这一天，Andy带着爸爸妈妈找到了我，他爸爸紧紧握住我的双手，激动地说："Thank you，Mr. Gong。"Andy有严重的孤独症，不和任何人说话。父母尝试过各种办法，四处就医，但都收效甚微。他们很痛苦又没办法，甚至悲观地认为Andy这一辈子都不会跟人说话了。然而有一天，他们意外地发现，Andy在家里竟然手捧中文书慢慢地朗读，家人惊讶地问他："你在读什么?"Andy破天荒地回答"读中文"。那是很久以来Andy说过的最长的一句话，爸爸妈妈非常震惊。Andy居然开口了，竟然读的还是中文。于是，每天听Andy读中文，成了他们全家人最幸福的事儿。爸爸妈妈有时候问他一些问题，他也有回应了，虽然词语很少，句子很短，但对于一个孤独症儿童来说已经足够令人惊喜了。

Andy妈妈喜不自禁，激动地和Andy爸爸紧紧拥抱在一起。那一刻，我也情不自禁地热泪盈眶，那是喜悦的泪水，幸福的泪水。我成了他们眼中上帝派来的使者，他们称赞汉语是世界上最神奇最美好的天籁之音，他们对中国政府的汉语项目感恩戴德，许诺一定要带Andy来中国看看。我至今无法解释为什么Andy会有如此大的变化，是因为他喜欢我教的中文歌，还是因为他会写看起来很酷的汉字？或者是因为对我讲的中华文化感兴趣？也许都有可能。这就是中文的神奇和魅力！赠人玫瑰，手有余香，从Andy身上我更加坚信：只要真心付出，就一定会有回报。

曾经，我是一名对外汉语教师，我是世界人民了解中国的一扇小窗。现在，我是一名光荣的乡村教师，我要把包容、微笑带给孩子们，让他们在快乐中成长；我要用开明、拼搏激励孩子们，教他们在奋斗中前进，让他们了解世界，也让他们因为自己是中国人而备感自豪。

（作者单位：赤壁市神山中学）

珍　惜

邓晶晶

我是20世纪80年代出生的，90年代上小学，正赶上大力推广和普及国家通用语言。那时候，我看地方台的新闻，将方言与普通话一比较，普通话才叫好听。我开始热衷于朗读，练习普通话的发音，常常一个人在阳台上大声朗读，也会跑到家后的山坡上去读，那地方空旷，声音听起来嘹亮，有回响。那一年，学校举行了课文朗读比赛，老师安排我参加，给了我一盘磁带，又为我借了一台录音机。我每天听，跟着磁带读。记得那篇课文的名字叫《日月潭》。优美的背景音乐响起，一个富有磁性的女声传来："日月潭是我国台湾省最大的一个湖。它在台中市附近的高山上。那里群山环绕，树木茂盛，周围有许多名胜古迹……"听起来真叫一个享受。通过不断地听和读去模仿发声，这是我最早接受的系统训练了。在那个年代，我们小小县城里能说好普通话的人少之又少。

转眼到了初中，班级组织了一场辩论赛。虽然是小打小闹，但是这场比赛让我切身感受到了语言的力量。更难忘的是，在比赛之后，我跟着几个同学骑自行车到重点高中去玩。当时是黄昏，夕阳染红了天空，我们坐在操场上，耳边回荡着校园广播的声音。这美好的一幕被定格在我的脑海里，久久无法散去。上了高中的第一个决定就是参加校园广播台的播音员竞选。很幸运，我选上了。高中三年在校广播台的经历，更好地锻炼了我的普通话。

上大学时，在武汉读英语教育专业，其中有一门课是教师口语，教课的老师是黎水生老师，是我们咸宁老乡。他是湖北省普通话水平测试员，我特别钦佩他。他的专业讲授让我对普通话的了解更深入，也知道了方言存在的必要性。我又有了小学时的那股子干劲儿，每天大早到学校的山坡上大声练习普通话，最后在普通话考试的时候拿到了92.5分，一级乙等。这是我大学时获得的第一个证书。

大学毕业后，我回到农村中学教书。在某个清晨，我像往常一样起床，拉开房间吱呀作响的木门，停顿了大约 5 秒钟，眼前的景象着实让我惊呆了：落满花瓣的台阶，空气里散发出淡淡的青草味道。这是在屋后默默盛开的一株桃树。一夜之间，全然开放。只有我，在今天的早晨与它的绚烂相遇了。到了深夜，我一个人举着手电，静静地在黑暗夜色里与它相对，光束打在花繁叶茂之间，有三两花瓣随风飘落在我身上，风在耳边沙沙地响，花朵在夜晚呼吸，低低的虫鸣，和暖的天气，还有什么比此景更美，更打动人心的呢！这种生活单纯、宁静，是可遇而不可求的。

当时在农村中学，我的“一乙”证书还让我有了一次学习的机会。2011 年，我代表学校来到武汉，参加了湖北省普通话水平测试前为期一周的培训。在那里，我了解了自己的不足，从基础开始学起。一个星期的高强度训练，我最终拿到了湖北省普通话测试员的资格证书，随后就跟着咸宁测试站参加了多场普通话测试工作。普通话测试员的工作很辛苦，常常要利用自己的休息时间。恰逢我从中学调离，到高中任教，每个周末学校有补课安排，与测试时间有冲突，慢慢地测试参加得少了。2018 年我作为普通话调查员到华中师范大学培训，然后在乡镇开展普通话普及情况调查，时间紧，任务重，每天走街串巷，记录居民的普通话语音。这项工作我坚持了两年，其中有一段录音还被专家作为样板在培训中使用、讲解。

2019 年，学校搬到了城区，作为高考和中考的考点。一个任务摆在了我的面前：负责考试期间的播音工作。因为设备有限，又要保证不出错，我每到夜深人静没有杂音时才开始用手机录制语音指令。每个字的发音、语气，一遍一遍地斟酌。录完之后反复地听，不行的重新再录，往往天快亮了才结束录制。当自己的声音出现在校园广播里时，我感到非常幸福。

时间记忆就好像是一个轮回，回想我读小学时候的艰苦岁月，《日月潭》的声音还在我的梦中显现。我想说，普通话是我永远不断追求的梦，梦里有我的人生。我将更珍惜现在，珍惜不断学习的当下。

（作者单位：赤壁市车埠高级中学）

普通话伴我成长

张晶晶

在我读小学的时候，老师们用并不标准的普通话教我们讲普通话，我们努力地用刚学不久的普通话交流，虽然说出来的话依然带有浓重的口音，听起来很蹩脚，可我们依然孜孜不倦地练习，互相嘲笑又相互鼓励。就这样，过了小学、初中，我的普通话在日积月累中变得越来越标准。

高中时期，不知道是什么原因让“随普”盛行，同学们每天都乐此不疲地用“随普”交流，有时候回答老师的问题都忘记切换回普通话模式，说出来的话让人不明所以，还经常闹出笑话，引得满堂大笑。笑过之后，老师严肃地告诉我们：“普通话是最通用的语言，也是最适合我们的语言，可能现在你们体会不到普通话的重要性，但你们以后都是要走出随州的。如果去外地你对别人说方言，别人对你说的也是方言，互相听不懂，交流起来难上加难。而使用普通话，这些难题就会迎刃而解了，用它来解决沟通上的问题是再合适不过了。”那时候的我们并不太懂老师这些话的意思，只是模模糊糊地知道了普通话的作用很大。

上大学，我离开了生活十几年的家乡，来到一个完全陌生的城市——襄阳。第一次到食堂打饭，阿姨喊“俩娃儿”，我根本听不明白是什么，稀里糊涂地打了饭。吃饭时襄阳本地室友解释说，“俩娃儿”是姑娘的意思，这时我才恍然大悟。一段时间的大学生活，让我渐渐明白了高中老师的话，方言会阻碍人与人之间的交流，而普通话则是架起人与人之间沟通的桥梁。

在大学里，听学长学姐们介绍，学生会有个部门叫“双推部”，心里莫名生出一种向往。一开始，我以为是推广普通话和英语的，问了好多人，都不知道具体是什么，最后在辅导员那里得知，“双推部”是推广普通话和规范汉语言文字。还记得去面试的时候，部长问我：学生会那么多部门，为什么要加入“双推部”？我回答：我喜欢说普通话，享受说普通话给我带来的快乐，以后也想从事跟普通话有关的职业。

很幸运，我通过了面试，加入了“双推部”，并知晓了“双推部”的具体工作：检查、指导各二级学院学生会“双推部”开展工作；协助学校语言文字工作委员会，做好普通话测试工作；协助学校语言文字工作委员会，做好推广普通话和规范汉字工作；协助组织好推普周活动，争创语言文字示范高校；发掘、培育普通话专业人才，组织好普通话专业赛事的人才推荐工作。印象最深的是刚加入“双推部”时，有一个“双推部”承办的诗歌朗诵比赛决赛，在现场进行协助工作时，听到选手们用流利的普通话声情并茂地朗诵诗歌时，我的心情很激动，因为以前的我仅仅认为普通话是交流的工具，从没想过普通话还能具有这么神奇的力量，使用不同的语气、语调能表现出如此丰富的情感。那个时候，我才真正意义上懂得了普通话，也真正了解了普通话的魅力。

还有一件让我记忆犹新的事情。有一次我在“双推部”协助普通话考试工作，那时候学校普通话测试还是用录音笔记录下来作为依据，有几位老师现场听考生答题。我们“双推部”的成员帮忙发题目、录音。我在考场帮忙录音，录音时听到别人读，我也会跟着一起在心里默默地读，并比较别人的发音有没有哪里跟自己是不一样的，不一样在哪里。这次协助过后，我来了兴趣，便找来普通话考试用书，认认真真地学习。第二年，我就报名参加了普通话考试，结果只考了二级甲等。那时候很伤心，觉得自己的实力不应该只是二级。伤心过后，我进行了反思。当时，好多同学说我们酒店管理专业不需要考普通话证，很多人说还不如去考人力资源证、会计证，我那个时候也只是单纯地喜欢普通话，所以才想去考这个普通话证。

大三时我在宁波的一个国际酒店实习，里面有很多外国客人，每次我都用着不太熟练的英语和他们交流，甚至英语中夹杂着汉语。有一次碰到一位健谈的外国客人，他说我可以用普通话和他交流，他在学习中文，可以听懂简单的词语。虽然中文很难学，但他觉得中文很有魅力。他还告诉我很多外国人都在学习中文。这个时候，我才知道在我们努力学习英语的时候，外国人也在学习中文。这或许就是我们国家语言的魅力吧，也可以说是普通话的魅力。

实习结束后，我留在襄阳工作。在襄阳读大学的三年，我已经能听懂襄阳话，甚至有时说普通话也会带有襄阳本地话（我们俗称“襄普”）。“襄普”和标准普通话已经能够随意切换了，那时候的我认为自己的普通话已经炉火纯青了。

在襄阳工作的两年，我自考了本科文凭，然后回到随州，在家待业几个月，妈妈很焦急，让我去幼儿园应聘。本来只是为了宽一下妈妈的心，结果一干就是五年多，慢慢地喜欢上了幼儿园和可爱的孩子们，舍不得离开。在幼儿园工作期间，我考了小学语文教师资格证和幼儿园教师资格证。考教师资格证的时候才知道那一张普通话证书的重要性，它为我节省了很多时间，我可以把更多的精力放在其他科目上。

我在备考湖北农村义务教师时（小学语文），才发现我对普通话的了解太少，我所了解的不过是冰山一角。虽然这次我没有考上，但是我学到了很多知识，对普通话有了更多的了解。这次考试的经历让我在面试幼儿园岗位时获益颇多，我用我的普通话展示了自己，也收获了成功。很幸运，我在今年的幼儿园教师招聘中成功上岸，这让我有更多的机会把普通话教给我的孩子们，同时这也给了我很大的动力去说好、教好普通话，并立志当好孩子们的普通话启蒙老师。

今天，听着孩子们的琅琅读书声，所有的回忆扑面而来，仿佛就在昨日。小学、初中再到高中、大学，乃至工作、生活，都离不开普通话的影子。普通话不仅见证了我的成长，也伴随了我的成长，甚至影响我的一生。

（作者单位：随州市曾都区万店镇中心幼儿园）

我与普通话的故事

田　欢

作为武汉黄陂人，从小习惯了说黄陂话，直至6岁上学才有机会学习普通话。奈何我带着黄陂腔的普通话总是惹得老师和同学哄堂大笑，以致我每次说普通话都小心翼翼，生怕被人笑话。人们常说乡音难改，我是深有体会。比如普通话常用语“您”，黄陂话说“恩朗嘎”；普通话说“长得漂亮”，黄陂话说“长得好刮气”；普通话说“今天”，黄陂话说“曾则”；普通话说“明天”，黄陂话说“门则”……我一直懊悔，上小学时没有好好学习汉语拼音，以致很长一段时间分不清前后鼻音。从小在家乡说黄陂话已成为习惯，就是上高中，也是用一口流利的方言和老师、同学交谈，除非在上课的时候，老师问问题时，被要求用普通话回答。这样的语言环境，给我学习普通话带来了很大的干扰，也让我很排斥说普通话。这种窘境一直伴随我到大学。

在大学，因为同学来自不同省市，普通话水平也参差不齐。当我听到有同学也说着带口音的普通话时，心里莫名地“幸灾乐祸”，突然信心倍增，进而大胆用普通话跟同学交流。

在这种完全放开的语言环境里，我无所顾忌地说着带口音的普通话。到大二的时候，班级里掀起了一股考普通话的浪潮，我也随大流参加了普通话水平测试。测试之后，自我感觉发挥得不错，最起码是“二乙”。等到学院发放等级证书时，我由于有事情耽搁了，没有及时去领。结果，第二天上课的时候，同学帮我代领回来了，并且在我进入教室前大部分同学已经“检阅”了我的证书。当我拿到证书时，看到上面赫然写着“成绩：78分；等级：三级甲等”，伴随着同学们的哄笑，我的脑子一片空白，恨不得找个地洞钻进去。我又一次遭受了无情的打击，第一次让这么多人知道我的普通话如此之差，并且还定了等级。“三甲”的水平足够我的同学们谈笑一段时间了，为此，我沉默寡言了很久。“三甲”的普通话等级证书也被我藏在了抽屉最深处，并且下定决心以后再不参加普通话水平测试了。

后来，我报名参加了初中数学教师资格考试，令人欣喜的是笔试和面试都一次通过。还未来得及高兴多久，就被同学告知，认定数学教师资格证需要“二乙”的普通话等级证书，我的心情瞬间跌落到谷底。那张“三甲”的普通话证书已经被我深藏，尴尬的考证经历让我心有余悸，实在是提不起勇气再去考普通话证。无奈的是，教师资格考试合格证有时效性，因此，我只能硬着头皮报名参加普通话水平测试。既然已经报名了，那就一定要做好充分的准备，争取这次考过。为了提高普通话水平，我在同学的推荐下购买了普通话水平测试专用教材，边看边读，不会的地方搜索音频学习。对于普通话，我最大的问题在于自己的平舌音、翘舌音区分不明显，所以，在平时说话的过程中，我会刻意地对那些忽视的细节加以改进。在口语练习过程中，偶尔也会在同学间闹出些笑话来，久而久之，也就不觉得尴尬、丢人，反而增添了几分学习普通话的兴致。其实普通话水平测试最容易失分的是最后一个环节，即三分钟的命题说话。为此，我做了针对性的训练，写了讲稿，经常练习。

学习普通话是一件非常锻炼意志且催人上进的事，练习普通话更是个漫长的过程，需要一点一滴的提高、一如既往的坚持。经过一段时间的训练，我的普通话终于有了一些进步，特别是前鼻音、后鼻音、翘舌音、平舌音，我都说得不错了。在那一次普通话等级考试中，我发挥得不错，考了个“二乙”。

普通话既架起了各民族沟通的桥梁，又增进了相互间的感情，促进了各民族交往、交流、交融。我的老婆是内蒙古赤峰市喀喇沁旗人，普通话成了我们“汉蒙结亲”的“媒人”。初到内蒙古时，我忐忑了很久，担心因为交流问题而格格不入。令人意外的是，他们大多说普通话，而且说得非常好。当地人在生活中基本上都用普通话进行交流，语言上没有任何障碍，这让我很自然地融入了赤峰这座城市。

想当教师的我，普通话是必备条件。成为教师后，普通话更是我们教师的职业语言。有一段时间，普通话影响着我的情绪，不敢说普通话，更是影响了我与他人的交流。现在想来，学好普通话，重要的就是平时多训练，多说、多学、多听，坚持下去，就一定能够心想事成。

书同文，语同音，同心同德，共同携手，让我们从自身做起，从现在做起，大力推广普通话，形成讲普通话的自觉习惯，为推进精神文明建设、构建和谐社会贡献自己的一份力量。

（作者单位：随州市曾都区万店镇中心学校）

普通话与我的数学教学

丁　倩

小时候，母亲问我长大后想做什么，我脱口而出，想当一名老师。那时候，我对老师其实没太多的概念，只是觉得老师很威风，可以管理小朋友。听到这个答案后，我的母亲笑了，说："你要是想当老师，就得会说普通话。"而我作为一名湖北人，普通话的确不怎么标准。不仅是我，我身边的人的普通话也并不标准。记得有一次，班里的同学问我，鞋子谁买的，我回答："我的'孩子'是我妈妈买的。"其实我说的是"鞋子"，而我说完这句话后，班里的同学哄堂大笑。我当时的想法是，大家说普通话都不标准啊，为什么要笑我呢？我回家便把这件事和母亲讲了，母亲居然也笑我，但她同时又对我说："孩子，你知道为什么我们要讲普通话吗？因为这是我们的通用语言，只有大家都说普通话，才更方便交流沟通。还记得那次咱们坐火车去南方旅游吗？我问一个小姑娘要去哪里，她说要去荷兰，但其实她要去的是河南。如果我们都会说普通话，沟通成本就会降低了。"我瞬间理解了其中的含义。母亲是我普通话的启蒙老师，虽然她的普通话并不标准，但她极力向我灌输普通话的重要性，这对我的成长十分有利。

记得当时，我的老师也正在努力学习普通话，和标准的普通话相比，一口湖北口音的普通话还略显可爱。只不过像母亲所说的那样，老师在传授知识的过程中需要花费的时间，相比其他会说标准普通话的老师更多。而我为了能够顺利当上老师，便开始了努力"说普通话"的生活。

还记得小时候，和爸爸妈妈一起看电视，央视主持人一口流利的普通话，让我心生羡慕。他们的语音是那样的好听，每当这个时候，母亲就会提醒我："你不是想当老师吗？自己的普通话要标准才可以啊！"这句话我从小听到大。我是湖北人，回到家中我依旧会用家乡话和家里人交流，但在教学过程中，我始终坚持用普通话。

事实上，讲好普通话，让我在生活当中更加自信，不仅敢于表达自己的想法，还让我结交了许多朋友，而我也将这一观念传递给了我的学生。

我所教授的学生中，有从乡下来的孩子，他们的普通话不太标准，和其他同学交流也有一定的障碍。我所教授的是数学课，逻辑性较强，需要对语言进行深度理解。因为学生的普通话不太好，他们在听课时，对于我所讲授的知识点容易产生歧义，所以我需要花费大量的时间给他们解释。而为了解决这一问题，我积极鼓励他们学好普通话，让他们意识到普通话的重要性。

虽然我是一名数学老师，但我发现，在教学时，也经常会因为语言问题使得学生对我所传授的知识无法理解。我坚持让我的学生通过普通话表达他们的思想。刚开始的时候，会有磕磕绊绊或者生硬的感觉，但时间一长，我发现学生的进步非常迅速，而且当他们学会说普通话后，学习数学的积极性也强了，也变得更加自信了。

新时代的小学数学老师，肩负着立德树人的使命，既要教好数学，也要推广好普通话。

（作者单位：孝感市孝南区杨店镇桃花驿小学）

与普通话同行

邹嘉洋

作为一个土生土长的湖北人，我一直认为自己的普通话很标准。直到我到唐山读大学，才明白我属于南方人，我的普通话并不标准。别人很容易听出来我的湖北腔，特别是“n、l”不分的时候。而我在大学学习普通话课程之前，都不能分清“n、l”，也听不出二者的区别。

从区分不了“n、l”，到能听出来一段话里“n、l”的不同，我经过了两个多月的训练，但仍不能控制自己“n、l”的准确发音，特别是一句话里“n、l”多次交替出现的时候。因为这，还闹过不少笑话。有一次，我和我的室友出宿舍楼，在楼前看到一个穿着蓝色外套的男生，瘦巴巴的。我脱口而出：“看那个穿着蓝（nán）色外套的男（lán）生。”话音刚落，就“收获”了一片笑声。想重说，但是也说不好，明明平常练习的时候“n”和“l”能说得很好很对，但一着急就说错了。本来能说准一个音的，也会因为着急把“n、l”全部说反。

随着愈来愈多的练习和室友们的热心帮助，我的普通话进步飞快，日常用语中已经听不出“n、l”不分了。后续发现自己还有一些前后鼻音不分、方言和普通话混用等问题，也在日常交流之中被逐渐纠正过来，我的普通话越来越趋于标准。在普通话课程结束之际，迎来的普通话考试中，我拿到了90分，虽然等级是“二甲”，但我比较满足了。如果再努力练习一下，我可以够得上“一乙”了。据说“一乙”属于地方电视台主持人的普通话水平。

大学的普通话练习，让我的普通话和方言听起来是两种截然不同的味道。我的普通话听起来是一股子北方味儿。比如我们本地询问某人的情况，一般会说“你怎么了啊?”，用“怎么、什么”来问，语气词多为“呢、呀、啊”。我在北方待了四年以后，询问的方式就变为“你咋啦？咋嘞?”，用“咋”这种形式询问，句尾语气词多为“啦、嘞”。

大学毕业后，我回到孝感工作，成了一名人民教师。工作中和同事交流，课堂上与学生互动，我都讲普通话。教学中一些专业术语、考试中要用到的物理名词，我都用标准的普通话来讲述，因为方言有时候会表意不清，而普通话作为一种通用语言，能用标准、精确的话语，将意思清晰、明确地表达出来。学生只有在课堂上接受到正确的信息、严谨的知识、严密的逻辑，才有可能扎实地学好功课。在学习电学的时候，我们会讲到电路的三种状态，其中短路和断路是两种常见也常考的电路故障类型，如果教师选择用方言来叙述这两种故障，很多学生从语音、语调上很难判断老师说的到底是“断路”还是“短路”。而用普通话来讲授，强调两个词声调的不同，就可以先从读音上进行简单区分，继而从各自的定义来分析，明确区分这两个常见而易混淆的考点。

我刚来学校的时候，正巧碰到普通话测试员来我们学校进行采访，我有幸参加了那次采访。记得她问我的最后一个问题是：“你认为自己的普通话是什么程度？能听懂所有普通话，还是能听懂大部分？”我答：“我能听懂大部分。”她说：“我认为你能听懂所有。”这是在夸我普通话好，但是我不敢坦然接受，因为我觉得自己离说好普通话还有很大的进步空间。

普通话贯穿于我的生活之中，陪伴着我从学生时代到开始工作。我从老师的普通话里获取知识，从同学的普通话里获得帮助，从同事的普通话里汲取经验，在领导的普通话里得到肯定。

今后普通话也将一直伴随我，时刻出现在我的日常交流、工作讨论和课堂教学中。

（作者单位：孝感市孝南区新铺镇中心中学）

我的普通话历程

詹 莉

真正意义上接触普通话，或者说真正意识到说普通话，应该是我上了孝感师范专科学校（现湖北工程学院）之后，因为在这之前根本就没有意识去说普通话。从小学到高中，学校也并不强调说普通话，好多老师上课说的都是方言。印象中，好像只有语文老师上课时说普通话，或者说我们只有在上语文课时说普通话。更有甚者，有人读课文也用方言。虽然那时上课回答问题时用的是普通话，但那完全是无意识的，只是照着课本读出来，可能只是认为课堂上读课文原本就应该用普通话。

1998年，我进入孝感师范专科学校读书。进入学校，发现到处都贴着“请讲普通话”的各类标语。不仅如此，各个系也把说普通话当作日常工作来抓。当时学校专门有普通话培训班，每周有一个晚上进行普通话培训。记得第一次培训课，上课的是一个40岁左右的女老师。当她一开口，那声音真是太好听了，像潺潺的溪水，像习习的晚风，像淅淅的春雨。她说普通话是那么的自然、亲切、温婉，我第一次感到原来说好普通话也能让人这么舒服，这么陶醉。

当时，我读的是政史系，属于文科，在普通话方面要求也很严，规定平时在校要讲普通话。那时候，我们同学中外省的比较少，大多来自孝感周边县市，应城、汉川、广水、天门等。由于我是云梦人，应城话和我们差不多，交流起来没有问题。汉川、广水、天门等地方言听起来就费劲了，说慢一点，还能听个大概，说快了，就不知道说的是什么了。记得有一回，寝室里两个广水的女生聊天，只听到她们“嗯”“我”说半天，她们说得兴高采烈，我在旁边一头雾水，完全不明白她们说的是什么。还有一回，我们系搞联欢，有一个节目是一个人念台词，一个人在台上表演。这个节目的名字我都忘记了，但还记得其中的这几句台词：“还剩十分钟了。”“还剩五分钟了。”“还剩一分钟了。”念台词的是个广水的男生，人长得比较高大，声音也洪亮。他站在前面抑扬顿挫地念着“还剩十哄钟了”，偏偏“十哄钟”三个字，读得特别重。话音刚落，下面的我们全都笑开了花。他停顿了一下，“还剩五哄钟了”，他洪亮的声音再次传来，我们笑得更欢了。“还剩一哄钟了”，他站在台上继续声情并茂、抑扬顿挫地念着，台下已经成了欢乐的海洋。他在台上越投入，我们就越觉得好笑。他可能不明就里，还以为是他们的表演逗乐了我们，其实是他的发音逗笑了我们。广水方言中“f”和“h”不分，他将“分”读成了“哄”。

那时，我们每个星期四晚上都要过组织生活，其中还有文艺表演。有一次，我自告奋勇地上台唱歌，唱的是张艾嘉的《爱的代价》。当时感觉发挥得不错，嗓音挺美，自己还挺陶醉。“走（zhǒu）吧，走（zhǒu）吧，人总要学会慢慢长大。”我在台上唱着，觉得同学们在下边听得很投入。有一个男同学，我看见他边听边露出了会心的笑容。我更加自信了。一曲唱罢，我欣欣然走下台，走到那个男同学身边，突然他叫住了我，我还以为他要当面赞美我一番，谁知他说道：“‘走’应该读走（zǒu）吧!”我听了，脸发热，快步回到自己的座位上。原来，他刚才听歌时候的笑，是因为这个。虽然发音错了，有点小尴尬，但也因为这件事，我牢牢记住了“走”的读音。这件事后，我特别注意平舌音和卷舌音，这不是因祸得福吗!

从孝感师专毕业之后，我回到隔蒲中学任教，主课是语文。教语文，普通话等级要达到二级甲等及以上。虽然我有在孝感师专打下的底子，但很多固有的毛病还是没有改过来，因此，想达到这个水平，还是要下苦功。有一次给学生讲一篇说明文《植物界的大傻瓜》，本来“傻”应该念“shǎ”，但我念成了“sǎ”。我讲作业的时候，就有人在下面笑，应该是在笑我的发音。后来，我就意识到，遇到不确定的字词，一定要及时查证，时时订正，不断积累。

2007 年，我报考了普通话等级考试。为了考出好成绩，我一有时间就练习，反复播放配发的朗读录音，并跟着录音反复练习。不仅自己关在家里练，为锻炼胆量，检验效果，经常在办公室朗读文章给同事听。功夫不负有心人，最后我的普通话考了 90.8 分。虽然不是很高，但我很满意，因为这是我努力的结果。

在这之后，可能是受大环境的影响，因为我当时任教的是一所农村中学，平时不管是老师还是学生都没有人说普通话；也有个人因素，觉得等级也考过了，在普通话方面对自己也放松了，有时上课甚至说起了方言，因为说方言方便，特别是批评学生的时候。一开始，上课一会普通话一会方言的，自己有时会不好意思，但慢慢地竟然习惯了。直到后来发生的一件事让我醒悟过来。

有一年，我任教七年级语文，同办公室有几个武汉来的年轻女老师。她们平时和我讲话都是说普通话，形成习惯后，我和她们聊天的时候也说普通话。有一次，我们正在办公室谈着什么，同办公室的一个年纪稍大点的男老师对我说："怎么她们说普通话觉得好听，你讲普通话听着别扭。"这个老师很直爽，说话不转弯抹角。当时听了这句话，我脸上有点火辣辣的感觉。其实，他说的是实话，很多时候我自己都觉得很别扭，因为平时很少说普通话，突然一说，就给人一种不伦不类的感觉。看来，说普通话不像存东西，等想用的时候可以随时取出来；更不像调电视节目，不想看哪个节目了，遥控一按就调了。说普通话就像雕琢玉器，需要不断打磨、下功夫，如此才能雕成精美的饰品。

（作者单位：云梦县黄香小学）

学习普通话的那些日子

付宜君

我是一名“80后”师范生。20世纪90年代，我十几岁便离开小县城，到省城求学。那时候，班上44位同学，分别来自全省44个县市，大家说着各地的方言，我当时都听懵了，心里在问：大家讲的是汉语？是湖北话？这些方言堪比外语呀！幸好有普通话，它是我们这群“小老外”沟通的桥梁。

虽然同学们都用普通话进行交流，但大家的普通话真不“普通”，说的时候都附带着各自家乡独有的方言调调，一开始听，还是听不懂。不过，时间久了，大家也听出经验了，于是又出现了什么汉腔普通话、黄冈普通话、荆门普通话、恩施普通话……可我们是师范生，以后是要当老师的，作为老师，最起码的要求就是普通话要标准。因此，师范生的课表里有一门课叫“语言基础知识”，简称“语基”，其目的就是让我们学习说一口标准流利的普通话。在同学们的一致推选下，普通话还算标准的我很荣幸地成了“语基”课代表。

刚开始，我这个课代表当得还是挺逍遥自在的，只不过是收发一下作业而已，直到二年级的一天，我被班主任叫到办公室，她语重心长地对我说：“三年级就要进行全省普通话等级测试了，全班同学必须拿到‘二甲’，否则就当不了老师。你要把这个重担挑起来呀！”当时，我的头就大了。当我把这个消息转达给全班同学时，我清楚地看到大家的表情都僵住了。从那天开始，上“语基”课时，大家都特别认真，甚至课间、吃饭时，总有一拨接一拨的同学来询问我关于拼读的规则、发音等问题，我被同学们的学习劲头感染了。再想着班主任的嘱托，作为课代表的我有什么理由偷懒、发牢骚！一个信念在我心中悄然升起：我要带全班同学过关。我们人人能当老师，一个也不能少。于是我根据普通话测试内容制订了一个学习计划，每天早自习由我领读字词，晚自习听读文章，学校也给我们印制了厚厚的学习资料。记得资料里有好多生僻字，为了节省同学们查字典的时间，我提前熬了几个通宵，把资料里所有的生僻字都注上了拼音。说实话，虽然作为“语基”课代表，当时我的普通话也不是很标准，我们家乡的方言边音、鼻音不分，前鼻音、后鼻音不分。可是我是课代表呀，我都读不标准，那不是把同学们都带沟里去了！为了给大家正确的示范，我又把资料里所有的边音、鼻音、前鼻音、后鼻音全部注上了拼音，后来我还把它们都背了下来，这也为我后来的普通话测试打下了坚实基础。

记得当年我每天早早地来到教室，领着同学们一起读字词。因为条件有限，录音机里的磁带都放坏了好几盘，又没有扩音器，为了能够让大家清楚地听到我的发音，我总是用最大音量朗读，以至于还没几天，我的嗓子就罢工了，热心的同学给我送来了喉片，泡上了胖大海。有了大家的关心，我的干劲儿更足了。对于那些普通话特别差的同学，我进行一对一辅导。不仅仅是早晚自习，我还利用课间、午休、双休日同她们一起练习，纠正她们的发音。其实，学校离我老家只需要一个多小时的车程，以前我每周都回家，自从那以后，我一个月才回家一次。记得班上有个武穴的同学，她的方言特别重，为了纠正她的口音，我和她每天形影不离，我的嘴巴和喉咙都练起了泡。那个时候，全班学习普通话的热情空前高涨，每天早晚自习，教室里都传来琅琅的读书声，别的班上的老师、同学从我们班经过，都发出感叹，并纷纷效仿。

终于，在全省的普通话测试中，全班同学都达到了二级甲等及以上，我和班上三位同学还取得了一级乙等的好成绩，这是当年年级的最好成绩。我永远记得班主任对我的评价——字正腔圆。但最让我开心的是我们全班都通过了，一个也没落下，大家都可以当老师了。大家一起欢呼、跳跃，一起又哭又笑。

翻开泛黄的《普通话训练与测试》，看着上面当年标注的密密麻麻的拼音，那些学习普通话的日日夜夜永远成为我们美好的回忆。

从师范毕业已有二十余年了，因为自身普通话的优势，多次参加县市级的演讲比赛、朗诵比赛、宣讲比赛，收获了不少荣誉，这与当年认真学习普通话是分不开的。平常工作中，自己也特别热心参与推广普通话的活动，这或许是因为当年认真学习普通话的精神仍在我内心深处闪闪发光吧！

（作者单位：云梦县实验幼儿园）

我的尴尬事儿

刘方桃

我的老家在河南。河南地处中原地带，河南方言属于北方方言区，又因河南人口众多，流动性较大，所以河南方言很多人都能听懂。但各地方言还有区别，遇到听不懂的就很尴尬。

在我们河南驻马店的小乡村里，“s”和“f”是不分的。我的名字里的“方”字就是混淆“双”而得来的。20世纪80年代，一家只能生一胎，爸爸妈妈认为只有哥哥一个人太孤单了，于是就有了我，我就成了所谓的“黑孩儿”。因与当时政策不符，爸爸妈妈就带着我四处躲藏，每当妈妈回到家时，爸爸就把门反锁，让妈妈一个人在家。有一次抓计划生育的工作人员到我家，妈妈偷偷地跑掉了，躲在邻居家厕所里待了一个晚上。这是所谓的第一次“逃”。因奶奶家跟姥姥家属于一个村委会，所以在我出生之后爸爸妈妈又带我逃到了外地。这是第二次“逃”。但我们这个地方“s”和“f”不分，我明明是“双”的名字，寓意是两次逃跑，但写成了现在的“方”字。慢慢了解了普通话之后，我觉得普通话竟是这般神奇和重要。

大学毕业后认识了现在的先生，由于地域不同，第一次见家长就闹了笑话。我的爸爸妈妈是农民，一直待在家里，说的也是本地话。虽说湖北与河南是一家，但各地的方言不同，再加上浓厚的口音，所以在交流中还是有笑点可言的。我的爸爸妈妈思想封建，加上不想自己的女儿远嫁，在听先生说我们恋爱要结婚时，爸爸很强硬地说：“你们说的‘不fan’!”先生一听，说：“为啥不给饭?”我在旁边解释道：“不是不给饭，而是说‘你们说的不算’。”后来经过一段时间的相处，加上先生的表现及忠厚的人品得到了爸爸妈妈的认可，最后他对这个女婿相当满意。

其实从高中到大学的几年，总觉得自己能说一口字正腔圆、流利的普通话了，但受自己的生活环境和成长环境的影响，当地口音还是很重的。第一次普通话考试，我以 86.5 分的成绩与二级甲等擦肩而过。要想拿到语文教师资格证还需努力，于是，经过一段时间的练习，每天听范文，自己再录音，后来终于说出了一口流利的普通话，最终我拿到了二级甲等的普通话证书。

后来婚后儿子出生，我很慎重地跟先生讨论，以后在孩子面前一定要说普通话，让儿子在普通话氛围中受到熏陶，不至于像我一样，大学才开始接触真正的普通话。但考虑到跟爷爷奶奶同住，我们又在心里打鼓了。毕竟爷爷奶奶说的是方言，又一起住，一起带孩子，我们单独跟孩子说普通话会有用吗？事实证明，我们的想法和做法是正确的。记得之前看过一篇文章，是说任何汉字在孩子面前都是新奇的，也是一样的，不要以大人的眼光去想象孩子认识文言文、繁体字很难，其实他们刚开始接触时会觉得难易程度是一样的。所以我们在有意识无意识地跟孩子沟通时，用普通话交流就成了一种习惯，并且后来慢慢觉得，这种习惯越来越重要，越来越美好。想到孩子从小就能说出一口流利的普通话，真心觉得自豪。

（作者单位：襄阳市人民路小学教育集团）

我与普通话

代春艳

第一次了解普通话，还是在师范学校的口语课上。第一节课老师就告诉我们：普通话是以北京语音为标准音，以北方官话为基础方言，以典范的现代白话文著作为语法规范的通用语。随着我国的综合国力不断提升，国际地位逐步提高，普通话早已成为联合国工作语言之一，普通话也成为中外文化交流的重要桥梁。不仅仅是中国人，很多外国人也为中国语言的魅力而深深着迷，普通话也就成了他们了解中国文化、学习中国语言的首选。

普通话与我的不解之缘，应该要从我出生时算起。因为父母都在铁路单位工作，铁路上的工作人员来自全国各地，为了工作与生活中便于交流沟通，铁路系统在很多年以前就开始普及普通话了，所以从我出生起，父母就一直用普通话与我交流。之后，我一直生长在铁路社区，普通话在我初中开始学习英语之前，便是我唯一的语言。因此，我工作在襄阳却不会说襄阳话，家乡在荆门，说得太快的家乡话却有些听不明白。

从小我一直以自己能说一口“标准”的普通话而深感自豪。在我 15 岁那年，我进入了师范学校学习，学校开设了口语课程，所教授的主要内容就是普通话。刚知道这门课的时候我心中窃喜，看着周围操着一口各地方言腔的同学们，心里有种说不出的优越感。可是，上了几节课之后，我才发现，自己的口语问题百出，翘舌音“zh、ch、sh”和平舌音“z、c、s”不分，前鼻音和后鼻音不分，在课堂上还闹出了不少笑话。生长在湖北地区的我，虽然不会说湖北当地的方言，却深受影响。作为未来的教师，我有责任让自己的普通话更加符合标准。从那以后，我认真上好每一节口语课，对自己的普通话发音反复纠正，反复练习。一年后，我顺利通过了普通话等级测试。此后，平日在每一次语言交流中，我都时刻注意发音的标准，遇到发错的音，事后也会加强练习，遇到不常见的易读错的字、词，我会专门记录在一个小本子上，时不时地读一读、记一记。这样持续了好几年，参加工作后，我在学校组织的湖北省普通话等级考试中，取得了一级乙等的好成绩。

作为教师，我不仅应该是普通话的使用者，更应该是普通话的推广者。从师范学校毕业后，我进入了襄樊铁路职工第一子弟小学（现在的襄阳市新华路小学），成了一名小学语文教师。在上每一节课之前，我都会反复练习课文的朗读，力求每一个字都能发音标准，结合课标和教参，在注意标准语音的同时，还练习朗读的节奏和情感表达。我想通过朗读，让学生感受普通话的魅力，引导学生用普通话进行表达，逐步掌握朗读的技巧。在课堂上针对内容和节奏优美的句子，我会让学生进行朗读练习，每天的晨读时间都会设置 3 分钟的朗读展评环节。班上的孩子通过课文朗读延伸至平时的每一句话，都能做到发音标准。不仅如此，我鼓励班上的每一个孩子，在校外、在家里也要坚持使用普通话。有家长跟我聊天说："我一个音读错了，孩子不仅马上纠正了我，还带着我重复读了好几遍。"看到这一切，我的脸上在笑，心里也在笑。

有了自己的孩子后，我也和我的父母一样，从孩子出生起就用普通话和他进行交流。在他还很小的时候，我经常会为他朗诵优美的文章，小小的他总是会一句两句地学着。上小学时，我把我普通话考试时使用的练习材料送给了他，直到现在，他还会时不时地拿出来练习。现在的他，普通话比班上其他孩子标准很多。我鼓励他，不仅要做一个普通话的传承者，更应该做一个普通话的推广者。

现在，我虽然离开了语文教学的岗位，但是仍坚持用标准的普通话上好每一节课，把推广普通话这条路一直走下去。

（作者单位：襄阳市新华路小学）

普通话成就我的事业

黄　河

我作为一名小学语文老师，标准的普通话就是我工作的基本技能。一路走来，自然能想起很多与普通话有关的星星点点，每一个成长时期都有一些跟普通话相关的记忆，仿佛我的成熟程度跟我的普通话熟练程度是一致的，饶有趣味。

有意思的是，当我们普通话说得还不标准的时候，并不觉得自己说得不好，直到普通话真的说得标准了，再回头看，才觉得以前说的普通话真的太“普通”了，完全属于“地方普通话”，在我家乡襄阳就叫“襄普”。在我家乡这个地方，平翘舌音不分，前后鼻音不分，再加上总是忘不掉方言中的习惯用语，所以“襄普”说起来那是相当溜，往往在严肃的时刻让我有一种忍俊不禁的感觉。

记得我上初中的时候，“十是十，四是四”这个绕口令还说不明白。现在想想，平翘舌音简直就是我们襄阳人说普通话最大的障碍。说句实话，即使是现在，我也会有脑子一时短路，说错平翘舌音的时候。说好普通话其实还真不是那么容易的事儿呢！

我真正觉得普通话需要好好学习是在大学的时候，因为大学要考普通话证书，我作为汉语言文学专业的学生，需要二级甲等及以上。当时没有多认真准备，只觉得应该问题不大，在考前几天拿了本普通话教材开始读，最终还真的是涉险过关，二级甲等，不悲不喜。听说，中央电视台的播音员都是一级甲等，那可不好考，得经过层层选拔，心中崇敬之情油然而生。其实，随着后来我的普通话越来越好，我一直都想去重考一次。一级甲等我当然不敢奢望，考个一级乙等还是很有希望的。如果把一级乙等的证书拿出来瞧瞧，应该也算是一件值得骄傲的事儿吧！

大学毕业之后，我并没有马上从事教师行业，而是因为参加一次婚礼而对婚礼司仪着迷了起来。

说来也是任性，我没有任何相关的经验和积累，但我就是决定要干，不久之后，我就启程去北京参加了一个婚礼司仪培训班，接受专业训练，当然其中一项重要的训练就是普通话训练，每天都要练习很多绕口令。经过一段时间后，我的普通话有所进步。但是说好普通话绝不是一朝一夕的事情。直到后来，我真的进入婚礼司仪这一行打拼，经常站在舞台上声情并茂、娓娓道来的时候，我的普通话依然不能让我满意，平翘舌音还是会说错，还是会习惯性地带一些方言。但是随着一次一次的练习，我的普通话越来越标准了。标准的普通话加上浑厚的气息，我越来越像一个主持人了，普通话成了我的加分项。

有了女朋友，我和她都是本地人，按说，讲家乡话更亲切更舒服，但是为了有一个普通话环境，为了能日常训练说普通话，我们约定每天都用普通话交流。我的普通话越来越好了，而且我还发现了个小窍门，即总说普通话让我和女朋友吵架也不至于吵得很凶，毕竟大家都是文明用语嘛，即使吵架也有一种文明气息。

干了几年婚礼司仪，我的普通话得到了历练，人也得到了历练，此时我想当老师了。说干就干，我开始复习备考。由于有一些舞台经验，对朗诵、演讲还是有点优势的，所以笔试通过后，面试时发挥出自己的普通话特长，一举征服了评委，顺利考上。普通话已经成为我身上的亮点，普通话成就了我的事业。

当上老师了，还是语文老师，更是天天用普通话交流，我的学生都说："黄老师的普通话可标准了，黄老师的声音好听！"哈哈，我的心里美滋滋的。标准的普通话让我成为一名合格的语文老师。参加工作后，我经常代表学校参加各种演讲比赛，也经常主持学校的一些活动。一口标准的普通话为我打开了局面，让我获得了认可。

如今，我的孩子四岁了，由于我们在家只说普通话，孩子从小受到熏陶，也会讲普通话。我的孩子现在就能说一口比较标准的普通话，不管走到哪儿都有长辈夸赞。为此，我也感觉有点小骄傲。我将来也会教她朗诵和演讲，教她普通话的艺术。我相信，我的孩子将来也会因为能说一口标准的普通话而获得更多的自信和机会。

未来的一生还很长，普通话还将持续为我的生活带来更多有益的影响。我非常感谢普通话，它让我的人生不再“普通”，它让我的人生有了更多的幸福。

（作者单位：襄阳市人民路小学教育集团）

我的荣耀

邹秋艳

我是一名普通的乡镇教师，也是一名湖北省普通话水平测试员。对我来说，测试员是一种莫大的荣耀，也是一种肯定。每当别人用“湖北省普通话水平测试员”这个头衔来介绍我的时候，内心觉得无比光荣。

作为南方人的我，曾经也是说着一口带着方音的普通话。记得上大学的时候，还和自己的舍友一起练习普通话，因为说普通话对我们来说非常陌生，而且也怕自己说不好，怕被其他同学取笑，有时候和朋友一起去买东西，也会藏着掖着，我让她去买，她让我去买。

后来，我陆陆续续地去了很多城市，普通话水平也有了相应的提高。几年前，因为教学期间想让自己学习到更多的知识，想充实自己，于是想让自己的普通话水平往上提高。那个时候，我还是二级甲等。于是，和同事们一起报了名，又学了一段时间，突然发现我的普通话还是有很大的提升空间。经过几个月的努力，我居然考到了一级乙等。当时我太开心了，我觉得“一乙”就是我人生的巅峰。这个证书让我高兴了好久，别人在提到我的时候，也会说我的普通话资格等级。这让我尝到了甜头。于是我更加努力练习，在平时的教学活动中，我都用标准的普通话给同学们上课；在平时的教师交流会以及各种大小会议上，我尽量让自己的普通话更标准一些。因为我努力练习，学校让我参加了湖北省乡村教师朗诵大赛，那一次虽然止步于市里的优秀奖，但也正是那一次比赛，我对朗诵有了进一步的认识，我又明确了自己的方向。

在 2020 年的冬天，我接到我们学校领导的通知，参加湖北省普通话水平测试员的培训。接到这个通知，我既兴奋又紧张。首先，这是我梦寐以求的学习机会，其次，这种培训肯定充满着各种各样的困难。就是这种困难，让我虚心学习，一直努力训练。终于，功夫不负有心人，我拿到了期盼已久的测试员证书。也正是从那个时候开始，我更加努力了，经常翻阅普通话测试类的书籍，平时在家没事干的时候，也会在网上找一些测评试卷来进行测评训练。我担任普通话测试员仅一年的时间，要学习的还太多太多，需要了解的也还很多。在学习普通话的道路上，我还要严格要求自己，将工作和普通话紧紧地联系起来，也让生活和普通话紧紧地联系起来。

我的小孩从出生到现在，一直接受的是普通话教育，而且我也一直在用标准的普通话和他交流，尽量让自己的家人也和他用普通话来交流。久而久之，他现在已经能用一口流利的普通话和别人交流，而且和同龄的小朋友相比，他的语调、语音都是标准的。由于我是普通话测试员，测评的时候他喜欢和我一起来听别人的试卷，遇到比较明显的错误，他也会和我一样准确地把它们找出来。在平时的说话当中，我们俩互相校正，我说错了，他及时帮我纠正；他说错了，我也及时帮他纠正过来。

作为一名普通的乡镇教师，我会用我接下来的教学生涯去影响和帮助那些需要帮助的人，将自己的力量最大化，在普通话教育方面做出自己的贡献。

（作者单位：公安县杨家厂中心学校）